ROMANREIHE

DIE AUGEN DER SPHINX

DIE RÄTSEL VON GARDEN HALL

VON

ROBERT KRAFT

EDITION USTAD

Der vorliegende Roman spielt um die Jahrhundertwende.

Herausgegeben von Lothar und Bernhard Schmid

Einbandgestaltung: Falk Klinnert

Satz: Oldenbourg Informations Management, München
Druck und Bindung: Kösel GmbH, Kempten
ISBN 3-7802-1073-8

1.

Zwei Meilen südlich von dem Weichbild Londons entfernt liegt das Städtchen Norwood, zur Grafschaft Kent gehörend.

An einem sonnigen Sommermorgen verließ ein Gentleman den Zug, der ihn hierhergebracht hatte. Vor dem Stationsgebäude fragte er einen Dienstmann nach Garden Hall.

„Immer die Straße entlang, Sir, dann die Chaussee hinaus, bis Sie an die Millionenmauer kommen. Das ist Garden Hall, die Residenz von Lord Roger Norwood. Können es gar nicht verfehlen. Eine kleine halbe Stunde."

Der noch junge Mann, dem, wenn wohl auch etwas spät, der erste Bart sproß, dankte und schlug die bezeichnete Richtung ein.

Er hatte bei seiner ausführlichen Frage ein tadelloses Englisch gesprochen, niemand hätte den Fremden herausgehört, aber gleich in seinem Äußeren verriet er durch zweierlei, daß er kein Einheimischer und auch noch nicht lange in England sein konnte. Die vielen Schmisse im Gesicht hatte er sich sicher nur auf deutschen Universitäten geholt, und außerdem trug er seine Manschetten nicht flach, sondern immer noch als Rollen geknöpft.

Bald hatte er das Städtchen hinter sich, es ging weit zwischen duftenden Hopfenfeldern die Landstraße entlang, etwas bergauf, und als er die Höhe erreicht hatte, sah er sein Ziel vor sich liegen: Garden Hall, die Residenz des Lords Roger von Norwood.

Aber unter Residenz versteht der Engländer etwas ganz anderes als wir, er verallgemeinert die Bedeutung dieses Wortes viel mehr. Jeder Engländer, der es sich leisten kann, besonders auch der reiche Kaufmann, der am

Tage in der Stadt, in der City, beschäftigt ist, hat seine Residenz. Es ist dies einfach ein außerhalb der Stadt liegender Wohnsitz, ein Gut, ein Schloß oder eine Villa, oder es braucht auch nur ein bescheidenes Landhaus zu sein. Hauptsache ist, die man von einer Residenz verlangt, daß sie bis auf Lebensmittel, Kleidung und dergleichen, was man sich nicht selbst erzeugen kann, unabhängig von der Außenwelt sein muß. Also vor allen Dingen ein eigener Hausarzt und, wenn schulpflichtige Kinder vorhanden sind, ein Hauslehrer. Streng konservative Söhne Old Englands verlangen für eine Residenz, ehe ein Landsitz diesen Namen verdient, unbedingt auch noch eine eigene Kapelle mit eigenem Kaplan. Das kann dann natürlich noch weiter getrieben werden, bis zum eigenen Theater mit eigener Schauspielertruppe. Das ist dann freilich etwas ganz Exklusives.

Eine große Residenz war das ja, die vor dem Wanderer lag, aber schön durchaus nicht. In der Mitte eines mauerumringten Parks, zwischen den eintönigen Feldern einer waldigen Oase gleichend, erhob sich ein langgestrecktes, vier- oder gar fünfstöckiges Gebäude, ohne jede architektonische Schönheit, nichts als ein riesiger Steinkasten, eine Kaserne, und der danebenstehende Schornstein paßte ebenfalls nicht für die Residenz eines Lords, wenn er auch nur zur Heizung des Gewächshauses oder aller Wohnräume dienen mochte.

Der Park allerdings mit seinen uralten Bäumen, schon von hier aus zu erkennen, mußte prächtig sein. Und das Ganze nun umgeben von einer sechs Meter hohen Mauer, der das Volk ihren Namen - Millionenmauer - wohl nicht mit Unrecht gegeben hatte. Wenn sie auch nicht eine Million Pfund Sterling gekostet haben mochte - deutsche Reichsmark langten da nicht, vielleicht noch nicht einmal Taler. Ihre vier Seiten waren zusammen mindestens zwei Kilometer lang. Von Osten her schlängelte sich ein ansehnlicher Bach heran, verschwand unter der Mauer, durchfloß das ganze Grundstück und kam auf der anderen Seite wieder zum Vorschein.

Der Wanderer hatte bei dieser Betrachtung seinen Schritt nicht gehemmt. Da sah er vor sich etwas Weißes liegen, eine Zeitung, die heutige Nummer der ,Times', ein vollständiges Exemplar. Ein Citymensch mochte sie auf dem Weg zur Station verloren haben.

Der junge Mann hatte sie aufgehoben, faltete sie auseinander.

„Will doch sehen, ob... Ja, da steht es schon."

Es war ein Annonce unter den Stellengesuchen. Sie lautete:

„Doktor med., 25, approbiert, vier Jahre deutsche Universitäten, zwei Jahre Praxis, perfekt Deutsch, Englisch, Französisch, Latein, Griechisch, Mathematik, Reiten, Fechten, Schwimmen, Fußball, Lawn-Tennis[1]*, Krikket, Krocket, Billard, alle Tänze, Schach, Whist, Poker, Gesang, Klavier, Violine, Cello, sucht bei ganz bescheidenen Ansprüchen Stellung als Arzt und Lehrer für Residenz. Offerten erbittet Dr. Max Werner, 18 Fitzroy Square, London."*

So, nun weiß man, was ein Residenzarzt und Lehrer alles können muß. Denn wenn so ein Residenzler nicht gerade einen sehr dicken Geldbeutel hat, sucht er diese beiden Ämter mit Vorliebe in einer einzigen Person zu verbinden. Ein approbierter Arzt, der auch als Zahnkünstler ausgebildet ist - Hühneraugenschneiden selbstverständlich - der nebenbei den jüngeren Kindern das Einmaleins einbläut, die größeren aufs Gymnasium vorbereitet, dazwischen Pferde zureitet, Gesellschaften arrangiert, neue Gartenspiele erfindet, die sitzengebliebenen Damen her-

[1] Rasentennis

umschwenkt, die erwachsene Tochter zur Konzertsängerin ausbildet, sonntags eine Boxstunde mit dem Hausherrn - wenn er diesem keine blauen Augen gibt, dann bekommt er sie selber - - so ein Mädchen für alles in der verwegensten Bedeutung dieses Wortes.

Aber die Zeiten, wie Charles Dickens sie schildert, als der Hauslehrer ein Dienstbote war, der noch unter dem Hausknecht stand, sind in England vorbei. Heute will man für solch eine Residenz einen hochgebildeten, ritterlichen Kavalier haben, Meister in allen Künsten, und danach behandelt man ihn auch. Es sind durchweg sehr angenehme Stellungen. (Nur muß man beim Boxen aufpassen, daß man der ist, der dem anderen blaue Augen gibt). Sie enden fast immer mit einer guten Heirat, nicht gerade in der Familie selbst, sondern so ein Maître de plaisir[1] hat dann die Auswahl.

„Wenn ich geahnt hätte, daß gleich eine Offerte kam, so hätte ich mein Geld für ein dreimaliges Einrücken sparen können.“ So sprechend, hatte Doktor Max Werner, als den wir ihn nun kennengelernt haben, die Zeitung wieder zusammengefaltet und sie zwischen Zweig und Stamm eines Apfelbaums geklemmt.

Vorgestern war er erst in London eingetroffen, gestern hatte sein Gesuch in der ‚Times‘ gestanden, heute früh hatte er einen Brief erhalten, daß er sich in Garden Hall vorstellen solle. Es war ihm fast zu schnell gekommen. So dringlich war es bei ihm nicht, und er hatte sich erst London etwas besehen wollen, bei Tag wie bei Nacht. Sonst hätte er solch ein Gesuch ja auch von Deutschland aus einrücken lassen können.

Doch da es ihm nun so geglückt war, hatte er sich auch gleich in die Bahn gesetzt. Allerdings waren ihm unterwegs immer wieder Bedenken aufgetaucht. Sollten die Hauslehrer hier wirklich so selten sein, daß man auf ein

[1] Franz.: Unterhalter, Gesellschafter

Gesuch gleich postwendend Bescheid bekam? In der ‚Times', der Zeitung der Geburts- und Geldaristokratie, stehen alltäglich eine ganze Masse solcher Offerten von Ärzten und Lehrern, die ihre Vorzüge noch in ganz anderer Weise anpreisen, sich vor allen Dingen auch stets auf glänzende Zeugnisse berufen, die Doktor Werner nicht anführen konnte. Und nun bloß eine einzige Offerte! Und noch dazu von einem Lord! Sollte der so nötig haben, den Hausarzt mit einem Hauslehrer zu verbinden? Die Sache mußte doch irgendeinen Haken haben.

Er hatte den englischen Wirt, bei dem er in Privatlogis wohnte, über den Lord Roger von Norwood befragt.

Jawohl, gehört hatte dieser schon von ihm. Nur ein Titularlord, ohne Sitz im Parlament, hatte auch gar nichts mehr mit der Stadt Norwood zu tun, die gehörte jetzt zur Grafschaft Kent. Also ein Fürst ohne Land und Leute - aber nicht ohne Geld! Es sollte ein sehr reicher Mann sein. In die Familie hatte wohl einmal so ein amerikanischer Goldfisch hineingeheiratet.

Mehr hatte der Wirt nicht erzählen können. Und mehr sollte Doktor Werner auch nicht erfahren. Die Gelegenheit, daß er noch andere Personen hätte fragen können, war in der kurzen Zeit nicht gekommen. Damit muß man in England sehr vorsichtig sein. Nun, er würde ja sehen. Er hatte sich noch durch nichts gebunden.

2.

Ein kurzer Seitenweg führte von der Landstraße ab auf das geschlossene Tor zu, an dem statt einer Glocke ein mächtiger Klopfer angebracht war.

Werner ließ ihn fallen; alsbald öffnete sich in Kopfhöhe eine Klappe, das Gesicht eines alten Mannes erschien.

„Was wünschen Sie?"

„Doktor Max Werner ist mein Name. Ich wurde brieflich..."

„Ach, der neue Hauslehrer! Haben Sie den Brief Seiner Lordschaft mit?"

„Ich weiß nicht, ob ich ihn..."

„Den müssen Sie vorzeigen, sonst kommen Sie nicht herein!"

„Hier ist er."

Der junge, selbständige Mann schien nur eine kleine Prüfung gemacht zu haben. Er hatte aus der Brusttasche bereits ein Kuvert gezogen und diesem einen Zettel entnommen, keinen eigentlichen Brief, und der Zettel enthielt nur drei Zeilen, mit der Schreibmaschine geschrieben:

„Stellen Sie sich sofort vor. Dies als Legitimation mitbringen. Lord Roger Norwood, Garden Hall bei Norwood, Kent."

Auch die Unterschrift mit der Maschine geschrieben. Überhaupt war schon diese ganze Aufforderung dem jungen deutschen Doktor stark in die Nase gefahren. Doch schließlich – eben englisch! Und die Art, wie hier dieser Türhüter ihn ansprach und behandelte, konnte ihn nun auch nicht mehr verdrießen. Aber antreten würde er diese Stelle wohl schwerlich. Er hatte nur noch vor, diesen englischen Herrschaften einmal klarzumachen, wie man einen anständigen Menschen, ob nun Doktor oder nicht, zu behandeln hat.

Der alte Mann hatte den Zettel genommen, setzte erst eine Brille auf.

„Richtig, da sind die zwei Pünktchen - kommen Sie herein!“

Das halbe Tor öffnete sich, aber auch nur bis zu einer kleinen Spalte, durch welche der Herr Doktor schlüpfen durfte.

Also zwei Pünktchen, wahrscheinlich Fehler der Schreibmaschine, das war die Hauptsache, die als Legitimation diente, daß der neue Hauslehrer diese nicht etwa selbst geschrieben hatte. Hier herrschten ja recht merkwürdige Zustände!

Rechts war das Wohnhäuschen des Portiers. Vor allen Dingen aber fiel dem Eintretenden beim ersten Blick auf, daß sowohl der breite Hauptweg, der schnurstracks nach der Kaserne führte, wie alle die vielen Nebenwege, die er einmünden sah, sämtlich sorgfältig asphaltiert waren, mit einer kleinen Neigung nach beiden Seiten, daß das Regenwasser abfließen konnte. Denn asphaltierte Garten- und Parkwege sind doch in Deutschland schon etwas Seltenes, und im Gegensatz dazu stand noch, daß dieser Park sonst einen recht verwilderten Eindruck machte.

Zu weiteren Beobachtungen hatte Werner vorläufig keine Zeit. Denn da kam auf einem Seitenweg eine junge Dame angestürmt. Man muß den Ausdruck ‚junge Dame‘ gebrauchen, nicht Mädchen, denn danach war sie gekleidet und gewachsen. Doch wir wollen nur mit den Augen unseres Helden betrachten, der nicht viel von den technischen Ausdrücken der edlen Schneiderkunst verstand: ein höchst nobles Sommerhausgartenkostüm, besetzt mit Spitzen und Bändchen und Fähnchen, daß alles nur so flatterte, dazu passend der riesige Strohhut, passend dazu auch die schlanke und dennoch voll entwickelte Gestalt. Sie mochte so zwischen siebzehn und zwanzig sein, und dann war sie, ihrer Figur nach, schon weit vorgeschritten.

Nicht aber ganz passen dazu wollte dieses liebreizende Kindergesicht - das war für diese Gestalt, die einer schon alle Stürme der Welt durchgemacht habenden Dame angehören konnte, noch etwas gar zu unschuldig - und noch weniger dazu passen wollte, wie sie sich vorstellte.

Sie war wirklich angerannt gekommen, richtig angeschossen, dabei mit beiden Fäusten das Kleid hochraffend, daß man noch die Spitzen ihrer Beinkleider trotz deren Kürze sah, und dann stand sie mit einem Ruck vor dem Bestürzten.

„Ach, da ist er ja!“ lachte sie im ganzen Gesicht. „Nicht wahr, du bist mein neuer Hauslehrer?“

Doktor Max Werner war sonst sicher nicht der Mann, der vor irgendeiner Dame die Fassung verlor. Aber das hier kam ihm gar zu unerwartet, wie eine Erscheinung aus dem Jenseits - er war vollkommen verblüfft.

Dazu kam nun auch noch diese Anrede per du. Denn sie hatte wirklich ‚thou‘ gesagt, welches der Engländer, der selbst die Tiere mit ‚you‘ anredet, sonst nie gebraucht. Nur gegen Gott, überhaupt in der Bibel, ferner in der Poesie, und dann reden auch einige religiöse Sekten, wie die der Quäker, alle Menschen mit dem richtigen du, mit ‚thou‘ an.

Aber diese pompöse Dame hier war doch sicher keine Quäkerin! Kurz, diese Anrede hätte auch jeden anderen Engländer gleich ganz außer Fassung gebracht, sie ist in England etwas gar zu Ungewöhnliches.

Nun kam noch der Ansturm hinzu, das ganze Gebaren

- der sonst weltgewandte junge Mann brachte es nur zu einer linkischen Verbeugung, wobei er sogar auch noch errötete.

„Aber du bist doch nicht etwa schon verheiratet?“

Diese Frage, so wunderbar naiv vorgebracht, hatte nun gerade noch gefehlt!

„Nein - o nein!“ konnte Doktor Werner nur hervorbringen.

„Nicht?“ erklang es mit hervorbrechendem Jubel. „Na, dann ist's ja gut, ich hatte schon Angst - denn du gefällst mir grade so.“

Doktor Werner wand sich unter seinen Verbeugungen wie ein Wurm, dabei wagte er nur einmal einen schüchternen Blick - nein, irrsinnig konnte diese junge Dame, die solch ein Engelsgesicht und solche strahlende Augen hatte, doch unmöglich sein.

„Du bist aus Deutschland?“ war die nächste Frage.

„Nein - o nein - das - gewiß doch - jawohl, ich bin ein Deutscher.“

Da ließ sie zum ersten Mal ihr Kleid fallen, richtete sich auf und faltete die Hände, um ernsthaft, in schülermäßigem Ton zu deklamieren:

„Deutschland ist ein Kaiserreich mit sechshundert Millionen Einwohnern, und seine Hauptstadt heißt Be - Be - Paris.“

„Es hat nur sechzig Millionen Einwohner“, wagte der zukünftige Hauslehrer zu korrigieren.

„Nicht sechshundert? Ach, das ist doch ganz egal. Hast du auch schon einen Bären erlegt?“

„Einen... Nein, ach nein“, sank der zukünftige Hauslehrer wieder in sich zusammen, dem Ideenflug solch einer Schülerin nicht standhalten könnend.

„Warum denn nicht?“

„Weil - weil - in Deutschland gibt es ja gar keine Bären mehr.“

„Oho! Da bist du wohl auch gar nicht in den Urwald gekommen?“

„Auch Urwälder gibt es in Deutschland nicht mehr.“

„Oho, oho! Ganz Deutschland ist mit Urwäldern bedeckt, in denen es von Bären und Auerochsen wimmelt.“

Aha, die war mit ihren deutschen Geschichtskenntnissen noch beim alten Tacitus stehengeblieben!

„Kannst du schwimmen?“ fuhr die zukünftige Schülerin in der Examinierung ihres neuen Hauslehrers fort.

„Ja, schwimmen kann ich.“

„Auch auf dem Rücken?“ erklang es mißtrauisch weiter.

„Auch auf dem Rücken.“

„Ach“, brach es da in seligem Jubel hervor, „das mußt du mich lehren! Weißt du, sonst kann ich schon alles - alles, was man in der Schule lernt - aber auf dem Rücken schwimmen kann ich noch nicht, da sinke ich immer unter wie ... Na, was hast du denn?“

Doktor Werner hatte erschrocken einen mächtigen Seitensprung gemacht. Denn er hatte nicht anders geglaubt, als er würde im nächsten Moment zermalmt unter einem Automobil liegen.

Aber es war nur ein Rollstuhl gewesen, der angesaust gekommen und mit einem Ruck dicht vor ihm stehengeblieben war, so ein Krankenstuhl mit Hebelarmen und Handgriffen zum Selbstfahren, und die darin sitzende Person, welche dies besorgte, war ein stattlicher Mann mit etwas orientalischen, edlen Gesichtszügen, das Haar an den Schläfen schon schneeweiß, aber sonst noch nicht so alt aussehend. Die breite Brust und besonders auch die muskulösen, aber feingepflegten Hände verrieten eine große Körperkraft, die er ja auch nötig hatte, um seinen Rollstuhl auf sonst gar nicht abschüssigem Weg dermaßen in Schuß zu bringen und ihn auch im Nu halten zu können. Seine Beine wurden vom Leib an von einer Lederdecke oder wohl von einem ganzen Kasten verhüllt.

„Onkel, Onkel, da ist er - und er ist unverheiratet und kann auch auf dem Rücken schwimmen!“ jauchzte die junge Dame.

„Das ist recht von ihm“, nickte der Onkel gravitätisch, und dann unterzog er zunächst den vor ihm stehenden jungen Mann einer scharfen Musterung.

Doktor Werner richtete sich auf, er hatte seine Fassung wieder. Jetzt kam es darauf an! Denn sein Entschluß hatte sich ganz plötzlich geändert; hier wollte er zu gern als Hauslehrer antreten, auch wenn er hin und wieder einige englische Grobheiten einstecken mußte. Jener jungen Dame mit dem liebreizenden Kindergesicht zuliebe. Das heißt, redete er sich jetzt vor, gewissermaßen nur der Wissenschaft wegen, um dieses merkwürdige Menschenkind, das einer anderen Welt anzugehören schien, näher zu studieren. Das war er ja geradezu der Wissenschaft schuldig.

„Sie sind...?“

„Doktor Max Werner.“

„Deutscher?“

„Ja.“

„Seit wann in England?“

„Seit vorgestern.“

„Erst?“

„Ja.“

„Wie kommt das? Was führt Sie hierher? Weshalb wollen Sie Hauslehrer werden?“

Offen schilderte der junge Mann seine Verhältnisse. Er war schon zwei Jahre praktischer Arzt gewesen, erst hatte er in einer großen Stadt eine neue Praxis angefangen, sich dann in einer kleinen Stadt die eines abtretenden Arztes gekauft, auch dabei war er nicht auf die Kosten gekommen, und ehe noch das kleine geerbte Vermögen verzehrt war, hatte ein väterlicher Freund, der lange Zeit in England gelebt hatte, ihm den Rat gegeben, nach England zu gehen und sich eine Stelle als Hausarzt zu suchen. Wenn es sein müßte, auch als Hauslehrer. Solche sprachbegabte, musikalisch veranlagte Ärzte, besonders wenn sie auch in allem Sport sattelfest seien, wären dort sehr gesucht. Schaden könnte es ihm jedenfalls nichts, wenn er sich einmal in der Welt umsähe. Doch viel besser, denn sich als solch ein kleiner Arzt herumwürgen. Dann sich in einer deutschen Stadt niederlassen, die eine englisch-amerikanische Kolonie besitzt, mit klingenden Empfehlungen ausgerüstet - das ist etwas anderes!

So erzählte Doktor Werner ganz offen. Nur verschwieg er, daß ihm der väterliche Freund das auch noch gesagt hatte:

„Vielleicht können Sie drüben als Hauslehrer auch eine reiche Partie machen. Ich bin zwar, wie Sie wissen, kein materieller Mensch, vielmehr ein sehr ideal veranlagter, aber - Weisheit ist gut mit einem Erbgut, sagt schon der Prediger Salomo."

Die großen, feurigen Türkenaugen hatten durchdringend auf dem Erzählenden geruht.

„Und da sind Sie bald nach England gefahren?"

„Fast sofort. Nach drei Tagen. Habe meine gekaufte Praxis gleich im Stich gelassen, hätte ja doch nichts dafür bekommen."

„Ihre Eltern?"

„Sind beide tot."

„Geschwister?"

„Ich war das einzige Kind."

„Sie sind unverheiratet? Ich will nur unverheiratete Leute um mich haben. Prinzip!"

„Ich bin unverheiratet."

„Auch nicht verlobt? Ich bin ein Sonderling."

Der Lord hielt also doch für nötig, diese seine Fragen

zu entschuldigen. Nun, Doktor Werner konnte mit aufrichtigem Gewissen verneinen.

„Sie haben natürlich, ehe Sie sich hierherbegaben, über mich Erkundigungen eingezogen."

„Nein, gar nicht."

Der Rollstuhlmann fuhr etwas empor.

„Lügen Sie nicht! Sie werden nicht sofort hierhergefahren sein, ohne sich vorher zu erkundigen, bei wem Sie eventuell als Hauslehrer antreten sollen oder wollen!"

Auch der junge Deutsche hatte bei diesen Worten emporfahren wollen, schon hatte sich eine dunkle Blutwelle über sein Antlitz ergossen - doch schnell besann er sich, daß jener im Grunde genommen recht hatte, und er hatte auch wirklich nicht ganz die Wahrheit gesagt, und in diesem Fall war er zu streng gegen sich selbst.

„Nun ja - ich habe heute früh meinen Wirt über den Lord Roger von Norwood gefragt. Aber es war so wenig, was ich erfuhr, daß ich im Augenblick gar nicht daran dachte."

„Und was sagte Ihnen der Wirt?"

Werner teilte es in kurzen Worten mit.

„Nichts weiter?"

„Gar nichts weiter, auf Ehre!"

Wieder der durchbohrende Blick.

„Gut! Aber das wissen Sie doch, daß ich an den Rollstuhl gefesselt bin?"

„Nein. Ich wußte es nicht. Ich sehe es erst jetzt."

„Sie wissen nicht, daß mir beide Füße amputiert worden sind?"

„Mylord!"

Einen Augenblick hatte der junge Mann Lust, hier einige deutsche Wahrheiten zu sagen und dann seiner Wege zu gehen. Aber die strahlenden Augen des Mädchens bannten ihn, und dann sah er einen kranken Mann vor sich, der sich schon selbst einen Sonderling genannt hatte, und bei dem einen Mal blieb es nicht.

„Nun gut, ich glaube Ihnen. Und Sie gefallen mir. Ich möchte Sie engagieren. Als Lehrer meiner Nichte, hier der Lady Ruth. Oder mehr als Gesellschafter. Weibliche Gesellschaft dulde ich nicht. Ich habe meine Sonderbarkeiten. Nennen Sie es meinetwegen Schrullen. Und eine schrullenhafte Bedingung ist es, unter der ich Sie nur engagieren kann."

Das war im Grunde genommen ebenso offen gesprochen - und außerdem befand sich der junge Arzt noch immer unter dem Bann der strahlenden Kinderaugen.

„Sie wird doch nicht unerfüllbar sein?"

„Wer sich in meinen Diensten befindet, darf dieses mein Grundstück mit keinem Schritt verlassen. Also Urlaub und dergleichen gibt es nicht. Wir leben hier wie in einem von aller Welt abgeschlossenen Kloster. Ich gebe keine Gesellschaften, empfange keinen Gast. Könnten Sie sich in solch eine Lebenslage finden?"

Weiter ist es nichts? So hätte Werner bald gerufen. Denn er dachte im Augenblick nur daran, daß es ja gar kein schöneres Los geben könne, als mit solch einem Wesen so in der Einsamkeit zu leben.

Er besann sich noch rechtzeitig, daß derartige Ausrufe unangebracht wären.

„Auf wie lange würden wir da den Kontrakt machen?"

„Auf ein Jahr."

„Das wäre mir sehr recht, ich bin durchaus nicht so für Gesellschaft eingenommen..."

„Wenn Sie Geist genug haben, werden Sie sich schon zu beschäftigen wissen. Es gibt hier Zerstreuung genug. Unter anderem ist da eine alte, sehr seltene Bibliothek von 20 000 Bänden. Und welches Gehalt beanspruchen Sie?"

„Das möchte ich Mylord überlassen."

„Sind Sie mit monatlich zehn Pfund..."

„Onkel, er kann doch auf dem Rücken schwimmen!“ mischte sich zum ersten Mal Lady Ruth ein, die aber noch kein Auge von ihrem zukünftigen Hauslehrer gewandt hatte.

„Fünfzehn Pfund im Monat?“ lenkte der gehorsame Onkel denn auch gleich ein.

„Ich bin damit einverstanden“, entgegnete Werner mit einer dankenden Verbeugung, und es war auch tatsächlich ein ansehnliches Honorar, das ihm geboten wurde.

„Also dann sind wir einig?“

„Gewiß, Mylord!“

„Einen schriftlichen Kontrakt mache ich nicht.“

„Ist auch nicht nötig, Mylord!“

„Um Urlaub brauchen Sie niemals erst zu bitten.“

„Ich wüßte tatsächlich nicht, aus welcher Ursache.“

„Und sobald Sie einen Fuß außerhalb meiner Residenz setzen, ist unser Kontrakt gelöst, Sie sind entlassen. Einverstanden?“

Noch einmal durchzuckte es den jungen Mann.

Was in aller Welt lag hier eigentlich vor? Waren das nur Schrullen? Dieser Lord mit den noch so feurigen, klugen Augen sah eigentlich gar nicht schrullenhaft aus.

Aber Doktor Werner wäre kein junger Mann gewesen, wenn ihn nicht allein schon ein gewittertes Geheimnis gereizt hätte.

„Ich bin mit allem einverstanden, Mylord.“

„Also abgemacht! Es freut mich. Alles weitere wollen wir drin im Haus besprechen. Bitte, folgen Sie mir.“

3.

„Hipp hipp, hurra!“ jauchzte Lady Ruth. „Komm, schieb mit, schieb mit!“

Der Lord hatte seinen Wagen wohl allein in Bewegung setzen wollen, hatte ihn schon mit einem einzigen Ruck herumgedreht, aber weiter brauchte er sich nicht anzustrengen, die junge Dame war schnell hinter den Stuhl gesprungen, und nun schob sie im Sturmschritt los, daß die Röcke nur so flogen, dem Hause zu.

Aber schon nach den ersten Sturmschritten drehte sie den Kopf zurück.

„Na, da komm doch! Fix, fix! Du mußt mitschieben, das macht Spaß!“

Werner blickte sich nach dem Pförtner um - der war nicht zu sehen, kein anderer Mensch, dem diese Aufforderung hätte gelten können.

„Na, da komm doch nur, du da - Werner heißt du wohl, nicht wahr?“

Also es hatte doch ihm gegolten! Was sollte er machen? Sie mäßigte schon seinetwegen ihren Lauf.

Der junge Mann sagte sich noch einmal, daß er nicht nur träume, und dann rannte er los, hatte sie schnell eingeholt, und nun war er bereit mitzuschieben, wußte nur nicht recht, wohin er die Hände legen sollte.

„Pack mich nur hinten an - schiebe, schiebe, doppelt geht's besser.“

Gut, wenn die Sache so stand, dann war Herr Doktor Max Werner zu allem bereit - also er legte seine Hände an ihre Taille und half mitschieben, schlenkerte seine Beine, daß es jetzt die Schöße seines Bratenrocks waren, die in der Luft flatterten - und dabei machte er sich noch einmal klar, daß noch nicht einmal zehn Minuten vergangen waren, seitdem er sich als wildfremder Mensch hier zum ersten Mal vorgestellt hatte.

Er mußte mächtig an sich halten, um nicht laut hinauszulachen, und doch hätte er es tun dürfen, denn das Mädchen jubelte selbst vor Entzücken über diese Kinderwagenfahrt mit doppeltem Hintergespann.

Schnell war das breite Portal erreicht. Hochaufatmend stand sie da, sich die Bluse über dem vollen Busen glattziehend, das reizende Kindergesicht von dem schnellen Lauf purpurrot und immer noch eitel Seligkeit.

„Ach, das war aber schön! Du, das machen wir jetzt immer.“

Der junge Mann verbeugte sich schnell wieder, nur um sich nichts anderes merken zu lassen.

„Sie könnten uns wohl jetzt einige Minuten allein lassen, Ruth“, sagte der Lord zur Nichte, „ich möchte den Herrn Doktor erst in seine Beschäftigungen und in die Hausordnung einweihen, was Sie langweilen dürfte.“

„Ja, ja, Onkelchen, ich muß Bobby und Nelly überhaupt erst reine Hemden anziehen, wenn ich sie dann dem neuen Hauslehrer zeige. Zumal die Nelly hat sich wieder einmal fürchterlich vollgemacht.“

„O weh“, seufzte der neue Hauslehrer heimlich, „da sind also auch noch kleine Geschwister da, die ich erst zurechtlecken soll! Das hatte ich freilich nicht erwartet.“

Lady Ruth wandte sich dem Eingang zu - links herum hätte sie nur eine Viertelwendung nötig gehabt, aber sie machte lieber nach rechts herum eine Dreiviertelwendung, blitzschnell auf der hohen Hacke des zierlichen Stiefelchens - und dabei schwirrte auch ein Zopf durch die Luft, der vorhin noch nicht vorhanden gewesen war.

„Herrgott, meine Haare, schon wieder alles los! Jim, Jim, komm mit, du kannst mich schnell noch einmal frisieren!“

Wenn Doktor Werner geglaubt, in dem Gerufenen eine friseurelegante Gestalt oder doch sonst etwas Lakaienhaftes zu erblicken, so hatte er sich geirrt. Es war ein uralter Mann, der des Weges einhergehumpelt kam, eine Mistgabel unter dem Arm, und dieser Mistgabel entsprechend war auch sein Anzug und sein sonstiges Äußere beschaffen - jedenfalls ein Gärtner, der direkt von der Arbeit kam.

Aber er wußte, wem der Ruf galt, und was von ihm verlangt wurde. Lady Ruth rannte in das Haus hinein, und der alte Mann lehnte seine Mistgabel an die Wand und humpelte hinterdrein, unterwegs noch an dem Hinterteil der schmierigen Lederhose seine Hände abwischend, um sich auf die kommende feinere Arbeit vorzubereiten.

Wenn der Alte mit seinen Pfoten die frisierte - ach, Doktor Werner hätte so gern einmal allein sein mögen, um sich von Herzen auslachen zu können! Aber man mußte hier vorsichtig sein, mit jedem Mienenspiel, mit jedem Gesichtsmuskel. Mit einem einzigen Hebeldruck hatte der Lord plötzlich seinen Wagen gegen den hinter ihm Stehenden herumgeworfen; er mußte dieses Vehikel außerordentlich in seiner Gewalt haben.

„Ein gutes Kind, ein sehr gutes Kind, meine Nichte!"

„Ich hoffe, sie wird auch eine so gelehrige Schülerin sein."

„Ach, was das anbetrifft - über die Jahre ist sie schon hinaus. Überhaupt ein Mädchen. Wie alt schätzen Sie Lady Ruth?"

In diesem Fall wußte Doktor Werner nicht, ob er jünger oder älter schätzen sollte, was lieber gehört würde.

„Nun, vielleicht - zwanzig?"

„Fünfzehn."

„Fünfzehn?" staunte Werner, nicht recht gehört zu haben glaubend.

„Sie ist gestern fünfzehn Jahre alt geworden. Ja, sie hat sich sehr frühzeitig entwickelt. Das hat sie von ihrer Mutter. Die war auch so stark - hatte auch dasselbe heitere

Temperament. Dagegen mein Bruder... Haben Sie von Lord Harald Norwood gehört?"

„Mit keinem Wort, Mylord."

„Das ist unser Briefkasten."

Dabei war der Krankenwagen mit einem Ruck vorwärtsgeschossen, Lord Roger klopfte an einen an der Wand angebrachten Kasten, dem man seine Bestimmung gleich anssah.

„Er ist schwermütig geworden."

„Der Briefkasten?" hätte Werner beinahe gefragt.

„Seine Gattin starb im Kindbett. Am Jahrestag ihres Begräbnisses erschoß sich mein Bruder, nachdem er mir seine Tochter vermacht hatte, und mir wurden beide Beine amputiert."

Werner wußte nicht, was er von alledem denken sollte. Der Mann hier sah eigentlich ganz vernünftig aus.

„Sie verloren Ihre Füße durch einen Unglücksfall, wenn ich fragen darf?"

„Ja. Eine herabschlagende Falltür zerschmetterte mir beide Schienbeine, die Füße mußten an den Kniegelenken abgenommen werden."

„Schrecklich! Ist es denn nicht möglich, daß Sie künstliche..."

„Nein, da ist nichts zu machen", wurde der Doktor mit fast auffallender Hast unterbrochen. „Auch die Schenkel starben vollständig ab, bis auf die Knochen. Haben Sie eine große Korrespondenz?"

„Nein, eigentlich gar keine."

„Sie müssen doch Freunde in Deutschland haben?"

„Ich hatte Studienfreunde – in den letzten Jahren ist das alles auseinandergegangen."

„Gar keinen speziellen Freund, mit dem Sie sich schreiben?"

„Wirklich nicht!"

„Nun, ich wollte Ihnen nur sagen, alle Briefe und sonstige Postsachen sind in diesen Briefkasten zu stecken, aber nur nachmittags zwischen drei und vier Uhr."

Werner fand solch eine Bestimmung sehr sonderbar, aber er verbeugte sich zustimmend.

„Finden Sie das nicht merkwürdig?" fragte da auch noch der Lord.

„Oh, wenn das nun einmal Hausordnung ist..."

„Stimmt! Hausordnung! Ich habe nun einmal meine Gewohnheiten. Ich bin ein kranker, vom Unglück geschlagener Mann. Die Post kommt früh um acht. Nur dieses eine Mal. Ich selbst nehme sie am Tor in Empfang, händige dem Postmann den von mir hier eigenhändig abgenommenen Briefbeutel ein und verteile dann die etwa an meine Diener eingelaufenen Briefe zwischen elf und zwölf Uhr, so daß noch immer Zeit zu einer Beantwortung an demselben Tag ist. Das gilt auch für Sie. Wollen Sie sich danach richten."

Diese Briefbestellung fand Doktor Werner noch viel merkwürdiger, aber er sagte nichts. Das war eben ein Mann, der sich die Langeweile dadurch vertrieb, daß er den ganzen Tag mit pedantischen Beschäftigungen von Minute zu Minute hinbrachte.

Und das war noch immer nicht alles.

„Sie haben vollkommen freie Station - vollkommen freie."

„Danke sehr!"

„Von Kleidung und dergleichen wollen wir gar nicht sprechen - zum Beispiel auch Briefmarken."

„Danke sehr!"

„Und Briefbogen und Kuverts."

„Danke sehr!"

„Und da bitte ich mir aus, daß da keine Ausnahme gemacht wird! Das fasse ich als Beleidigung auf. Haben Sie Briefbogen in Ihrem Koffer?"

„Ich habe eine ganze Briefmappe..."

„Sie werden keinen einzigen Briefbogen von sich benutzen. Ich werde Ihnen Briefbogen geben, und sobald Sie einen anderen benutzen, sind Sie entlassen."

Na, das konnte ja noch gut werden! Aber des Menschen Wille ist sein Himmelreich. Auf was für Gedanken die Leute doch nur kommen, wenn sie zu viel Zeit und zu viel Geld haben!

So dachte Doktor Werner, innerlich belustigt. Er sollte sehr bald eine andere Anschauung bekommen, nämlich was für einen ganz bestimmten Zweck dies alles hatte!

„Ihr Gepäck befindet sich noch in jenem Privatlogis?"

„Jawohl, Mylord."

„Wieviel Stücke?"

„Zwei Koffer."

„Sonst nichts weiter?"

„Nein."

„So werden Sie dann gleich darum schreiben, den Brief zwischen drei und vier Uhr in den Kasten stecken. Morgen früh wird er mitgenommen, dann können Sie Ihre Sachen übermorgen früh schon hier haben und sie zwischen elf und zwölf von mir in Empfang nehmen. Bis dahin werden Sie sich wohl behelfen können, wir haben auch Sachen genug da."

Wieder machte Doktor Werner eine zustimmende Verneigung, eine sehr tiefe, um sich dabei unbemerkt auf die Lippen beißen zu können.

„So, nun will ich Ihnen das Innere des Hauses zeigen."

Mit einem Ruck herum, und der Rollstuhl sauste direkt in ein Zimmer hinein - anders kann das Manöver nicht bezeichnet werden, und es war auch tatsächlich so.

Werner hatte schon einige Beobachtungen gemacht. Das riesige Haus war ganz merkwürdig gebaut. Nach den kleinen Fenstern, die mit dem Erdboden abschnitten, mußte es einen Keller haben, darüber kam ein Hochparterre, dazwischen aber hin und wieder ein offenes Zimmer, das keine Tür hatte, sondern dessen ganze vordere Wand herausgenommen war, und dessen Boden, mit Teppichen belegt, mit der Erdoberfläche in gleicher Höhe lag, und zwar führte immer solch ein asphaltierter Gartenweg ohne Schwelle direkt hinein. Hier vereinigten sich auch immer mehrere Parkwege aus verschiedenen Richtungen.

Der neue Hauslehrer ging wohl nicht fehl, wenn er annahm, daß diese Zimmer Fahrstühle waren, so daß der Gelähmte in seinem Wagen immer gleich vom Garten in das Haus gelangen konnte. Nur sieht ein Fahrstuhl gewöhnlich anders aus. Das hier waren geräumige Zimmer, vollkommen möbliert, und Werner zählte auf dieser Seite nicht weniger als vier. Wenn es wirklich Fahrstühle waren, was sich ja gleich entscheiden mußte - was für einen Luxus trieb da dieser Lord mit seiner Gelähmtheit! - wenn man sich so ausdrücken darf, das heißt, was für Geld hatte er ausgegeben, um sich alles so bequem wie möglich zu machen!

In dem Portal selbst sah man eine marmorne Treppe. Diese war vorhin, wie Werner noch gesehen hatte, von der Lady wie auch von dem frisierenden Gärtner benutzt worden, und dann waren auch noch andere Männer treppauf, treppab gegangen, jedenfalls Diener, aber ohne Livree, ausschließlich bejahrte Leute.

Werner war in das offene Zimmer gefolgt, wurde aufgefordert, auf einem der zahlreich umherstehenden Fauteuils[1] Platz zu nehmen, wie auch zwei Tische und ein Sofa und eine Stutzuhr vorhanden waren - eben eine vollkommene und höchst luxuriöse Zimmereinrichtung - und dennoch war es ein Fahrstuhl, denn alsbald ging das ganze Zimmer in die Höhe; der Garten schien hinabzusinken.

Unterwegs bemerkte Werner, daß in jeder Etage der

[1] Franz.: Lehnsessel

Fahrstuhl nach links und nach hinten ganz offen war, nach rechts dagegen geschlossen. Doch zeigte sich immer eine andere Wand mit einer anderen Tür, offen war der Fahrstuhl also auch auf dieser Seite, nur ging es nach der anderen immer direkt in Korridore oder in sonstige freie Räume hinein.

„Dies ist ein Aufzug", erklärte der Lord jetzt auch noch, „wie es deren im ganzen Haus an den verschiedensten Stellen noch mehrere gibt. Diese Aufzüge sind allein für meine Benutzung, alle anderen, selbst Lady Ruth, also auch Sie, Herr Doktor, haben ausschließlich die Treppen zu steigen, welche gleichfalls in Menge angebracht sind."

„Wie Mylord befehlen."

Der Fahrstuhl hielt. Links blickte Werner abermals in einen endlosen Korridor, ebenso geradeaus, also in das Haus hinein, und so erkannte er jetzt zu seinem Staunen, daß das gar nicht ein langgestrecktes Gebäude war, sondern daß es ein Viereck bildete, also wohl ebenso tief wie lang war, was er vorhin von weitem nicht hatte erkennen können; man wäre gar nicht auf solch eine Vermutung gekommen. Denn was für ein ungeheurer Steinkasten mußte das da sein! Außerdem waren dann, wenn alle Zimmer Tageslicht erhalten sollten, oder wenn nicht riesige Säle vorhanden waren, Lichtschächte nötig.

Vorläufig verließ der Lord den Fahrstuhl noch nicht.

„Dieser ganze Flügel hier", sagte er, nach der geschlossenen Seite deutend, „ist für meine ausschließliche Benutzung, kein Diener darf ihn betreten; wundern Sie sich nicht, wenn ich manchmal tagelang hinter diesen verschlossenen Türen verweile, ohne einmal zum Vorschein zu kommen. Und wenn auch einmal in diesem Flügel Feuer ausbricht - kein Mensch darf diese Räume betreten!"

Während Werner nach der bezeichneten Tür blickte, wurde er in seiner Phantasie plötzlich in seine Kinderzeit zurückversetzt; er saß am Winterabend am traulichen Kachelofen auf dem Schoß der Großmutter, die ihm Märchen erzählte - und es war die Geschichte vom Ritter Blaubart, die er jetzt hörte, wie der vor der Abreise seiner jungen Frau das ganze Schloß zur Verfügung stellte, nur eine einzige Tür durfte sie niemals öffnen - wehe ihr, wenn sie es tat...!

„Sie haben mich doch verstanden, Herr Doktor?"

Diese in scharfem Ton gesprochenen Worte rissen den jungen Mann aus seinen Träumen.

„Sehr wohl, Mylord!"

Aber auch im Wachen blieb das Märchen vom Ritter Blaubart, der hinter jener geheimnisvollen Tür die Leichen all seiner früheren Frauen aufbewahrte, die er ermordet hatte.

Und was für eine merkwürdige Tür war das hier! Äußerst stark, mit stählernen Bändern beschlagen, und dann welch eigentümliches Schloß!

Es war ein Vexierschloß modernster Konstruktion, wie man es bei Geldschränken verwendet. In einer runden Scheibe befinden sich alle Buchstaben des Alphabets, jeder einzeln beweglich und verschiebbar, es muß an gewisser Stelle ein bestimmtes Wort gebildet werden, ehe man mit dem Schlüssel aufschließen kann, und zwar kann man dieses Wort jederzeit beliebig ändern, nur muß man es eben kennen.

Und jetzt entsann sich Werner, daß auch in den anderen Etagen alle Türen rechter Hand so beschaffen gewesen waren, im schnellen Vorbeifahren hatte er das nur nicht so beobachten können, jetzt aber erinnerte er sich deutlich.

Da fühlte er, wie die feurigen Augen des Gelähmten so durchdringend auf ihm ruhten, und schnell bezähmte er sein vielleicht etwas mißtrauisches Staunen.

„Sie wundern sich wohl, Herr Doktor?" wurde er da

auch noch gefragt.

„O Mylord, ich komme in ganz fremde Verhältnisse, und ich habe überhaupt noch gar nichts von der Welt gesehen..."

„In diesen Räumen habe ich das Liebste verloren, was ich auf der Welt besaß - ich war einmal verheiratet - hinter diesen jetzt verschlossenen Türen verlebte ich einst meine glücklichste..."

Plötzlich hervorbrechende Tränen erstickten seine Stimme, er legte die Hand vor die Augen.

Und Werner war erschüttert. Ja, jetzt wußte er alles, konnte alles begreifen. Er hatte schon einmal einen Mann kennengelernt, nicht die Gattin, sondern die einzige Tochter war ihm gestorben, und noch nach dreißig Jahren war in dem Stübchen, in dem die geliebte Tochter einst ihre Mädchenträume gesponnen hatte, alles genauso wie an ihrem Todestag, kein Möbel durfte gerückt werden, nicht einmal berührt, es durfte ja überhaupt von keinem fremden Fuß betreten werden - es war das Heiligtum des alten Mannes gewesen, in dem er gebetet hatte.

So war es eben auch hier. In England muß nur alles ins Große gehen, und nun noch dazu so ein Lord, der nicht weiß, was er mit seinem vielen Geld anfangen soll, an sich schon etwas spleenig veranlagt!

Mit tiefem Bedauern blickte Werner auf den Schluchzenden.

Sapperlot! Was hatte der ihn zwischen den etwas gespreizten Fingern so beobachtend anzuschielen?

Da verstummte das Schluchzen, der Lord nahm die Hand von den Augen, benutzte noch einmal das Taschentuch, dann war es vorbei.

Bei Doktor Werner aber war ein Mißtrauen zurückgeblieben, wenn er sich über dessen Ursache auch durchaus keine Rechenschaft ablegen konnte.

Der Blick, dieser beobachtende Blick während des Schluchzens hinter den Fingern hervor!

„Also nochmals: Wenn hier einmal Feuer ausbricht – es wird nicht gelöscht, deshalb keine Hand gerührt. Auch die Behörden von Norwood sind davon benachrichtigt und damit einverstanden. Ich habe keine Erben, und ich will, daß dereinst dieses Haus, das mein Glück beherbergt, möglichst vom Erdboden verschwindet. Versichert ist es nicht, also hat niemand Schaden davon, und für meine Nichte ist in anderer Weise gesorgt."

„Hm, da will ich nur aufpassen, daß ich dabei nicht selbst mit verbrenne, falls das Feuer innerhalb meines Kontraktjahres ausbricht", dachte Werner.

„Nun kommen Sie, nun will ich Ihnen die einzelnen Etagen zeigen. Wir sind hier in der vierten. Darüber ist nur noch der Boden."

Es ging direkt in den Korridor hinein, von dem links und rechts Zimmer und Säle abliefen, und so im Viereck herum, indem sich in der Mitte ein breiter Lichtschacht befand.

Sämtliche Zimmer und Säle, eine Unzahl, waren vollständig möbliert, da gab es besondere kleine Abteilungen, jedenfalls zur Aufnahme von Gästen bestimmt, wie sie ein Lord in seiner Residenz empfängt, mit eigenen Badezimmern, selbst mit eigener Küche, alles aufs höchste elegant, auch noch nicht altmodisch, alles in tadelloser Ordnung, vollkommen staubfrei, die Kupfertöpfe in den Küchen blitzblank geputzt, Spiegel und Fenster kristallklar, alles und jedes vorhanden, überall auch elektrisches Licht, ganze Kronleuchter, aber – keine einzige Tür!

Werner bekam keine einzige Tür zu sehen. Das heißt, Löcher hatte der Zimmermann wohl überall gelassen, es waren auch einmal Türen vorhanden gewesen – die Angeln waren noch da - aber sie waren sämtlich ausgehängt worden.

Der in den Rollstuhl Gebannte hatte es da allerdings sehr bequem, er brauchte diesen nicht erst seitwärts zu lenken, um die Klinke zu erreichen, brauchte dazu kein besonderes Instrument, er konnte bei Besichtigung seines Hauses immer direkt aus einem Zimmer ins andere kutschieren - aber eine merkwürdige Laune war dieses Aushängen und Verschwindenlassen sämtlicher Türen dennoch. Er hätte doch wenigstens Portieren[1] vorhängen können. Keine Spur davon! Nicht einmal vor den Badezimmern!

Nun, wenn die Zimmer einmal gebraucht wurden, konnten die nötigen Türen ja wieder eingehängt werden. Aber der rätselhafte Eindruck blieb bei dem jungen Deutschen doch haften.

Der Lord kutschierte langsam durch den ganzen Korridor im Kreis oder vielmehr im Viereck herum, blickte in ein und das andere Zimmer. Werner trabte gehorsam nebenher.

„Wohnen Sie gern hoch, Herr Doktor?"

„Oh, das ist mir ganz gleich."

„Sie können wohnen, wo Sie wollen, suchen Sie sich nur Ihre Zimmer aus. Aber Sie können auch die dritte oder zweite Etage beziehen. Nur die erste nicht, da hat Lady Ruth ihr Domizil aufgeschlagen, und im Parterre wohnen die Diener."

„Hoffentlich sind in der dritten und zweiten Etage, unter denen ich noch zu wählen habe, wenigstens Türen", dachte Werner humoristisch.

Er hätte das nicht nur so humoristisch zu denken brauchen. Mit einem anderen Fahrstuhl ging es in die dritte Etage hinab, wieder ein Zimmer und ein Saal am anderen - und wiederum keine einzige Tür!

Doch da kam Werner auf eine natürliche Erklärung für diese Türlosigkeit. In dieser Etage waren sehr viele Die-

[1] Franz.: Türvorhänge

ner mit Reinigungsarbeiten beschäftigt, ausschließlich alte Leute, immer und immer mehr bekam Werner zu sehen, und da also kam er auf die Vermutung, daß heute eine Generalreinigung stattfand, bei der einmal sämtliche Türen ausgehängt worden waren, etwa um sie im Freien abzuseifen.

Die arbeitenden Diener ignorierten die beiden Herren völlig, natürlich laut ihrer Instruktion.

„Wollen Sie Ihre Zimmer lieber hier haben? Suchen Sie sich nur aus! Das ganze Haus steht zu Ihrer Verfügung. Daß es hier keine Türen gibt, daran werden Sie sich bald gewöhnen."

Da war es! Also doch!

„Keine Türen?" wagte Werner zu wiederholen.

„Nein, ich liebe keine Türen - das heißt, sie sind mir wegen des Öffnens unbequem. Und doch - ich mag in meinem Haus keine Türen haben, keine einzige. Aus einer Notwendigkeit ist bei mir Gewohnheit geworden. Ich kann keine Tür mehr sehen, sie raubt mir förmlich den Atem. Sie lächeln? Möchten Sie denn etwa ein Zimmer mit starkvergittertem Fenster bewohnen? Könnten Sie sich da behaglich fühlen? Bei mir gilt das in bezug auf Türen, selbst auf solche mit Glasscheiben."

Werner hatte gar nicht gelächelt. Oder aber unbewußt, und dann hatte er sich vorgestellt, wie man denn hier so ganz und gar ohne jede Tür auskommen könne. Schon ein Bad nehmen bei offenstehender Tür - es war doch höchst merkwürdig.

„Sie werden sich daran gewöhnen wie alle anderen."

Wieder ein anderer Fahrstuhl, mit dem es in die zweite Etage hinabging. Hier wieder ganz genau dasselbe, ein Zimmer und ein Saal am anderen, hochelegant möbliert, alles elektrisch, alles mit Dampfheizung versehen, alles peinlich sauber gehalten.

Was die Unterhaltung dieses riesigen Hauses kosten

mußte! Nur um die Laune eines einzigen Mannes zu befriedigen, der selbst gesagt hatte, daß er nie einen Gast empfing. Dabei konnte es sich nicht einmal um einen Akt der Pietät handeln. Einen Ahnensaal, etwa durch Gemälde, Rüstungen und dergleichen charakterisiert, hatte Werner noch nicht erblickt, sollte es auch nicht. Das mochte sich drüben in dem verschlossenen Flügel befinden. Hier war alles durchaus modern, wenigstens nicht später als vor zwanzig Jahren alles neu angeschafft, das konnte auch ein Unkundiger gleich erkennen.

Diesmal ging es wieder in den ersten Fahrstuhl hinein, der an der jenseitigen Wand auch wieder solch eine starke Tür mit einem Buchstabenschloß hatte. Der Anblick einer Tür wirkte auf unseren jungen Freund ordentlich herzerfrischend, auch wenn diese Tür für ihn ein ‚Rührmichnichtan' war.

Noch zögerte der Lord, in die erste Etage hinabzurutschen.

„Wünschen Sie zu speisen, Herr Doktor?"

„Oh, ich habe gut gefrühstückt, ehe ich auf den Bahnhof ging."

„Sie müssen sich selbst helfen. Eine gemeinsame Mahlzeit gibt es hier nicht. Jeder ißt, wann es ihm beliebt. Ausgenommen die Diener. Haben Sie Appetit, so sagen Sie es irgendeinem von diesen, oder klingeln Sie, wo Sie sich auch befinden. An jedem Türrahmen befindet sich ein Klingelknopf. Jedes Zimmer hat seine Nummer, im Dienerraum fällt eine Klappe, so daß Sie überall sofort aufgefunden werden können - oder telefonieren Sie, an jeder Treppe finden Sie ein Telefonzimmer, gleich erkenntlich - telefonieren Sie direkt nach der Küche, zu irgendwelcher Zeit. Bei uns hier gibt es keinen Unterschied zwischen Tag und Nacht."

Herr Doktor Max Werner lauschte wie ein Mäuschen. Eine ganz fremde Welt eröffnete sich vor seinen Augen.

Er hatte einmal einen Roman gelesen, in einem alten Schloß spielend, wo es schon toll genug zugegangen war, er hatte die Phantasie des Dichters bewundert - aber das hier in der Wirklichkeit war doch noch etwas toller.

Doch was heißt toll?

Ach, wenn man einmal in die Welt hinauskommt und gerade in die richtigen Kreise hinein! Aber da muß man wohl Arbeiter oder Diener sein, sonst helfen da ein paar lumpige Millionen noch nichts. Oder wer noch nichts weiter als ein königliches Schloß gesehen hat, in dessen Einrichtung sein Ideal von Prunk und Glanz erblickt, der muß einmal Vanderbilts rotes Haus in der fünften Avenue zu New York besichtigen, das steht dem Publikum manchmal offen, und da dürften sich seine Ansichten über ‚Prunk und Glanz' etwas ändern. Nur allein wie dieses ganze Haus mit Wasser versorgt ist! Alle Röhren aus purem Goldblech getrieben, und dann diese Wasserkünste! Und Carnegie, der bekannte Philanthrop, der immer so mit Millionen zu wohltätigen Zwecken um sich wirft, der für sich selbst eigentlich gar nicht mehr so für Luxus ist - der muß wieder seine eigene Weckuhr haben, eine aus zwei Dutzend Hochschotten bestehende Musikkapelle, die frühmorgens mit dem Dudelsack um sein Bett marschiert, sonst kann er nicht aufstehen. Im Gegensatz dazu wieder Rockefeller, der reichste Mann der Welt, dessen Vermögen man mit allem Gold der Erde nicht auszahlen kann - der ‚wohnt' in einer Kammer, deren ganzes Meublement[1] in einem Tisch, einem Stuhl und einem Feldbett besteht, und diese Kammer fegt er selbst aus, putzt die Fenster selbst, macht sein Bett selbst, und dazu ißt er Brot und Äpfel! Und dabei ist Rockefeller durchaus nicht geizig.

Diesen Rockefeller wird übrigens die Nachwelt einmal anders beurteilen. Wir sehen heute in ihm nur einen bis

[1] Franz.: Zimmer-, Wohnungseinrichtung

zur Brutalität habgierigen Geldsack, der rücksichtslos über das menschliche Elend hinwegschreitet, der seine Eltern und Geschwister verhungern läßt. In Wirklichkeit aber ist dieser Rockefeller in der Theorie ein genialer Philosoph, ein Weltweiser, und in der Praxis ein gewaltiger Welteroberer, eine Art von Napoleon. Der will das soziale Problem nach seiner Weise lösen. Aber da muß erst alles unter die Füße gestampft werden, erst dann ist etwas zu machen.

Kurz und gut: Ein jedes Tierchen hat sein Pläsierchen - und für einen echten Hottentotten sind wir kultivierten Europäer, die wir unsere Beine in Tuchröhren stecken und auf den Schädel einen Kasten stülpen, einfach bedauernswerte Narren. (Für die noch etwas kultivierteren alten Griechen wären wir es ebenfalls gewesen, und dann unsere Kragen, möglichst hoch, bis an die Ohren - auch etwas sehr Geistreiches!)

Und schließlich noch: Wenn man Häuser mit Zimmern sehen will, die nur dazu da sind, sie in die Welt gesetzt zu haben, um sie immer reinzuhalten, so muß man nach dem Orient, besonders nach Indien gehen. Wie der noch jetzt wohlerhaltene Palast des Maharadschas von Heiderabad - ein Häuschen mit fünftausend geräumigen Zimmern!

Wenn man an alles dies dachte, dann war das hier noch gar nichts. Nur eine klägliche Nachahmung von orientalischem Luxus, von dem die Engländer etwas gesehen haben.

Der Fahrstuhl hatte sich schon gesenkt, blieb aber auf der Hälfte des Weges unter der Hand des Lords noch einmal stehen.

„Wir werden jetzt Lady Ruth in ihren Räumen aufsuchen."

„Wenn es der Lady angenehm ist?"

„Weshalb nicht? Ein liebes Mädchen, nicht?"

Der Lord wurde recht familiär.

„Ja, sie war ein Jahr alt, als mein Bruder sie mir anvertraute. Nun sind vierzehn Jahre vergangen, und sie hat noch keinen Schritt außerhalb der dieses Grundstück umringenden Mauer getan."

Werner hielt es noch nicht für angebracht, zu erschrecken. Das war natürlich nicht wörtlich zu nehmen.

„Die Lady ist noch nicht viel von hier weggekommen?"

„Ich sage, sie hat in ihrem Leben noch keinen Fuß außerhalb dieser Mauern gesetzt."

Werner sah im Geiste das rosige, von Lebensfrohsinn übersprudelnde Mädchen vor sich – und jetzt erschrak er wirklich.

„Es ist nicht möglich!"

„Wie ich sage. Sie hat noch nicht einmal andere Menschen zu sehen bekommen als die, welche hier ständig Teppiche ausklopfen und den Park oder vielmehr die Wege in Ordnung halten."

„Ja, aber warum denn das?"

„Testamentarische Bestimmung meines Bruders! Hier in dieser Einsamkeit, abgeschlossen von aller Welt, sollte ich sie erziehen. Er übergab sie mir mit ihrer Amme, deren Vater ein sehr gebildeter Mensch war, der wurde ihr Hauslehrer. Diese Amme ist das einzige weibliche Wesen, das Lady Ruth jemals erblickt hat. Nun ja, sie mag noch mehr gesehen haben, durch das Fernrohr, auf der Landstraße. Die Amme ist schon vor sechs Jahren gestorben, ihr Vater vor vierzehn Tagen. Jetzt sollen Sie seine Stelle einnehmen. Die beiden gehörten zur Sekte der Quäker. Ruth ist aber nicht etwa Quäkerin, sondern Mitglied der anglikanischen Hochkirche. Sie hat sich nur von den beiden das ‚thou' angewöhnt, und uns fällt das gar nicht mehr auf. Wenn Sie es ihr wieder abgewöhnen könnten, so wäre das sehr gut."

„Testamentarische Bestimmung?"

„Ja. Mein Bruder war ein Sonderling, hat ein ganz merkwürdiges Testament aufgesetzt."

„Sie soll doch nicht etwa - Nonne werden?"

Der junge Mann hatte es kaum herausgebracht, so schnürte sich ihm plötzlich das Herz zusammen. Er gehörte eben zu jenen Menschen, welche beim Klang des Wortes ‚Kloster' immer gleich Ketten klirren hören, gleich noch ganz andere mittelalterliche Bilder sehen. Die katholische Einrichtung der Klöster soll deshalb nicht verworfen werden. Sie hat ihre Berechtigung, man kann begreifen, wenn ein König abdankt und sich in ein Kloster zurückzieht, wenn ein gebrochenes Herz sich hinter Klostermauern vergräbt - aber man muß einmal gesehen haben, wenn ein blühendes Menschenkind, dem Gott den Odem eingehaucht, unter feierlicher Zeremonie dem Kloster überliefert wird, womöglich gar, um die Sünden der Eltern abzubüßen. Wer noch nie einen Fluch in seinen Mund genommen hat, über solch eine Schwachheit erhaben ist, der kann sich dann plötzlich sehr ändern. Und das protestantische England hat ähnliche Einrichtungen, die von katholischen Klöstern fast gar nicht verschieden sind.

„O nein!" entgegnete der Lord. „Nur bis zu ihrer Verheiratung. Und gestern hat sie mit ihrem fünfzehnten Lebensjahr nach englischem Adelsgesetz das heiratsfähige Alter erreicht."

Wie von einem Alp befreit atmete der junge, etwas gefühlvolle Deutsche auf. Das fröhliche Wort Heirat hatte den dumpfen, modrigen Geruch des Klosters sofort verscheucht.

„Und nicht einmal", fuhr Lord Roger fort, „daß sie dabei gebunden wäre! Sie kann wählen, wen sie will - absolut frei. Und in ihrem sechzehnten Jahr bekommt sie bare fünfhundertausend Pfund Sterling ausgezahlt, die

Zinsen davon schon vom Tage ihrer Hochzeit an."

Mit einem Mal blickte Max Werner den Sprecher ganz unsicher an.

Wie kam der Lord dazu, ihn so mir nichts, dir nichts in solche Verhältnisse einzuweihen, ihn, den doch noch immer wildfremden Menschen? Das tut wohl ein Altenburger Bauer, dessen heiratsfähige Tochter durch rote, auf den Rock genähte Streifen ausdrückt, wieviel sie mitbekommt, so etwa wie die Marineoffiziere ihren Rang kennzeichnen. Jeder Streifen bedeutet tausend Taler, ein ganz breiter gleich zehntausend - das ist dort nun einmal so Sitte - aber gerade in England sind die Geldverhältnisse ein sehr, sehr empfindliches Thema. Nichts wird in England so verachtet wie Mitgiftjägerei. In Gedanken mag man sich damit beschäftigen, aber gesprochen darf darüber nicht werden, so wenig wie über Intimitäten der Ehe. Wenn ein Freiersmann fragen wollte: ‚Wieviel bekommt denn Ihre Tochter mit?' - na, der flöge doch augenblicklich die Treppe hinunter, dürfte sich in keiner Gesellschaft wieder blicken lassen!

Und dieser edle Lord hier sagte sogleich, was seine Nichte dereinst mitbekomme. Das ‚bar' hatte nun vollends fast humoristisch geklungen.

Nun, es war eben doch ein schon etwas kindischer Mann. Oder aber, man zieht sich nicht ungestraft so lange in die Einsamkeit zurück. Ein ganz anderer Mensch wird man dabei jedenfalls.

Das Zimmer war wieder etwas hinabgefahren, blieb mit einem kleinen Ruck stehen.

„So, hier sind wir in der Etage der Lady. Treten Sie hinaus! Nun sprechen Sie mit ihr, arrangieren Sie, wie Sie die Stunden mit ihr ausfüllen wollen. Da ist sie ja schon. Ich hole inzwischen Briefbogen für Sie."

Werner war der Aufforderung gefolgt, war hinausgetreten, und hinter ihm rutschte das ganze Zimmer wieder hinauf, neben ihm gähnte ein Abgrund.

Da hörte Werner über sich ein Stöhnen, es konnte nur der Lord sein, und zwischen dem Stöhnen auch Worte:

„Oh - du - verrückter Hund!“

Meinte der Lord mit diesem ‚verrückten Hund‘ sich selbst? Da konnte er ja vielleicht die Wahrheit gesprochen haben, ohne durch diese Selbsterkenntnis alle Weisheit erlangt zu haben.

4.

Doch Max Werner grübelte jetzt nicht darüber nach, ob der Lord hiermit sich selbst oder seinen Bruder oder etwa gar ihn, den neuen Hauslehrer, gemeint habe.

Wie eine Art Betäubung überfiel es ihn plötzlich. Mit einem Mal kam es ihm zum Bewußtsein, was er in dieser kurzen Zeit, seitdem er von dem Pförtner hier eingelassen, schon alles erlebt, gesehen, gehört hatte. Es kam ihm zum Bewußtsein, aber er konnte es nicht fassen. Das Kaleidoskop wurde gar zu schnell gedreht.

Eine Uhr gab laut drei Schläge. Werner blickte unwillkürlich nach seiner Taschenuhr. Richtig, dreiviertel elf - und als der Pförtner ihm geöffnet, hatte dieselbe Uhr die zehnte Stunde verkündet.

In noch nicht einer Stunde, ausgerechnet in drei Viertelstunden, hatte er eine neue, ihm gänzlich fremde Welt durchwandert, in die er so plötzlich versetzt worden war, deren Existenz er bisher als ein Märchen verworfen hätte.

Ja, was sollte er eigentlich hier?

Richtig, er sollte sich mit Lady Ruth beschäftigen. Beschäftigen? Einen Stundenplan mit ihr verabreden. Und der Lord wollte unterdessen für ihn Briefbogen besorgen.

War das nicht alles nur ein komischer Traum? Da traf durch das Fenster ein Sonnenstrahl sein Gesicht, und Doktor Werner raffte sich auf - es war und blieb Wirklichkeit.

Dort sollte sie ‚schon' gewesen sein! Aber Werner hatte sie nicht gesehen, sah sie auch jetzt nicht. Gleichgültig - entschlossen machte er den ersten Schritt in das Reich, welches der jungen Dame gehörte, und mit jedem weiteren Schritte bekam er mehr geistige und körperliche Freiheit, die Fesseln der Befangenheit, von denen in jüngeren Jahren nur ein verdorbener Mensch nichts weiß, fielen.

Wahrhaftig, auch hier keine Türen! Na, das war doch ein bißchen stark! Werner wagte es, in ein Zimmer zu blicken, und was er da zu sehen bekam, war noch stärker: ein ungemachtes Bett und durch das ganze Zimmer verstreut Damenkleider aller Art.

Erschrocken prallte Werner zurück, überging einige offene Zimmer, auch eine Badestube, die gleichfalls keine Tür hatte, und wagte in ein drittes Zimmer zu blikken. Und was erblickte er? Ein ungemachtes Bett und durch das ganze Zimmer verstreut Damenkleider aller Art.

Jetzt wurde Herr Doktor Max Werner kopfscheu. Er hätte sich Scheuklappen gewünscht. Jedenfalls wagte er nicht, noch in ein viertes Zimmer zu blicken. Und nicht etwa, daß es immer ein und dasselbe Schlafzimmer gewesen wäre! Jedes hatte immer ganz anders ausgesehen, das hatte er sofort erkannt - in einem immer liederlicher als im anderen.

„Ach, da bist du ja! Na endlich!"

Da stand sie - wie ein vom gesunden Schlaf erwachtes Dornröschen im verwunschenen Schloß.

„Komm nur herein, du kannst mir helfen!"

Sie verschwand wieder in dem vom Zimmermann gelassenen Loch, aus dem sie aufgetaucht war, Werner machte noch ein paar Schritte und trat ein. Da es keine Tür gab, konnte er auch nicht erst anklopfen, wie man bekanntlich - das Vollendetste der guten Erziehung - auch gegen eine schon offenstehende Tür klopft.

Und was erblickte Werner? Ein ungemachtes Bett und im ganzen Zimmer verstreut Damenkleider und Damenwäsche aller und der diskretesten Art.

Es waren auch noch andere Möbel vorhanden, nur

nicht viel davon zu sehen, weil sie mit lauter Kleidern bedeckt waren. Auf dem einen Fauteuil gab sich ein blumenreicher Hut mit einem durchlöcherten Strumpf ein Stelldichein; auf einem Diwan hielten die Repräsentanten der ganzen Damengarderobe Zirkel - und dann war noch ein Sofa vorhanden, ein mächtig langes Ding, es nahm die ganze Wand von fünf Metern Breite ein, und auf diesem hatten sich die figürlichen Vertreter des Menschengeschlechts versammelt - Puppen, der Reihe nach aufgebaut, von der einen Ecke bis zu der anderen, eine dicht neben der anderen, und hier war der Weltfrieden endlich gesichert, denn die europäische Modedame mit den Purpurbäckchen legte ungeniert ihr kurzbestrumpftes Bein einem pechschwarzen Neger in den Schoß, ein Chinese umärmelte eine Eskimofrau, und so waren alle Völkerrassen vertreten, und alle befleißigten sich der größten Zärtlichkeit. Im ganzen waren es drei Dutzend Puppen, die das lange Sofa einnahmen, und darunter wunderbare Modelle einer fremdländischen Kunst. Am meisten freilich herrschte die bekannte Modepuppe vor - und hin und wieder auch ein sogenannter Nacktfrosch mit porzellanenen Bratwurstbeinen und Bürgerbauch - und darunter auch zwei chinesische Nacktfrösche, ein Männlein und ein Weiblein, die sich nach chinesischem Begriff von Schönheit durch ganz besondere Leibesfülle auszeichneten und ferner noch durch etwas anderes. Der Chinese ist in gewisser Hinsicht ein gräßlicher Realist. Ein Künstler ist er nicht, für die Malerei zum Beispiel fehlt ihm gänzlich die Perspektive - dafür sucht er die Natur getreu bis ins kleinste zu kopieren.

„Das sind alles meine Kinder. Ich habe sie alle für dich so hingesetzt. Na, Nelly, nicht weinen, nicht immer gleich weinen! Nun seid hübsch artig, das ist mein neuer Hauslehrer. Onkel sagt, ich soll nicht mehr mit Puppen spielen, ich sei schon zu groß dazu. Ist das wahr?"

Der um sein Urteil Gefragte blickte auf das junge Mädchen, auf das junge Weib, das wie eine junonische Göttin in blühender Lebenskraft mit strahlenden Augen vor ihm stand, und er blickte nochmals auf die Puppen, auf die Nacktfrösche - und er verbeugte sich schnell.

Er beugte sich, um sein Gesicht nicht sehen, um sich nichts merken zu lassen.

Denn es war ihm plötzlich so siedendheiß zum Herzen emporgestiegen, und noch höher, bis in die Augen.

Weshalb, das braucht wohl nicht angedeutet zu werden, könnte mit Worten auch gar nicht gesagt werden!

Ach, du armes, armes Kind!

Es braucht nicht immer gewaltiger Katastrophen, nicht einmal des Anblicks von wirklichem Elend, um des Dichters Wort mitzuempfinden: ‚Der Menschheit ganzer Jammer packt mich an.'

„Der da", sie deutete auf einen stattlichen Nacktfrosch, „kann schwimmen, auch auf dem Rücken - aber der da sinkt unter, geradeso wie ich. Kannst du das auch so einer Puppe lehren? Weißt du... Ja, wie heißt du eigentlich?"

Die ‚Schwäche' war vorüber, der junge Mann, der sich mit dieser ‚Schwäche' das schönste Zeugnis ausgestellt hatte, das man aber nie auf Papier niederschreiben kann, konnte schon wieder lächeln.

„Werner - Doktor Werner."

„Werner? Ich habe noch nie einen so komischen Namen gehört. Hast du nicht noch einen anderen Namen?"

„Meinen Vornamen - Max."

„Max, ja, das ist etwas anderes. Und ich heiße Mylady. Nur der Onkel nennt mich manchmal auch noch Ruth."

Sie betrachtete ihren Titel als einen Namen. Wie sollte sie auch nicht?

„Wie kommt das eigentlich - ich habe oft schon darüber nachgedacht - wie kommt das, Max, daß ich zu allen anderen Menschen ‚du' sage und die anderen alle zu mir ‚Sie', wo mir doch so etwas gar nicht einfällt. Wie kommt das nur?"

In angestrengtem Nachdenken hatte sie dabei ihre reine Stirn in schwere Falten gezogen.

Ja, das sollte der nun einmal jemand erklären! Glücklicherweise verlangte sie nie eine Antwort, sprang immer schnell von einem Thema aufs andere über. Und was für Themen waren das!

„Weißt du, mir kommt es manchmal selber dumm vor, dieses Spielen mit Puppen. Es sind doch nur tote Puppen, sie können nicht essen und gar nichts, das muß man nur selber immer tun, nicht einmal richtig schreien können sie. Die da kann Mama sagen, aber da muß ich erst unten an einer Schnur ziehen, und die ist auch schon kaputt. Und die da klappert mit den Augen, aber das ist auch schon kaputt. Ja, wenn sie lebendig wären! Jaaa, lebendig! Ach, weißt du, ich möchte zu gern richtige kleine Kinder haben - gleich eine ganze Menge - zu gern!"

Und sie hatte die Hände gefaltet und blickte nach oben, strahlend in seliger Verklärung einer himmlischen Hoffnung - das verkörperte Gebet der Jungfrau mit Begleitung der Klosterglocken.

Aber Doktor Werner hatte es durchaus nicht nötig, ein Lächeln zu unterdrücken. Er fand wirklich nichts Lächerliches dabei.

Der Blick wurde wieder auf ihn gerichtet.

„Alle Mädchen bekommen Kinder - alle!"

Diesem kategorischen Imperativ war überhaupt nicht zu widersprechen. Der neue Hauslehrer stimmte durch ein Kopfneigen schweigend bei.

„Ursula hat es gesagt", wurde diese Behauptung näher begründet.

Ursula war jedenfalls ihre Amme gewesen, und die

hatte es doch wissen müssen.

„Aber da muß man erst verheiratet sein. Oder ist es nicht so?"

„Ja, das - das - wird wohl so sein", ergriff der neue Schulmeister zum allerersten Mal das Wort.

„Gestern bin ich fünfzehn Jahre geworden - nun kann ich heiraten, Onkel hat's gesagt."

Der neue Hauslehrer hielt es für das beste, wieder einmal eine Verbeugung zu machen.

„Nun kann ich auch Kinder kriegen. Nicht wahr?"

„Oh - oh - oh - bitte sehr - ganz, wie Sie wünschen."

„Aber erst muß ich heiraten."

„Na - na - o ja - jawohl."

Und dabei dachte der junge Doktor nur ein einziges Wort, und dieses lautete: Himmelbombenelement!

Er sollte erlöst werden, sie sprang wieder auf ein anderes Thema über.

„Es gibt alte und junge Menschen."

Gegen diese neue Belehrung seitens seiner Schülerin hatte der Schulmeister wiederum nichts einzuwenden.

„Die alten Männer haben weiße Haare, und die jungen Männer haben - haben - die haben - andere!"

„Andere Haare!" wiederholte der neue Hauslehrer.

„Du hast - solche wie ich."

„Blonde."

„Ja, blonde! Du bist auch kein alter Mann. Hier, küsse mal!"

Sie nahm so eine Modedame, küßte sie zärtlich und hielt sie dann ihrem Hauslehrer hin.

„Nun küsse du sie mal!"

Was sollte Werner tun? Er spitzte gehorsam die Lippen und küßte die wächserne Nase.

„Das sieht aber komisch aus!" lachte sie fröhlich.

„Das glaube ich wohl", konnte jetzt endlich auch der junge Mann einmal lachen.

Aber es war ihm gar nicht recht behaglich zumute - oder aber sehr behaglich, zu behaglich, und das Wörtchen ‚zu' ist niemals gut, es sagt, daß etwas weniger besser wäre.

„Hast du schon einmal einen anderen geküßt, einen wirklich lebendigen Menschen?" examinierte sie dann weiter, nachdem sie die Puppe wieder aufs Sofa gesetzt hatte.

Dem jungen Mann wäre jetzt fast lieber gewesen, wenn sie sie behalten und sich das Gespräch weiter um Puppen gedreht hätte.

„O ja."

„Wen denn?"

„Nun - nun - meine Eltern."

„Das ist nichts. Waren die schon alt, deine Eltern?"

„Nun - nun - älter als ich", entgegnete dieser Mensch, der acht Semester studiert haben und jetzt auch noch den Lehrer spielen wollte.

„Dann war das nichts", erklang es wiederum resolut. „Hast du schon einmal ein Mädchen geküßt?"

„Nein - o nein!" wehrte Doktor Werner ganz energisch ab.

Dabei aber wurde er ganz rot, und das mit Recht, denn er log.

„Wirklich nicht?"

„Nein, auf - auf - auf keinen Fall."

„Warum nicht?"

„Weil - weil - weil..."

„Könntest du mich küssen?"

O ja, aber - ach, wohin war da der arme junge Mann geraten! In seinem Stellengesuch hatte doch gar nichts von Küsserei gestanden.

„Mylady..."

„Ich habe manchmal den Onkel geküßt - das ist nichts; ich habe einmal meinen alten Lehrer geküßt - das war erst recht nichts, und der hatte seinen weißen Bart auch immer so voll Schnupftabak. Weißt du, dich möchte ich einmal küssen - ich weiß gar nicht, warum eigentlich - aber wirklich, ich möchte meine Lippen einmal auf deine pressen. Darf ich?"

Sie stand schon dicht vor ihm, blickte ihn an, nicht lachend, nicht lüstern, vielmehr mit einer hehren Feierlichkeit.

„O Mylady, wenn..."

Aber er floh nicht. Die hehre Feierlichkeit in ihrem Blick bannte ihn. Es war bei alledem keine Sünde.

„Ist das gottlos, wenn man küßt?" fragte sie auch noch.

„Gottlos gerade nicht, aber - aber - da muß man erst verheiratet sein."

„Na, da heiraten wir uns eben."

„O Mylady..."

„Wenn man sich heiraten will, dann darf man sich schon vorher küssen, das weiß ich bestimmt. Ursula sagte es, und die wußte alles. Darf ich?"

Jetzt wartete sie nicht erst seine Erlaubnis ab, sondern legte ihm die Hände auf die Schultern, hob sich auf die Zehenspitzen und küßte ihn einmal und noch einmal und immer noch einmal, und - der gute Doktor duldete es!

„Ach", seufzte sie dann mit verklärtem Blick nach dem tapezierten Himmel, „ist das aber schön - nein, ist das aber schön - ich hätte gar nicht gedacht, daß das so schön wäre! Darf ich noch einmal?"

„Mylady..."

„Aber du bist zu groß - komm, setz dich hierher aufs Bett."

„Mylady..."

Aber schon gab sie ihren Bitten und Befehlen handgreiflichen Nachdruck. Und das Mädchen hatte Kräfte, und mit Werners Manneskraft war es schon längst vorbei. Da war's um ihn geschehen, halb zog sie ihn, halb sank er hin - und da setzte sie sich ihm auch noch auf den Schoß, schlang die Arme um seinen Nacken und küßte weiter.

Und er war ein junger Mann von 25 Jahren! (Es gibt nämlich auch alte Männer von 25 Jahren. Er aber war noch ein junger.) Jetzt legte auch er beide Arme um ihren Hals und küßte sie ebenfalls.

Und so küßten sie sich immer weiter. Zu sprechen braucht man ja bei so etwas nicht. Das Sprechen wurde von anderer Seite besorgt.

„Kinder", erklang da die sonore Stimme des Lords, und zwar durchaus nicht in zornigem Ton, „Kinder, da habt ihr meinen Segen. Und hier, mein lieber Doktor, haben Sie Ihre Briefbogen und Kuverts, von jedem zwölf Stück."

In diesem Augenblick verkündete die Hausuhr die elfte Stunde.

Und da floh Joseph von dannen,[1] aber nichts weiter zurücklassend als die ihm angebotenen zwölf Bogen Briefpapier.

[1] Anspielung auf die alttestamentarische Erzählung von Joseph in Ägypten und sein Erlebnis mit Potiphars Frau und ihren Verführungsabsichten (1 Moses 39)

5.

Werner befand sich in derselben Etage, in irgendeinem anderen Zimmer, das aber kein ungemachtes Bett und keine verstreute Damengarderobe enthielt.

Wie er hierhergekommen war, wußte er nicht. Er rannte auf und ab.

Er befand sich in einer verzweifelten Stimmung, ohne eigentlich zu wissen, warum.

Nur das kam ihm ziemlich deutlich zum Bewußtsein, daß er hier in eine Falle gelockt worden war. Diese Lady Ruth mußte aus irgendeinem Grund sofort heiraten, heute noch, ganz egal, wen.

Nein, das gab es bei Doktor Max Werner nicht.

An die bare Mitgift von fünfhunderttausend Pfund Sterling oder zehn Millionen Mark dachte er im Augenblick nicht, und wir wollen nicht erörtern, ob sich seine Ansicht geändert, wenn er daran gedacht hätte.

Die Hauptsache war die, daß er diese Lady Ruth liebte – denn die Liebe braucht keine Einleitung, sie ist in einem Augenblick da, und er hatte noch viel länger Zeit gehabt – und daß er sie jetzt als das Objekt einer unwürdigen Spekulation sah, das war der Grund seiner Verzweiflung, vollständig motiviert.

Der einzige Trost war ihm der, daß dieses puppenspielende Wesen mit der reinen Stirn und den strahlenden Augen unmöglich selbst mit an dieser Spekulation beteiligt sein könne. Daß dies auch nur mit ihrem Wissen und Willen geschehen wäre, so etwas zu glauben, wäre einfach heller Wahnsinn gewesen.

„Und ich liebe sie", stöhnte der von einem undefinierbaren Gefühl Gemarterte, „ich liebe sie ja..."

„Nun, dann kann ja noch heute die Trauung erfolgen."

Lord Roger hatte es gesagt, der in diesem Augenblick

zur Tür hereinkutschiert kam.

Erschrocken, dann aber mit feindseligem Blick starrte Werner den Gelähmten an.

„Sie haben mich in eine Falle gelockt!“ stieß er hervor.

„In eine Falle gelockt? Wie meinen Sie das? Ah so, Sie meinen, ich hätte dies zwischen Ihnen und Lady Ruth erst künstlich arrangiert? Meinen Sie das? Dann haben Sie auch ganz recht, das habe ich wirklich getan.“

Werner wurde ganz perplex. Denn solch eine ungeschminkte Erklärung hatte er natürlich doch nicht erwartet.

Da deutete die muskulöse Hand des Gelähmten gebieterisch auf einen Sessel, und fast ebenso gebieterisch erklang es:

„Setzen Sie sich, junger Mann!“

Ganz mechanisch gehorchte Werner, wie unter einem fremden Bann stehend, und jetzt war es der Lord, welcher in dem Zimmer während des Sprechens auf und ab zu wandern begann, freilich nicht auf seinen Beinen. Aber wenn man ihn so länger beobachtete, kam man fast in die Täuschung hinein, einen auf und ab Gehenden zu sehen, nur daß er gewissermaßen mit den Händen oder Armen lief.

Mit fünf Armbewegungen hatte er jedesmal die ganze Länge des Zimmers durchmessen, dann warf er den Rollstuhl mit einem Ruck rechts herum, mit fünf Schritten – nein, Armbewegungen – wieder zurück und dann mit einem Ruck nach links herumgedreht, und so ging das immer weiter, und hätten die pneumatischen Gummiräder eine Spur hinterlassen, sie hätten nur eine einzige Linie gezogen.

Er mußte in diesem Hinundherfahren schon eine große Übung haben, um so etwas fertigzubringen – akkurat wie ein auf und ab wandernder Mann.

„Bitte, Herr Doktor, hören Sie mich ruhig an. Meine

Nichte und ich, wir beide sind die letzten Norwoods. Es gibt keine anderen mehr. Wir haben keine Verwandten, der Staat würde uns beerben. Mein Vater war noch ein sehr reicher Mann, er verschwendete sein Vermögen in sinnlosen Phantasien. Dieses Haus hier, das sich nie verzinsen würde, ist noch eine Schöpfung von ihm. Ich, der zweitälteste Sohn, habe ein wildes, ein wüstes Leben geführt. Eines Tages, vor zwanzig Jahren, ließ mich mein Vater per Schub[1] nach Australien bringen. Ich sollte arbeiten lernen. Die kleine Rente, die mir mein Vater gewähren konnte, reichte nicht aus. Ich habe auch in Australien das wüste Leben fortgesetzt, herumabenteuert, lebte am meisten von Frauengunst.

Dann hatte ich noch einen älteren Bruder, Harald. Als der Vater starb, erbte dieser den Titel eines Lords von Norwood, während ich als zweiter Sohn nur den eines Baronets beanspruchen konnte. Aber Harald erbte dafür auch die Schulden des Vaters, ich nicht. Hingegen hatte der Lord von Norwood die sicherste Aussicht auf eine reiche Heirat, während ein Baronet heute gar nichts mehr gilt.

Auf Drängen seiner Freunde - denn aus eigenem Antrieb hätte er so etwas nie getan, mein Bruder war immer ein Kopfhänger - ging Harald nach Amerika auf die Brautschau und bekam richtig eine Frau mit zwölf Millionen Dollar. Aber das hatte nur noch gefehlt, daß dieses Weib eine ausgesprochene Spiritistin war.

Die Schulden meines Vaters wurden bezahlt, hier dieses Haus von den Gläubigern ausgelöst und noch bedeutend vergrößert, die kolossale Mauer aufgeführt - hier haben die beiden drei Jahre lang gehaust, ganz einsam, wenigstens ohne große Festlichkeiten, und dennoch dabei vierhunderttausend Pfund Sterling verpulvert. Geister scheinen eine kostspielige Gesellschaft zu sein. Erst im

[1] zwangsweise Verschickung, Abschiebung

dritten Jahr entprang der sonst sehr glücklichen Ehe ein Kind, hier unsere Ruth, die Mutter starb im Wochenbett.

Ich hielt mich noch immer in Australien auf, in einer sehr entlegenen Gegend, wußte noch nicht einmal von dem Tod des Vaters - was übrigens meine Verhältnisse gar nicht änderte - als mich endlich meines Bruders Brief erreichte, den ich schon vor einem halben Jahr hätte haben können. Unter gewissen Bedingungen setzte er mich zum Erben seines halben Vermögens ein.

Ich natürlich sofort nach England. Auf dieser Reise ging eine große Wandlung mit mir vor. Extreme berühren sich. Nicht nur der heilige Augustinus und Franziskus hatten ein ausschweifendes Leben hinter sich, oder gar Dominique de Rancé, der Stifter der Trappisten, des Ordens zum ewigen Schweigen. Es braucht nur irgendein Anlaß zur Gemütsumänderung vorhanden zu sein. Bei mir war es ein Mädchen, ein Engel, den ich auf der Seereise kennen..."

Der Erzähler konnte vor plötzlichem Schluchzen nicht weitersprechen, er legte die Hand vor die Augen, und diesmal beobachtete Werner nicht, ob jener ihn wieder zwischen den Fingern anschielte, das heißt, er achtete überhaupt gar nicht darauf, Werner selbst war viel zu gerührt dazu.

Die weiche Gemütsstimmung war schnell wieder vorüber.

„Nicht, daß ich dann ein Heiliger oder ein Asket oder nur ein Frömmler geworden wäre. Sondern nichts weiter, als daß ich bisher so lebenslustiger Gesell menschenscheu wurde. Ich mochte keinen Menschen mehr sehen, und so etwas schließt doch wohl ein geselliges Leben aus. Es war bei mir auch bloß zum Durchbruch gekommen. Unsere Mutter war eine melancholische und menschenscheue Frau, mein Bruder hatte diesen Charakter schon als Kind gehabt, bei mir kam es erst später zum

Vorschein, und auch der Vater war trotz aller Lebenslust ein ausgesprochener Sonderling, der oft genug Grillen nachhing.

Als ich in London eintraf, war mein Bruder nicht mehr am Leben. Am Todestag seiner Frau hatte er sich erschossen, auf ihrem Grab. Außer dieser schuldenfreien Residenz war noch ein bares Vermögen von rund einer Million Pfund Sterling vorhanden. Und nach dem Testament fiel die Hälfte davon mir zu, aber nur unter gewissen Bedingungen.

Ich werde Ihnen die Abschrift des Testaments später zeigen, hier will ich nur einige Paragraphen anführen. Ich habe Ruth zu mir zu nehmen und zu erziehen, bis zu ihrer Mündigkeit, bis zum sechzehnten Jahr. Sonst wird die englische Aristokratin, wie Ihnen schon bekannt, mit fünfzehn Jahren mündig, in welchem Alter sie auch heiraten kann, aber der Vater hat eben im Testament bestimmt, daß sie erst mit sechzehn Jahren mündig wird, und daran ist nicht zu rütteln. Bis dahin steht sie gewissermaßen unter Kuratel. Heiraten hingegen kann sie schon im normalen Alter, mit fünfzehn Jahren.

Stirbt Ruth vor ihrem fünfzehnten Jahr, so erhalte ich nur fünfzehntausend Pfund ausgezahlt, alles übrige wird verbrannt, das ganze Vermögen zugunsten des Staates... Was haben Sie?"

Werner hatte ein Zeichen des Staunens gemacht.

„Verbrannt wird alles? Zugunsten des Staates?"

„So ist es."

„Wie soll ich denn das verstehen?"

„Nun, das ist doch ganz einfach. Und da fällt mir ein, Sie haben doch in Ihrem Land für so etwas ein historisches Beispiel. - Wie hieß doch gleich der österreichische Kaiser, der große Menschenfreund, der aber so mißverstanden wurde - im achtzehnten Jahrhundert..."

„Ah, Kaiser Joseph der Zweite!"

„Richtig, Kaiser Joseph der Zweite. Hat der nicht ebenfalls sein ganzes Privatvermögen von zweiundzwanzig Millionen Gulden in Staatspapieren, in Staatsschuldscheinen, den Flammen überliefert?"

Ja, Doktor Werner erinnerte sich dieser historischen Tatsache. Nur schade, daß dieser edle, großherzige und so verkannte Monarch dieses sein Opfer zugunsten des Staates insofern ganz umsonst gebracht hatte, als er auf Nachahmer seiner Tat hoffte, aber es werden damals in Österreich wohl verflucht wenig andere Staatspapiere verbrannt worden sein, um dem verschuldeten Land zu Hilfe zu kommen. Gehört wenigstens hat man von keinem einzigen Beispiel.

„So hat es auch mein Bruder bestimmt. Bei Ruths frühzeitigem Tod muß das ganze in Staatspapieren angelegte Vermögen verbrannt werden. Die englische Regierung würde ihm ja dafür sehr dankbar sein. Daß dann auch dieses Haus niedergebrannt werden muß, ist eine andere Sache. Mein Bruder will es testamentarisch - basta! Eine andere testamentarische Bestimmung ist die, daß Ruth bis zu ihrem sechzehnten Jahr in diesem Haus verweilt, mit keinem Fuß die durch die Mauer gezogene Grenze überschreitet, mit keinem anderen Menschen in Berührung kommt als mit denen, welche zu ihrer Erziehung und zur Bedienung dieses Hauses nötig sind, und auch die Anzahl dieser Diener ist genau vorgeschrieben..."

„Es ist ja nicht möglich!" mußte Werner den Sprecher unterbrechen.

„Was ist nicht möglich?"

„Ein Vater kann sein Kind so in ein Gefängnis einsperren?"

„Na, dieses Gefängnis ist groß genug", klang es gleichmütig zurück.

„Wie kann man aber ein so junges Menschenleben so allen Freuden der Welt entziehen!"

„Das kann sie ja alles später nachholen. Und überhaupt: testamentarische Bestimmung."

„Wie kann aber solch ein Testament Gültigkeit erlangen!"

„Weshalb denn nicht?" lachte Lord Roger. „Ach, geehrter Herr, da will ich Ihnen noch von ganz anderen Testamenten erzählen, was für Bestimmungen da erst getroffen worden sind, durch welche man sich die Erbschaft verdienen konnte, und kein Gesetz konnte dagegen etwas machen!"

Ja, auch Werner hatte schon von solchen seltsamen englischen Testamenten gehört, und wir werden später einige Beispiele anführen, um zu zeigen, was in England in bezug auf Testamente alles möglich ist, und wie sie bis auf den letzten Punkt eingehalten werden müssen.

„Die Hauptsache", fuhr Lord Roger fort, „ist für mich nun die: Erreicht Lady Ruth hier unter meiner Obhut in der vorgeschriebenen Einsamkeit das sechzehnte Lebensjahr, so erhalte ich die Hälfte der Erbschaft, fünfhunderttausend Pfund, bar ausgezahlt, ich bin aller weiteren Verpflichtungen ledig. Eine fernere Bedingung aber ist die, daß Ruth bis dahin schon verheiratet ist. Ja, stirbt sie nach ihrem fünfzehnten Jahr, aber sie ist schon verheiratet, dann fällt mir die Erbschaft trotzdem zu. Verstehen Sie?"

„Ja, bis auf das eine - wie jemand solch ein Testament aufsetzen kann."

Der Lord beugte sich in seinem Rollstuhl weit vor.

„Na, mein Bruder war einfach irrsinnig!"

„Dann war er doch auch nicht berechtigt, ein Testament aufzusetzen."

„O nein, so irrsinnig war er nicht. Abgesehen von seinen Kapricen[1] schien er ein ganz normaler Mensch zu sein. Nun aber kommen die Geister in Betracht, mit de-

[1] Franz.: Launen

nen er ständig verkehrte. Da hatte er so einen Schreibapparat, habe ich mir erzählen lassen, Planchette heißt das Ding wohl, eine auf Rollen bewegliche Platte, an der unten ein Bleistift befestigt ist, oben legt man leicht die Fingerspitzen drauf, man stellt an die Geister eine Frage, und nun soll das Ding selbsttätig zu schreiben anfangen - natürlich alles Schwindel - raffinierte Geldschneiderei! Es sind die unruhigen Nerven, welche die überaus bewegliche Platte hin und her rutschen lassen, für die Spiritisten aber ist es ein Geist, der die Antwort gibt. Aus den entstehenden Krakelfüßen kann man sich nun vollends noch eine Antwort nach Phantasie oder Geschmack machen - - na, und auf diese Weise ist das ganze Testament entstanden. Sonst hätte mein Bruder ja gar nicht mehr an mich schon Verschollenen gedacht, und wie konnte er denn gerade mich, den wilden Gesellen, zum Vormund und Erzieher seiner Tochter machen? Aber der Geist, wahrscheinlich seine Frau, diktierte es ihm - basta!"

„So hätten Sie jetzt Ihr Ziel erreicht", sagte Werner schon wieder mit einer bitteren Empfindung.

„Ja, und daß ich auch etwas an mich denke, mir die halbe Million nicht entgehen lassen will, können Sie mir wohl nicht verargen."

„Durchaus nicht. Für Sie ist jetzt die Hauptsache, daß Lady Ruth heiratet."

„Natürlich. Dadurch ist mir die Erbschaft gesichert, wenn sie mir auch erst in Ruths sechzehntem Jahr oder vielmehr ein Jahr später ausgezahlt wird."

„Und für diese Heirat wählen Sie den ersten besten Menschen?"

Lord Roger lächelte gemütlich.

„Geehrter Herr, Sie verstehen wohl immer noch nicht? Wen sollte ich denn sonst wählen?"

„Nun, einen Mann aus der englischen Aristokratie, ihr gleichstehend..."

„Um dadurch meine Erbschaft zu verlieren? Herr, ich bin durchaus nicht Egoist, aber da verlangen Sie denn doch zu viel. Und das beste ist dabei, daß Ruth nicht einmal einen Vorteil davon hätte, daß mein Edelmut also ganz unangebracht wäre."

„Wieso?"

„Komme ich den Bestimmungen nicht nach, so erhalte ich die halbe Million nicht, aber auch Ruth nicht - dann muß wenigstens diese halbe Million in Staatsschuldscheinen verbrannt werden."

„Verrückt!" entschlüpfte es dem jungen Mann.

„Ja, da haben Sie ganz recht, aber daran ist nichts zu ändern. Und wen soll ich denn einführen? Sobald ich das tue, sobald ein Fremder dieses Haus betritt, habe ich die Bestimmungen ja gebrochen, dann ist die halbe Million verloren, so oder so, und jeder, der nicht zum Hauspersonal gehört, ist ein Fremder, und mir sitzt ein staatlicher Rechtsanwalt auf den Hacken, der jede meiner Handlungen überwacht, damit ich die Bestimmungen auch bis zum kleinsten Punkt befolge."

Werner konnte über solche Verzwicktheit nur den Kopf schütteln.

„Ich bin", fuhr der Lord fort, „schon stark mit dem Gedanken umgegangen, das Kind an einen Diener zu verheiraten. Aber das brachte ich doch nicht über mich. Nun ist die Sache ja ganz einfach: Ruth ist eine reife Jungfrau, sonst aber noch ein vollständiges Kind. Hier sind ausschließlich alte Diener. Sobald sie den ersten jungen Mann sieht, der ihr nicht gerade unsympathisch ist, wird sie sich in ihn verlieben. Das ist ganz selbstverständlich, das ist Natur. Solch einen jungen Mann galt es zu beschaffen. Aber wen? Ich könnte ihr den ersten besten Bauernjüngling vorstellen, in kürzester Zeit würde sie in Liebe zu ihm entflammt sein. Bitte, unterbrechen Sie mich nicht, Sie brauchen sich doch auch nicht beleidigt zu fühlen - es ist so. Mit der ganzen englischen Aristokratie mag ich nichts zu tun haben, ich hasse sie, verachte sie, habe einen triftigen Grund dazu. So grübelte ich schon seit langem Tag und Nacht. Da starb der alte Hauslehrer. Diese Stelle muß wieder besetzt werden - auch eine testamentarische Bestimmung, deren es noch eine ganze Menge gibt, eine immer verrückter als die andere. Sie sollen das Testament nur erst lesen, wie mir auch sonst die Hände gebunden sind. Ich habe bereits wegen eines Hauslehrers annonciert, aber niemand meldete sich. Ich bin als Sonderling verschrien. Da wollte der Zufall, daß ich Ihr Stellengesuch las. Sie gefielen mir im ersten Augenblick - nun, so ist es eben gekommen."

„Also dennoch der erste beste!" wiederholte Werner, noch immer nicht von seiner Bitterkeit befreit.

„Herr, was tut das zur Sache?"

„Ich bin Ihnen und der Lady ein wildfremder Mensch."

„Sind Sie kein Ehrenmann?"

„Sie haben mich noch nicht einmal gefragt, wer meine Eltern gewesen sind."

„War Ihr Vater vielleicht Scharfrichter?"

„Nein, Tapetenfabrikant", murmelte Werner geistesabwesend.

„Hat er im Zuchthaus gesessen?"

„Nein, im Gemeindevorstand."

„Und wenn er Scharfrichter gewesen wäre, und wenn er im Zuchthaus gesessen hätte - könnten etwa Sie etwas dafür? Herr, verschonen Sie mich mit solchen Lächerlichkeiten! Ja, ich bin ein Wüstling gewesen, aber das Herz habe ich immer auf dem rechten Fleck gehabt, und ich habe mich nicht umsonst draußen in der Welt herumgetrieben, eben deswegen verachte ich diese englischen Junker, die es doch nur auf die Mitgift abgesehen..."

Da plötzlich sprang Werner auf und ergriff die Hand

des Lords.

„Wohl, wenn Sie mir Ihre Nichte anvertrauen wollen..."

Wie mit einer gierigen Hast ergriff der Lord die Hand mit seinen beiden.

„Abgemacht, abgemacht!" rief er.

Freudig genug hatte es geklungen, viel zu freudig, jauchzend! - Werner entging, daß dem Mann plötzlich eine Zentnerlast vom Herzen genommen sein mußte, oder vielmehr wie von einem Alp schien er plötzlich befreit zu sein, und das war diese Sache doch eigentlich nicht wert.

Im nächsten Augenblick warf er den Rollstuhl herum, schoß zur Tür hinaus, hätte bald einen vorübergehenden Diener über den Haufen gefahren, wenn er sein Vehikel nicht so außerordentlich in der Gewalt gehabt hätte.

„Bendix, sofort die Kirche scheuern lassen, oder nur etwas ausfegen, es findet darin eine Trauung statt, sofort!"

„Sehr wohl, Mylord."

Der alte Diener eilte davon, und der Lord sauste nach der nächsten Treppe, wo sich ein Kabinett mit Telefon befand, und der wieder ganz verblüfft werdende Werner hörte noch, wie er sich mit Norwood verbinden ließ, mit der Kirchenbehörde, möglichst sofort um einen Pastor bat, der in der Residenz eine Trauung vollziehen solle, auch gleich einen weiblichen Zeugen mitbringen möchte.

„Ist das Brautpaar schon aufgeboten, Mylord?" konnte Werner auch die andere Seite vernehmen, und die Stimme klang äußerst devot, ein Zeichen, daß der Lord von Norwood hier doch noch respektiert wurde.

„Ist nicht nötig, die Trauung findet unter englischem Adelsgesetz statt, die Braut ist meine Nichte, Lady Mabel Ruth von Norwood."

„Ah! Anglikanische Hochkirche?"
„Selbstverständlich."
„Und der Herr Bräutigam?"
„Doktor Max Werner."
„Ebenfalls anglikanische Hochkirche, nicht wahr?"
„Selbstverständlich."
Werner hatte sich schnell genähert.
„Nein, ich bin evang..."
„Das ist ja ganz egal", flüsterte der Lord und dann rief er noch einmal ein ‚selbstverständlich' in den Trichter.
„Sehr wohl, Mylord", erklang es nach einer Minute wieder. „Herr Diakonus Pincan ist bereits telefonisch benachrichtigt und hat auch schon zugesagt, er wird mit seiner Gattin sofort kommen, in einer Viertelstunde ist er dort."
„Danke, Schluß!"

6.

„Max, nun können wir heiraten, und dann kriege ich auch lebendige Puppen, gleich eine ganze Menge, nicht wahr?"

So jauchzte das schöne Mädchen, das schon wieder auf seinen Knien saß. Wie sie da draufgekommen war, wußte Werner nicht, hatte sie gar nicht kommen sehen, erwiderte jetzt auch ihre Küsse nicht. Er mußte sich nur immer den kalten Angstschweiß von der Stirn wischen.

Nein, hier konnte etwas nicht in Ordnung sein! Kein Fremder sollte dieses Grundstück betreten, und jetzt kamen der Pastor und seine Frau?

Doch davon ganz abgesehen - und es hatte ja alles Hand und Fuß gehabt, was ihm da der Lord von dem Testament seines verrückten Bruders erzählt - eben englisch, und verrückt ist englisch - aber - nein, das ging hier doch etwas gar zu fix. Die Hausglocke hatte noch nicht einmal die Mittagsstunde verkündet, um zehn Uhr hatte sich der Hauslehrer vorgestellt, schon mit der festen Absicht, diese Stelle nicht anzunehmen, sondern den englischen Herrschaften die Wahrheit zu sagen, und jede Minute konnte der Pastor kommen, der ihm die Lady Ruth auf, von und zu Norwood nebst einer halben Million Pfund Sterling oder zehn Millionen Mark antraute - die Kirche wurde dazu schon gescheuert oder doch gefegt.

Nein, hier war etwas nicht in Ordnung! Diese Lady Ruth mußte einfach unter die Haube kommen, aber fix, fix, fix, unbedingt noch heute! Wer sie nahm, war ganz egal.

„Nun küsse mich doch auch einmal, Max!"

Doktor Werner erwachte aus seinen Träumen; er betrachtete das junge Ding, das sich da auf seinen Knien schaukelte und sich an seine Brust schmiegte und um Küsse bettelte.

Und mit einem Mal bekam der junge Mann ganz andere Gedanken.

Ja, wenn die nun so unbedingt geheiratet sein mußte, partout heute noch, warum sollte er dann nicht gerade dieser zufällige Jemand sein? Die Sache hatte doch viele Vorteile. Erstens war er da überhaupt der Retter in der Not, das war an sich schon edel, zweitens bekam er da das holdseligste Wesen, was der liebe Gott nur auf zwei Beinen hatte wachsen lassen, und wenn das keine unberührte Knospe war, dann wollte sich Werner auf der Stelle hängen oder auch köpfen lassen, und drittens sollte sie ja zehn Millionen Mark mitbekommen, oder sie doch in einem Jahr erhalten, die Zinsen aber vom Hochzeitstag an.

Von diesem Geld wollte Werner lieber einmal absehen. Der Lord hatte davon nichts wieder erwähnt, und diese Summe kam dem jungen Mann, der bisher in wenig glänzenden Verhältnissen gelebt hatte, doch etwas gar zu märchenhaft vor, daran wollte er vorläufig lieber gar nicht denken. Und wenn sie hunderttausend Mark mitbekam, Doktor Max Werner wäre schon deckenhoch gesprungen – obgleich er sonst gar kein so großer Materialist war. Aber hunderttausend Mark sind eben hunderttausend Mark, das ändert das ganze Leben doch schon bedeutend.

Und nun diese kindliche Jungfrau auf seinen Knien!

„Meine liebe, liebe Ruth, endlich, endlich sollen wir für immer vereint werden“, sagte er, und jetzt holte er das Küssen nach, und er meinte es ehrlich. Manchmal haben eben zwei Stunden im menschlichen Leben eine kleine Ewigkeit zu bedeuten.

„So ist es recht“, ließ sich da des Lords Stimme vernehmen, der allemal im richtigen Moment ankutschiert kam.

„Aber, Kinder, das müßt ihr für später aufschieben – wenigstens für fünf Minuten – länger dauert die Geschichte ja nicht. Haben Sie weiße Handschuhe, Herr Doktor? Ist auch nicht nötig, es geht auch so. Lassen Sie sich Ihren schwarzen Rock noch einmal abbürsten. Oder es geht auch so. Zieh schnell ein etwas ernsteres Kleid an, Ruth. Oder es geht auch so. Also da wären wir ja fertig zur heiligen Handlung. Kommt, wir benutzen gleich den Fahrstuhl!"

„Jetzt heiraten wir, jetzt kriege ich lebendige Kinder, die von ganz alleine essen und schreien!" jauchzte Ruth, sich an den Arm ihres ‚Bräutigams' hängend, und so folgten sie dem vorausfahrenden Lord.

Wiederum wollte Werner ganz kopfscheu werden, aber er bezwang sich, wollte die Sache auch nicht humoristisch auffassen, sondern er bildete sich mit Hilfe seiner Phantasie ein, daß er schon lange Zeit verlobt gewesen sei, oder er konnte sich ja auch vorstellen, daß auf diese Weise die Trauungen im menschlichen Leben stattfänden, daß hier, innerhalb von zwei Stunden sich sehen, verlieben, verloben und heiraten, gar keine Ausnahme vorläge.

Und wenn Doktor Werner so dachte, da hatte er auch ganz recht! Das eine Brautpaar ist sechs Wochen verlobt, das andere zehn Jahre und noch länger. Ist das nicht derselbe Unterschied? Nun aber kommt noch hinzu: Der Mann, der zufällig ein Mädchen kennengelernt hat, vielleicht bei einem recht zweifelhaften Vergnügen, sich gleich in sie verschossen hat, mit der Hochzeit nicht länger wartet, als Kirche oder Gesetz wegen der Anmeldung unbedingt fordern, der bekommt vielleicht eine ausgezeichnete Frau, die ihm die treueste Gefährtin durchs ganze Leben wird. Und der andere, der seine Zukünftige mit Hilfe der Eltern und anderer guter Freunde nach reiflicher Prüfung auserwählt hat, der dann durch Verhältnisse gezwungen ist, noch zehn Jahre zu warten, oder es gibt auch solche Käuze, die mit Absicht so lange verlobt sind, um die Auserwählte immer wieder zu prüfen, um ja nicht zu irren im ewigen Bund fürs Leben - ‚drum prüfe, wer sich ewig bindet' - und er hat also zehn Jahre geprüft, bis er endlich überzeugt ist, daß er einen Engel hat - und dann ist's eine Teufelin, die ihm das ganze Leben zur Hölle macht.

Oder ist es nicht so? Gewiß ist es so! Dieses ewige Wägen in bezug auf die Auswahl einer Frau ist einfach lächerlich. Mindestens ist es ein Zeichen der Beschränktheit. Das ganze Heiraten ist ein Lotteriespiel. Oder aber, ernster und idealer ausgedrückt: Ehen werden im Himmel geschlossen, das heißt beschlossen, und man kann nichts weiter tun, als sich bittend an den zu wenden, der in diesem Himmel thront.

So sagte sich auch Doktor Werner, dessen innerer Kern danach beschaffen war; er wedelte sich mit dem Taschentuch den Staub von den bestiefelten Füßen, und als er sich wieder aufrichtete, hob plötzlich ein melodisches Glockengeläute an, und da wurde ihm mit einem Mal so fröhlich und doch so feierlich zumute! Zärtlich drückte er den Arm der schönen Braut, und jetzt brauchte er nicht mehr seine Einbildung zu kommandieren - es war ihm nicht anders, als habe er dieses Mädchen schon längst, längst geliebt, alle Freuden und auch Leiden der Brautzeit mit ihr durchgemacht, und endlich, endlich ging es zum Ziel aller menschlichen Wünsche, die den Schluß eines jeden braven Zeitungsromans bilden, zum Traualtar!

Der Lift brachte sie hinab. Es ging ein Stückchen durch den Garten, bis an das Ende des riesigen Steinkastens, wo eine recht stattliche Kapelle angebaut war - am anderen Ende war die Anlage mit dem Fabrikschornstein für Heizung und Licht. Aus dem Gotteshaus, das wohl nicht viel benutzt werden konnte, marschierte soeben eine Abteilung Diener mit Besen und Scheuereimern, die meisten trugen Sterne des Großritterordens in Gestalt von Spinnennetzen. Gütig lächelnd ging Herr Diakonus Pincan den Eintretenden entgegen, die eine Hand zu Begrüßung ausgestreckt, mit der anderen Hand knöpfte er sich schnell noch die Halskrause zu. Die Frau Diakonus war äußerst verlegen, weil sie den einen Handschuh vergessen hatte, sie wäre noch viel verlegener gewesen, hätte sie gewußt, daß hinten ihr schwarzer Rock spannenweit offenstand. Dann wurden schnellstens die Formalitäten erledigt, dann hielt der gütig lächelnde Herr Diakonus Pincan die Traurede, eine sehr erbauliche Rede, dieselbe, die er vorgestern einem Hochzeitspaar mit auf den Lebensweg gegeben hatte, das drei Jahre und achtzehn Wochen verlobt gewesen war, aber auch auf dieses zweistündige Brautpaar paßte diese erbauliche Rede wunderbar, so ungefähr wie die Antworten der Delphischen Pythia[1] auf jede Frage gepaßt haben, und dann kam er zum Schluß: „Willst du?“ usw.

Und Doktor Max Werner sagte mit feierlicher Stimme „Yes“, und dann sagte die holde Braut ein jauchzendes „Yes, o yes!“ und dann wurde unterschrieben, von Lord Roger und von der Frau Diakonus als Zeugen, und als die Hausuhr die zwölfte Stunde verkündete, war die Ehe geschlossen.

„Ich danke Ihnen, Herr Diakonus, ich danke Ihnen, Frau Diakonus - also wollen Sie vorliebnehmen - wir sprechen uns dann noch einmal“, sagte der Lord, setzte sein Barett wieder auf und kutschierte zur Kirche hinaus.

Er mochte mit ihnen schon vorher eine Verabredung getroffen haben, die beiden mußten doch wenigstens bewirtet werden, obschon der Geistliche in den Augen des edlen Lords nichts weiter als ein bezahlter Tagelöhner zu

[1] Priesterin des Orakels von Delphi im antiken Griechenland

sein schien.

Die Neuvermählten waren dem Rollstuhl ins Freie gefolgt.

„Ach, Max, bin ich glücklich!“ himmelte die neugebakkene Frau zur strahlenden Sonne empor.

Und dabei hatte sie, wie es sich später herausstellte, noch nicht einen einzigen Roman gelesen!

„Ja, meine Ruth!“ sagte der neugebackene Ehegatte mit derselben Begeisterung.

„Nun sind wir verheiratet!“

„Ja, nun sind wir Mann und Frau.“

„Endlich! Aber - aber - wo sind denn da unsere Kinder?“

Sie hatte sich dabei sogar suchend umgeblickt, wenn wohl auch nicht nach ihren Kindern, sondern sie hob ihr in der Hand vermißtes Taschentuch auf, das nicht einmal Anspruch auf die nötige Reinheit machen konnte.

„Ja, Max, jetzt sind wir doch verheiratet - wo sind denn nun unsere Kinder?“

„Da - da - da müssen wir schon noch ein bißchen warten.“

„Wie lange denn?“

„Nun - nun - da müssen wir schon noch ein paar Monate warten.“

„Ach, so lange!“ erklang es im Ton des unsäglichsten Bedauerns. „Aber warum denn nur so lange, wenn wir nun einmal verheiratet sind?“

„Ja - ja - das ist nun einmal so, meine liebe Ruth“, sagte dieser Mensch, der acht Semester studiert hatte und den Hauslehrer spielen wollte und nicht einmal eine andere Erklärung wußte, nur so eine nichtssagende Ausrede hatte!

„Ich denke, heute schon, oder doch morgen.“

„Na - na - das wäre doch ein bißchen zu fix - wir wollen sehen, was sich machen läßt.“

Da warf der ziemlich weit vorausgefahrene Lord sein Vehikel herum und kam zurückgeschossen, mit einem Ruck vor den beiden stehenbleibend. Dieses eidechsenartige Schießen hatte er immer an sich.

Es gibt Menschen, die solch schnelle Bewegungen auch auf ihren zwei gesunden Beinen ausführen - kleine, quecksilbrige Menschen - aber man konnte sich schwer vorstellen, daß dieser sicher sehr groß gewesene, herkulisch gebaute Mann schon früher, als er sich noch im Besitz seiner Füßte befunden, solche schießende Bewegungen gemacht hatte. Das mußte er sich erst in dem durch die Kraft der Arme fortbewegten Rollstuhl angewöhnt haben. Jedenfalls war es ganz auffallend - bis man sich daran gewöhnt hatte. Doktor Werner erschrak noch immer jedesmal.

Den Neuvermählten hatte der Lord schon in der Kirche gratuliert, ganz zeremoniell. Aber wenn Doktor Werner während der erbaulichen Traurede nicht immer den Rockschlitz der Frau Diakonus mit seinem weißen Untergrund bewundert hätte, so würde er in dem Gesicht des Lords etwas ganz Besonderes gelesen haben - nämlich die Befreiung von einer Seelenpein, bewirkt durch die Worte des Priesters.

„Ich werde sofort an meinen Rechtsanwalt telefonieren, die Trauung wird auch von der Norwooder Kirchenbehörde bestätigt werden, damit jetzt die Zinszahlung Ihres Vermögens beginnt."

„O Mylord...!" rief Werner fast erschrocken.

Tatsächlich dachte er jetzt zum ersten Mal ernstlich an dieses Geld.

„Selbstverständlich muß das sofort geregelt werden. Schwierigkeiten haben wir auch gar nicht damit. Die halbe Million ist in einer dreieinhalbprozentigen Reichsanleihe angelegt, auf der Bank von England deponiert. Ob Sie die bisher angesammelten Zinsen bar ausgezahlt bekommen, weiß ich allerdings nicht. Heute haben wir den 19. Juni – jedenfalls müssen Sie die ersten vierteljährlichen Zinsen am 1. Juli ausgezahlt bekommen, das sind – das sind rund 4 400 Pfund Sterling, nicht wahr? Und so jedes Vierteljahr. Am 1. Juli nächsten Jahres muß man Ihnen dann die halbe Million nebst den angesammelten Zinsen anstandslos auszahlen."

Jetzt begriff der junge Mann doch einmal, daß es sich hier um Ernst handelte, und ein kleiner Schwindel erfaßte ihn. Zehn Millionen Mark! Schon von diesem Augenblick an den vollen Zinsgenuß!

Ach, ihr Märchen aus Tausendundeiner Nacht, wie seid ihr doch nüchtern gegen solch eine Wirklichkeit!

„Während dieses Jahres bleiben Sie natürlich mit Lady Ruth hier."

„So, muß ich?"

Mit einem furchtbar wilden Gesichtsausdruck fuhr der Gelähmte plötzlich empor.

„Herr", stieß er hervor, „und Sie wollen ein Ehrenmann sein? Ich habe Ihnen doch gesagt, um was es sich bei mir handelt..."

„Aber, bitte, bitte", fiel Werner ihm tödlich erschrokken ins Wort und gleich auch in den Arm, „selbstverständlich, selbstverständlich bleibe ich dann hier!"

Der Lord hatte sich selbst ebenso in der Gewalt wie sein Vehikel. Einen durchbohrenden Blick auf den jungen Mann – dessen Aufrichtigkeit mußte ihm wohl genügen – sein glattrasiertes Gesicht war gleich wieder ruhig wie vorher.

„Gut! Ich dachte, ich hätte darüber mit Ihnen schon ausführlich gesprochen, entsinne mich aber, daß dies gar nicht geschehen ist, eben weil bei mir dies alles ganz selbstverständlich ist, was seit vierzehn Jahren meinen Kopf einzig und allein beschäftigt. Sie selbst könnten meine Residenz ja allerdings wieder verlassen, aber Lady

Ruth müßte doch hierbleiben...“

„Ich allein hier?“ fiel Ruth ein. „Ja, wohin sollten wir denn überhaupt gehen?“

„Aber Lady Ruth oder Sie selbst würden dann nach einem Jahr die halbe Million nicht ausgezahlt bekommen, denn...“

„Bitte, kein Wort weiter!“ unterbrach ihn Werner. „Ich habe in Wirklichkeit ja gar nicht daran gedacht.“

„Ich werde Ihnen das Testament zu lesen geben...“

„Bitte, bitte, jetzt kein Wort mehr darüber, die Sache ist erledigt, wir werden das ganze Jahr hierbleiben, dieses Grundstück mit keinem Schritt verlassen.“

Jetzt wurde das orientalisch-edle Antlitz sogar sehr heiter.

„Abgemacht! Nun, Kinder, wollen wir das Hochzeitsmahl einnehmen. Wir drei allein, der Pastor wird mit seiner Frau anderswo abgefüttert. Nur muß es wegen dieser Feierlichkeit erst vorbereitet werden, heute können wir uns nicht mit den Speisen begnügen, die sonst immer fertig auf dem Herd stehen, und die Heirat ist doch etwas schnell vor sich gegangen, was?“

Er lachte dabei - und Werner empfand einmal, daß dieses Lachen doch recht gezwungen klang.

„Nun wollen wir uns erst einmal ansehen, wo ihr euer zukünftiges Heim aufschlagt.“

Sie benutzten wieder das Liftzimmer, nicht aber ohne daß der Lord bemerkte, daß dies nur ausnahmsweise geschähe, sonst sei diese Bequemlichkeit nur für ihn da.

„Ich bin es einmal gewohnt, das Liftzimmer muß immer zur Stelle sein, sobald ich auf den Knopf drücke, und das könnte nicht geschehen, wenn sich einmal ein anderer darin befände.“

Es ging in die erste Etage, die schon immer von Ruth bewohnt worden war, und das mit dem ‚Heim aufschlagen‘ war nur eine Redensart gewesen.

„Ihr könnt euch ja aber auch eine andere Etage aussuchen, wenn Sie etwa höher wohnen wollen, Herr Doktor“, sagte der Lord nur noch.

„Ach, warum denn? Wir bleiben doch hier!“ rief Ruth.

Werner blickte sich mit sehr zweifelnden Augen um, blickte gerade in solch ein Zimmer mit ungemachtem Bett hinein und gegenüber in eine Badestube.

„Es können doch hier Türen eingehängt werden.“

„Türen, wozu?“ fragte der alte Lord ganz naiv.

„Nun - nun wenigstens für das Schlafzimmer.“

„Wozu denn?“ fragte Lord Roger nach wie vor.

„Himmelbombenelement! “ konnte der junge Ehemann wieder einmal denken. Bedurfte denn dieser Wunsch noch einer näheren Erklärung?

„Dann wenigstens eine Tür vor das Badezimmer, das wir benutzen werden.“

„Wozu denn? Hier - das genügt doch.“

Und der Lord griff hinter den Türpfosten der Badestube, brachte eine Papptafel zum Vorschein, und als er sie losließ, hing sie an einer Schnur in Kopfhöhe mitten in der offenen Tür, und auf dieser Papptafel stand, nicht gedruckt, sondern mit Blaustift geschrieben das Wörtchen ‚Let!‘ - ‚Besetzt!‘

„Das genügt doch vollkommen“, meinte der Lord auch noch.

Wieder einmal wurde der junge Mann ganz kopfscheu, als er die Papptafel anstierte, sie drehte sich an der Schnur, und da zeigte sich, daß man nicht einmal für nötig befunden hatte, das ‚Besetzt!‘ auf beide Seiten zu schreiben.

„Das genügt doch vollkommen“, wiederholte der Lord in ganz gemütlichem Ton. „Wenn nur die Papptafel dahängt, dann weiß schon jeder Diener, daß da drin jemand badet, dann geht er eben nicht hinein.“

„Ich hatte einmal vergessen, die Tafel herunterzulassen", ergriff Ruth das Wort, „und wie ich schon in der Badewanne sitze, kommt Jonny hereinspaziert, will Fenster putzen. Aber wie er mich sah, da ist er gleich wieder ausgerissen. Gerade, als wäre ich eine alte Hexe. Also, man braucht die Tafel gar nicht erst dranzuhängen."

„Nein, das ist hier auch wirklich nicht nötig", bestätigte der Onkel. „Sie brauchen ja nur eine Zeit zu bestimmen, wann Sie ein Bad nehmen wollen, zu irgendwelcher Zeit, stundenlang, und dann darf während dieser regelmäßigen Tages- oder Nachtzeit eben kein Diener sich in dieser Etage aufhalten. Nein, ich möchte keine Tür in meinem Haus haben, ich habe mich nun einmal daran gewöhnt, ich - kann nicht!"

Der alte Herr wurde dabei sogar etwas ungeduldig.

„Und ich auch nicht!" stimmte ihm seine Nichte bei. „Ach, Max, du meinst doch nicht etwa so eine undurchsichtige Tür wie unten im Hausflur? Wie der Onkel sie am Eingang seiner Wohnung hat? O Gott, o Gott, das hielte ich gar nicht aus! Gibt es denn Häuser, wo man solche Türen hat? Nein, nein, das hielte ich nicht aus, dann lieber gleich tot und begraben. Wirklich, da käme ich mir immer vor, als läge ich schon im Sarg. Na, vielleicht eine Glastür - aber sie muß ganz durchsichtig sein - und dann auch nur vor dem Badezimmer - schlafen könnte ich nicht einmal hinter so einer durchsichtigen Glastür."

Demütig ergab sich Werner in sein Schicksal.

„Na, wenn es so ist, dann - dann - brauchen wir auch keine Glastüren!"

„Sie werden sich schnell an diese unsere Eigentümlichkeit gewöhnen, mein lieber Herr Doktor. Also in einem halben Stündchen kommen wir zum Essen zusammen. Und hier, Herr Doktor", er holte aus der Brusttasche das große Kuvert hervor, das er schon einmal in der Hand gehabt hatte, „hier sind Ihre Briefbogen und Kuverts, zwölf Stück. Und nun schreiben Sie wegen Ihrer

Koffer! Schreibgerät finden Sie überall. Der Brief kommt zwischen drei und vier Uhr in den Kasten - nicht vergessen, darin bin ich eigen. Also auf Wiedersehen in einem halben Stündchen!"

Der Lord hatte wegen seiner ,Eigenheit' gelächelt - schon dieses Lächeln war ganz eigentümlich gewesen - und er kutschierte davon.

Werner stand da wie ein begossener Pudel, die Briefbogen und Kuverts in der Hand - zwölf Stück.

„Ach, Max, nun sind wir verheiratet, richtig verheiratet!"

Der begossene Pudel schüttelte sich.

„Ja, nun sind wir Mann und Frau."

„In welchem Bett schlafen wir denn nun zusammen?"

Schnell hatte der begossene Pudel die letzten Tropfen abgeschüttelt.

„Wa - waaas?"

„In welchem Bett wir nun zusammen schlafen!"

„Zusammen - - schlafen?"

„Na ja, wenn man verheiratet ist, dann schläft man doch zusammen."

„Woher weißt du denn das?"

„Die Ursula erzählte es mir - wenn man verheiratet ist, dann schläft man zusammen - und die Ursula wußte alles - oh, die war sehr, sehr klug."

„Ach so, die Ursula erzählte es dir! Hm!"

„Hast du denn das noch nicht gewußt, daß man zusammen schläft, wenn man verheiratet ist?"

Von dieser kindlichen Unbefangenheit wurde der Doktor mit seinen acht Semestern sofort geschlagen.

„Nein - das heißt - ja - ich habe schon einmal etwas davon gehört."

Er machte schnell, daß er wenigstens etwas seitwärts kam - es war doch wirklich zu dumm! - Er blickte in einige der Zimmer hinein.

„Wer hat denn überall in den Betten gelegen?"

„Ich! Wer denn sonst?"

„Das sind aber doch drei - hier ist sogar noch eins - das sind vier benutzte Betten."

„Na ja, ich habe in allen geschlafen."

„Werden die denn nicht jeden Tag gemacht?"

„Natürlich."

„Wann denn?"

„Des Mittags, wenn ich mit dem Onkel esse."

„Ja, du kannst aber doch nicht jede Nacht in vier Betten liegen."

„Warum denn nicht? Ach, da sind noch eine ganze Menge da. Weißt du, wenn ich nicht gleich einschlafen kann, oder ich wache mal auf, oder ich habe überhaupt Lust dazu, dann gehe ich immer aus einem Zimmer ins andere und aus einem Bett ins andere, und das ist dann auch immer so hübsch frisch und kühl, und das macht überhaupt solchen Spaß... das machen wir auch zusammen, was, Max?" - - -

Der junge Ehemann benutzte den ersten von seinen zwölf Briefbogen, um wegen seiner Koffer zu schreiben, nur wenige Zeilen. Über seine Schulter und so ziemlich auf ihm liegend, schaute Ruth zu.

„Ich kann lesen, was du schreibst", sagte sie mit einigem Stolz, als er den Brief fast beendet hatte.

„Wirklich?" lächelte er. „Kannst du denn auch schreiben?"

„Ei, gewiß! Wie kannst du nur so fragen! Mister Pokeyen, der Vater von meiner Amme, der mein Hauslehrer war, sagte mir schon vor einem Jahr, daß meine Bildung perfekt abgeschlossen sei, perfekt!"

Werner nahm die Gelegenheit wahr, gleich einmal etwas zu prüfen, wes Geistes Kind seine junge Frau eigentlich sei.

Ach, was bekam er da zu erfahren! Wie es mit der ihrer

Bildung beschaffen war! Was für Begriffe die von der Außenwelt hatte! Na ja, die Bibel war ihr einziges Lesebuch gewesen, die Außenwelt hatte sie ja nur aus Bilderbüchern kennengelernt, unter den Bildern Verslein. Und so zum Beispiel in der Weltgeschichte war ihr ehemaliger Schulmeister richtig beim alten Tacitus stehengeblieben, was sich aber mit der modernen Politik vermischt hatte. Der Lord hielt sich viele Zeitungen, doch Ruth hatte nie eine in die Hand bekommen, der quäkerhafte Lehrer hatte es nie geduldet.

Was sollte da auch anderes herauskommen? Doktor Werner erschrak fast wegen solch einer Unbildung.

„Du glaubst nicht, daß ich schreiben kann?" fragte sie, als er sein kurzes Examen beendet hatte.

Sein Schreck hatte sich schnell wieder gelegt, er wich dem Mitleid, dann blieb nichts weiter als Heiterkeit übrig. Nein, diese naive Unbildung war vielmehr köstlich!

„Na, da schreibe mal!"

Sie nahm ein Stück Papier her, setzte sich, nahm seinen Federhalter, tauchte ihn in die Tinte und steckte das andere Ende zunächst in den Mund.

„Was soll ich denn schreiben?"

„Irgend etwas."

„Ja, was denn? Ich weiß gar nichts."

„Schreibe nur etwas!"

Und dabei beharrte Werner. Denn das war das beste Mittel, um ihre Bildung oder doch Bildungsfähigkeit zu prüfen, die ja eigentlich nichts mit dem direkten Wissen zu tun hat.

Ruth aß gut ein Viertel des Federhalters auf, um einen geistreichen Gedanken zu finden, immer starr vor sich hinblickend - und der innerlich eingenommene Federhalter mußte wohl helfen, plötzlich verklärte sich ihr Antlitz - sie hatte ganz sicher einen geistreichen Gedanken gefunden.

„Jetzt weiß ich, was ich schreibe!“

„Na, da schrcibe es!“

Und sie nahm den Federhalter her, als wenn's ein Schaufelstiel wäre, preßte die Zähnchen zusammen, daß sie knirschten, und auch die Feder knirschte in angsterregender Weise, und so reihte sie unter der größten Kraftanstrengung einen Krakelfuß an den anderen.

Sie schrieb ziemlich lange.

„Da!“ atmete sie dann schwer auf.

Werner nahm das Papier. Ja, es waren Krakelfüße, aber vor allen Dingen war Werner förmlich baff, als er erkannte, daß es völlig orthographisch geschrieben war, und noch ganz anders wurde ihm, als er las:

„Wo du hingehest, da will ich auch hingehen, wo du bleibest, da will ich auch bleiben, dein Volk ist mein Volk, dein Gott ist mein Gott.“

Es war der 16. Vers des ersten Kapitels aus dem Buche Ruth.

Und seitdem wagte Doktor Werner nicht mehr, sie auf ihre ‚Bildung‘ zu prüfen.

Sie hatte deren mehr als genug, und zwar solcher, die man nicht um alles Geld der Welt kaufen kann.

Mit plötzlich hervorbrechenden Tränen drückte er sie an sein Herz.

7.

Es war ein Leben wie im Paradies zur Sommerszeit.

Nur bei regnerischem Wetter spielten sie im Haus Verstecken, wo sie ja genügend Platz dazu hatten, sonst spielten sie im Park. Am meisten tummelten sie sich im Wasser, denn das erste, was ihr der Gatte als Hauslehrer hatte beibringen müssen, war das Rückenschwimmen gewesen. Werner kam manchmal den ganzen Tag nicht aus den Badehosen heraus, und wenn die Sonne sank, wurde das Versteckspiel in einigen Dutzend Betten fortgesetzt.

Ist das nicht paradiesisch? Und im Paradies gab es keine Sünde, da war noch alles rein, so wie es noch heute dem Reinen ist.

Mit ihren Puppen spielte Ruth also nicht mehr. Und sie sah sich auch nicht mehr nach den lebendigen Kindern um, welche vielleicht ihrer ersten Ansicht nach mit der Hochzeit gleich aus dem Boden wachsen sollten. So etwas Ähnliches hatte sie wirklich geglaubt - von wegen der lebendigwerdenden Lehmklöße; und ihre ersten Lehrer waren Quäker gewesen. Ruth hatte unterdessen vom Baum der Erkenntnis gegessen, ohne deswegen gleich aus dem Paradies hinausgeworfen zu werden, und ihr Gatte hatte ihr einige Vorlesungen über allgemeine Naturwissenschaft gehalten. Er hatte doch acht Semester studiert.

Auch der Lord spielte in seiner Kutsche Verstecken mit, nur in ganz, ganz anderer Weise.

Bisher hatte er immer, wie Werner von seiner jungen Frau erfuhr, mit der Nichte gemeinschaftlich gespeist, mit Ausnahme, wenn er sich mehrere Tage lang oder doch einen ganzen in seinen eigenen Gemächern, in denen er auch regelmäßig schlief, eingeschlossen hielt.

Das wurde jetzt anders. Zur ersten Mahlzeit nach dem Hochzeitsschmaus ließ er sich durch einen Diener wegen Unpäßlichkeit entschuldigen, verschwand in seinem Heiligtum - dann hielt er es gar nicht mehr für nötig, er kam eben nicht mehr, die beiden konnten essen, wann sie Lust hatten. Und wie es nun einmal bei Neuvermählten ist: Zuerst vermißten sie den Onkel gar nicht, und dann war es schon zur Gewohnheit geworden. Übrigens war es nur allzu klar, wie gern der Lord den gemeinsamen Tisch aufgegeben hatte, und fernerhin speiste er regelmäßig allein in seinem verschlossenen Tuskulum[1], und auf welche Weise er dabei bedient wurde, werden wir später erfahren. Ein Rätsel reihte sich an das andere.

Auch sonst verkehrte er mit den beiden sehr wenig. Wir haben unseren Helden seine Frau bereits mit ‚du' anreden lassen. In Wirklichkeit aber blieb es beim ‚you'. Nur Ruth gebrauchte nach wie vor gegen jedermann ihr ‚thou'. So redete der Lord die beiden selbstverständlich mit ‚you' an. Eine Vertraulichkeit wird hierdurch im Englischen schon durch die Anrede ausgeschlossen. Aber nun nicht etwa, daß sich Lord Roger gegen die beiden oder auch nur gegen Doktor Werner etwa kalt gezeigt hätte - durchaus nicht, ganz im Gegenteil, er war äußerst freundlich gegen sie, wenn er mit ihnen einmal zusammentraf, und das schien unbedingt echte Herzlichkeit zu sein - aber dennoch wußte er mit seinem Geschick zwischen sich und den beiden eine unübersteigbare Schranke zu errichten, die jetzt auch die Nichte von ihm trennte.

Aber nicht, daß er sich um die beiden gar mehr gekümmert hätte! Wiederum ganz im Gegenteil. Doch da wollen wir erst mit Werners Augen etwas beobachten, wie Lord Roger es sonst im Haus trieb.

Es waren zweiundvierzig Diener und Arbeiter ange-

[1] Lat.: Zuflucht, Ruhesitz

stellt, dieselbe Anzahl, die der verstorbene Bruder hinterlassen, und bei dieser mußte es auch, wie Werner später erfuhr, laut testamentarischer Bestimmung bleiben - bei dieser Anzahl, nicht bei den Dienern selbst. Oder da waren die testamentarischen Klauseln einmal ohne Nachteil umgangen worden. Denn etwa im dritten Jahr, nachdem Lord Roger die Erbschaft angetreten, hatte er einmal sämtliche zweiundvierzig Diener gleichzeitig entlassen und dafür andere angestellt, ebenfalls wieder lauter schon bejahrte Leute, wie die vorigen solche gewesen waren.

Wolle sich der geneigte Leser diese an sich unscheinbare Tatsache merken, da sie für später zu einer Aufklärung noch von größter Wichtigkeit wird.

Innerhalb der nachfolgenden elf Jahre, also bis jetzt, war kein Diener wieder entlassen worden, noch keiner war von selbst gegangen, und nur wenn der Tod einen abrief, wurde seine Stelle nach langer Auswahl durch einen anderen schon bejahrten Mann ersetzt.

Von diesen zweiundvierzig Mann waren nur einige wenige in dem Maschinen- und Kesselhaus beschäftigt, von dem aus im Winter das ganze riesige Gebäude von unten bis oben geheizt wurde, eine sinnlose Verschwendung wegen der fehlenden Türen. Dann mußten Dynamomaschine oder Akkumulatoren imstande sein, sämtliche Bogenlampen und Birnen gleichzeitig erglühen zu lassen - wenn das auch nie geschah, die genügende Elektrizität mußte immer geliefert werden können - ein Elektrotechniker hatte nur immer alle die zahllosen Glühlampen zu kontrollieren, alles mußte ständig in tadelloser Ordnung sein. Dann waren zwei Arbeiter ständig mit dem Instandhalten der asphaltierten Wege beschäftigt, während an dem Park selbst, in dem Lord Harald und seine Gattin begraben lagen, gar nichts geschehen durfte, und alle anderen Diener hatten unausgesetzt mit

Staubwischen, Fegen, Teppichklopfen, Putzen und dergleichen Hausarbeiten zu tun, wozu dann noch die Küche kam.

Bei all diesen Arbeiten führte der Lord selbst die Aufsicht. Aber nun wie er das tat!

Dieser gelähmte Mann war in seinem Rollstuhl der rein wesenlose Schatten. Er war überall und nirgends. Kontrollieren ließ sich seine Ab- oder Anwesenheit gar nicht.

Jetzt schaute er in der vierten Etage den Teppichklopfern zu. Da plötzlich sauste er mit einem Ruck davon, sauste mit dem Lift hinab und befand sich schon unten im Keller, wo zwei Arbeiter Flaschen einlagerten. Innerhalb von zehn Sekunden befand er sich schon wieder in der zweiten Etage, und während man noch dachte, er wolle noch weiter nach oben fahren, sah man ihn plötzlich im entferntesten Teil des Parks bei den Wegarbeitern.

Für die anderen war das ja etwas Gewohntes, Doktor Werner aber mußte immer wieder über diese blitzschnelle Schattenhaftigkeit staunen.

Und bald erkannte er mit absoluter Gewißheit noch etwas anderes, es kam dem Lord gar nicht darauf an, die Diener bei der Arbeit zu kontrollieren, sondern - er wollte sie nur heimlich belauschen!

Werner hatte wiederholt Gelegenheit, selbst ungesehen von dem Lord, dies zu beobachten. In einem Zimmer waren einige Diener mit Staubwischen beschäftigt. Da kam der Lord durch den Korridor gehuscht, an der Ecke hielt er erst, vergewisserte sich ganz offenbar, daß sonst niemand in dem Korridor sei, dann sauste er auf seinen geräuschlosen Gummirädern weiter, bis an jenes Zimmer, aber nicht direkt hinein, sondern er hielt sich noch vor der Tür verborgen, und gleich seinen Gesichtszügen, schon wie er den Kopf hielt, konnte man ansehen, daß er das Gespräch der Diener belauschte.

Dann fuhr er gewöhnlich zurück oder weiter, möglichst ohne seine Anwesenheit kundgegeben zu haben, um andere über dies und jenes schwatzende Diener zu belauschen. Wurde er gesehen, dann tat er, als sei er gekommen, nur um die Arbeitenden zu kontrollieren, gab ihnen meist auch einen neuen Auftrag. Aber daß es ihm einzig und allein auf das Horchen ankam, war nur zu offenbar.

Manchmal gab er sich auch gar keine Mühe, diese seine Lauschbegierde zu verbergen, es ließ sich auch gar nicht immer machen. Aus einem Fenster des Hauses erblickte er etwa draußen im Park an einer freien Stelle zwei Diener, die sich dort getroffen hatten und nun erst ein bißchen zu schwatzen anfingen, und getrieben wurde hier auch niemand.

Blitzschnell sauste der Gelähmte mit dem Lift hinab und suchte jene Stelle zu gewinnen, ohne dabei von den beiden gesehen zu werden, er suchte hinter jedem Busch Deckung, wartete ab, bis jene die Köpfe wendeten, um pfeilschnell über einen freien Platz zu schießen, bis er sich in der Nähe der beiden befand, sie nun hinter einem Busch oder Baum belauschend.

Es machte einen ganz merkwürdigen Eindruck, den Gelähmten in seinem Rollstuhl so schleichen zu sehen. Man vergaß das Fahrzeug ganz, man sah nur eine behende Katze, die ihre Beute beschleicht. Bei solchen Gelegenheiten erkannte man wiederum, wie wunderbar der Gelähmte den Rollstuhl in seiner Gewalt hatte. Wie Mann und Roß zum Zentauren verschmolzen, so war es hier der Gelähmte mit seinem Fahrzeug.

Wenn möglich, entfernte er sich auch von solchen Parkarbeitern wieder ungesehen, sonst hatte er mit ihnen eben etwas zu besprechen.

Den Dienern war diese Gewohnheit ihres Hausherrn

natürlich schon längst bekannt. Sie kümmerten sich nicht mehr darum, es machte ihnen kein Unbehagen, daß sie belauscht würden. Ihr Gespräch drehte sich ja auch ausschließlich um den Inhalt der Zeitungen, die sie vom Lord des Abends erhielten. Durch diese standen sie allein noch in Verbindung mit der Außenwelt. Der Lord hatte damals seine neuen Diener sorgfältig ausgesucht – schon ältere, völlig alleinstehende Leute, die kaum einen Brief erhielten, höchstens einmal von einem entfernten Verwandten, der sich in der Geldnot des gutangestellten Gevatters erinnerte, ihm einen Bettelbrief schrieb, wobei als nötige Einleitung natürlich alle Familienverhältnisse geschildert werden mußten. Und dann konnte der betreffende Diener, wenn er Geld einschickte und einen Brief dazu, wohl nur schreiben, wie zufrieden er sei, was für einen gütigen, freigebigen Herrn er habe, und wie er sich durchaus nicht auf seine alten Tagen nach der Welt zurücksehne.

Nun, Werner selbst hielt diese heimliche Lauscherei eben für die Schrulle eines alten Mannes, der nicht wußte, wie er die Zeit totschlagen solle. Alt konnte man den Lord allerdings nur wegen seiner weißen Haare nennen, sonst machte er noch einen sehr jugendlichen Eindruck, er konnte ja auch erst vierundvierzig Jahre sein. Aber eben die Einsamkeit! Und überhaupt eine spleenige Veranlagung.

Bald jedoch sollte Werner diese Lauscherei weniger harmlos finden, mindestens höchst aufdringlich und unangenehm für ihn selbst.

Schon am dritten Tag machte er die Entdeckung, daß er und Ruth von dem Lord genauso belauscht wurden wie die Diener. Trat Werner einmal schnell zur Tür eines Zimmers hinaus, so brauchte er gar nicht überrascht zu sein, wenn er draußen den Lord in seinem Rollstuhl sitzen sah, ganz mäuschenstill. Dann tat er freilich immer, als sei er soeben erst angefahren gekommen, hatte immer gleich eine Frage zur Hand, aber Werner ließ sich nicht mehr täuschen. Und ebenso wurden die beiden im Park belauscht, wenn sie in versteckten Lauben die Kosezeit nachholten, die sonst nur Brautleute genießen. Auch da suchte der Lord sich heimlich heranzuschleichen, das konnte Werner nur zu gut konstatieren.

„Das liebt er nun einmal", erklärte Ruth auf sein Befragen. „Machen denn das nicht alle Hausherren so?"

Sie kannte es eben nicht anders, schloß von ihrem Onkel sogar gleich auf alle anderen Menschen. Und Max hatte diese Frage an seine junge Frau an einer ganz freien Stelle richten müssen, denn irgendwo anders wußte er ja nicht, ob er nicht von dem Alten belauscht wurde.

Na - es war fatal, aber es ließ sich eben nicht ändern, man mußte mit dem Sonderling Rücksicht haben. Nur hin und wieder zeigte Werner deutlich, wie er immer recht gut wisse, wann sich der Lord heranschleiche, im Haus oder im Park. Deshalb freilich ließ sich jener nicht abschrecken, er probierte es immer wieder, und es war ja auch möglich, daß es ihm oft genug gelang, die beiden heimlich zu belauschen.

Und die Sache sollte noch viel fataler werden, besonders für Neuvermählte.

Eines Nachts, es war immer noch in den ersten Tagen, konnte Werner nicht schlafen, stand auf, und als er auf den Korridor hinaustrat, war es ihm, als ob er ein Geräusch hörte - oder er hörte dieses nicht, sondern er fühlte förmlich, daß sich etwas schnell entferne, darin war er sehr sensibel.

Schnell drehte er den Hebel, der den ganzen Korridor im elektrischen Licht aufflammen ließ - und richtig, dort um die Ecke verschwand der Krankenfahrstuhl! Und Werner wußte ganz, ganz bestimmt, daß dieser soeben noch in seiner dichten Nähe sich befunden hatte, also dicht an der Tür des gemeinschaftlichen Schlafzimmers.

Das war denn doch ein bißchen gar zu stark!

„Warum soll er denn nicht?" meinte Ruth naiv, als er es ihr mitteilte. „Wenn zwei zusammen sind, da möchte der Onkel eben gern wissen, was die beiden miteinander sprechen, das macht ihm Spaß, und wir beide sind doch zusammen."

In dieser Beziehung war mit dem weltfremden Kind, das sie ja noch immer war, gar nicht zu sprechen.

„Aber auch des Nachts!" sagte Werner nur noch.

„Der Onkel fährt manchmal die ganze Nacht so im Haus herum."

Das war wieder etwas Neues, was Werner da zu hören bekam!

„Auch des Nachts?"

„Freilich, wenn er nicht schlafen kann."

„Ohne Licht?"

„Der Onkel kann im Finstern sehen. Lesen wohl nicht, aber er weiß hier eben so Bescheid, daß er sich überall zurechtfindet und nirgends anstößt. Und da fährt er nun so manchmal die ganze Nacht im Haus herum, besonders unten in der ersten Etage, wo die Diener schlafen. Er muß doch wissen, was die sich erzählen, wenn sie im Bett liegen."

Ja, für Ruth mochte das selbstverständich sein - aber in Werner stieg wieder einmal ein Verdacht auf.

Weshalb diese übergroße Begierde, zu erfahren, worüber das Hauspersonal sprach, daß es ihm selbst des Nachts keine Ruhe ließ?

Sah das nicht fast aus wie - ein böses Gewissen?

Doch energisch wies Werner diesen Gedanken zurück. Er hatte so gar keinen Grund zu solch einem Verdacht. Eben die Schrulle eines einsamen, sich langweilenden Sonderlings.

Als am anderen Tag Werner dem Lord begegnete, erwähnte dieser kein Wort von dem nächtlichen Rendezvous, und doch mußte er wissen, daß er bemerkt worden war, der ganze Korridor war ja plötzlich hell erleuchtet gewesen, und außerdem mußte der Elektrotechniker noch an demselben Tag die ganze Leitung für den Korridor der ersten Etage abstellen, ohne daß der Lord hierfür eine Erklärung zu geben für nötig hielt! Darin war er ganz Herr im Hause. Aber das sagte doch deutlich genug: ‚Ich werde euch beide weiter belauschen, auch in der Nacht, und du sollst mir keinen Strich durch die Rechnung machen.‘

Werner wußte gar nicht mehr, was er davon denken sollte. Er fügte sich - jetzt aber fing auch er den Lord schärfer zu beobachten an. Denn irgendein Grund zu dieser Lauscherei mußte hier dennoch vorliegen. - - -

„Nicht wahr, heute haben wir Sonnabend?“ fragte Ruth.

Werner mußte erst nachrechnen, ehe er es bestätigen konnte. Hier kam man ja ganz aus dem Kalender. Und zum Lesen von Zeitungen, die ihm vom Lord angeboten worden, hatte der Flitterwöchler auch noch keine Zeit gehabt.

Am Montag war er gekommen - ja, heute war Sonnabend.

„Ach, da geht's aber heute abend lustig bei uns zu!“

„Wieso denn?“

„Jeden Sonnabend kriegen die Diener was ganz besonders Gutes zu essen, und dann müssen sie Bier und Wein und Porter[1] trinken, aber viel, viel, und dann fallen sie alle um, aber ehe sie umfallen - ach, was die da für possierliche Dinge machen!“

Wenn Werner nicht glauben wollte, daß die Diener nicht nur trinken durften, sondern trinken mußten, so bekam er es zu sehen. Der Lord lud ihn selbst mit ein zu

[1] englisches Starkbier

dem Zechgelage, das jeden Sonnabend nach einem reichlichen Abendessen im Parterre stattfand.

Die schwersten Biere und Weine und Spirituosen wurden den versammelten Dienern vorgesetzt. Der Lord präsidierte. Es war eine Art von studentischem Trinkkomment eingeführt, es mußte auf Kommando getrunken werden. Der Lord, der selbst nur ganz dünnes Zeug genoß, trank den einzelnen zu, und daraus entsprang bald die entsprechende Laune.

Dem jungen Deutschen gegenüber suchte der Lord hierfür eine Erklärung zu geben, sprach etwas von alten, guten, angelsächsischen Sitten, wonach der Hausherr einmal am Dienertisch mit Platz nimmt, und dabei muß gebügelt werden. Es sei gar nicht gut, wenn sich der Mensch gänzlich des Alkohols enthalte. Wer niemals einen Rausch gehabt, der sei kein braver Mann, usw. usw.

Aber Doktor Werner durchschaute die eigentliche Absicht, die von der alten Regel ausging: Im Weine liegt Wahrheit. Der Lord wollte hören, was seine Diener schwatzten, wenn sie bezecht waren. Und daß er die Bezechten dann auch weiter belauschte, wenn sie unter sich waren, das war für Werner nun schon ganz selbstverständlich.

Die alten Leute wurden denn auch tüchtig ‚knill'. Sogar der Schweigsamste fing an, lange Reden zu halten, ein anderer sprach nur noch in Versen. Aber Ausschreitungen kamen nicht vor.

Erst als das Umfallen ein allgemeines wurde, hörte das Gelage auf. Es gab dann aber noch immer einige Trinkfeste, die schwadronierten unter sich noch lange Zeit im Bett, und die wurden jetzt von dem Lord heimlich belauscht.

Wozu das in aller Welt?

Das sah aus wie ein böses Gewissen, das erfahren möchte, ob man von der bösen Tat weiß – jetzt wies Werner diesen Gedanken nicht mehr zurück. - - -

Jeden Morgen früh um sieben Uhr kamen die Händler, welche Fleisch, Gemüse und sonstiges brachten, was man im Haushalt brauchte und immer frisch kaufen mußte. Sonst hatte aber der Lord auch eine große Vorliebe für präservierte Sachen. Einmal kam eine ganze Wagenladung mit Konservendosen an, die von Dienern nach dem Fahrstuhl gekarrt wurden. Die Büchsen kamen auf den Boden, dort wurden sie aber gleich hinter der geöffneten Tür ausgeschüttet. Das Aufstapeln in den Regalen besorgte der Lord selbst hinter verschlossener Bodentür.

„Ich habe ja nichts weiter zu tun", sagte er scherzhaft zu Werner.

Diese Konservendosen gab er auch selbst heraus, wie noch verschiedenes andere, was sich auf dem Boden befand. Sonst kümmerte er sich nicht weiter um die Küche, und wenn er es tat, so doch offenbar nur deshalb, um die Gespräche des Küchenpersonals heimlich zu belauschen.

Punkt acht Uhr kam die Post. Das richtete der Briefträger, der jedesmal ein reichliches Trinkgeld bekam, bis zur Minute so ein. Eine halbe Stunde vorher entnahm der Lord dem Briefkasten den Inhalt, und zwar genau so, wie die Postleute es tun. Er hing einen Sack unter den Kasten, schloß diesen auf, wonach er die untere Platte herausziehen konnte, der Inhalt fiel in den Sack, und ohne einen Blick hineinzutun, schloß er diesen und händigte ihn so dem Briefträger ein.

Eine Kontrolle der Korrespondenz seiner Diener fand somit also durchaus nicht statt. Der Hausherr verlangte nur, daß alle Briefe oder überhaupt Postsachen nachmittags zwischen drei und vier Uhr in den Briefkasten geworfen würden - eben eine Schrulle.

Gegen seinen Briefsack erhielt er von dem Postmann den neuen, der die eingelaufenen Sachen brachte, außerdem noch ein Pack Zeitungen.

Mit diesem Postsack und mit den Zeitungen und auch mit eventuellen Paketen begab er sich sofort ins Haus zurück, und zwar in seine separierte Wohnung, um, wie die Diener annahmen, zuerst in aller Gemütsruhe seine Zeitungen zu lesen. Zwischen elf und zwölf Uhr fand die Verteilung der Briefe und sonstigen Postsachen an die Diener statt. Viel war es ja niemals, oft vergingen Tage, ehe einmal ein Brief ausgegeben wurde.

So hatte der Lord es seit elf Jahren getrieben. Jedenfalls noch länger - seitdem er hier dieses Haus übernommen hatte; aber keiner dieser Diener war ja länger als elf Jahre hier.

Und aus dieser Hausordnung ließ sich der Lord durch nichts bringen. Dafür hatte er schon im voraus gesorgt. Eilbriefe wurden überhaupt nicht angenommen, das heißt, wenn sie außerhalb der Zeit gekommen waren. Aber davon war schon die Post benachrichtigt; auch Eilbriefe wurden erst früh um acht bestellt, und wenn sie auch schon am Tag zuvor früh um neun in Norwood eingetroffen waren. Der Lord hatte die Berechtigung zum Quittieren, und sonst ging es mit solch einem Eilbrief so wie mit allen anderen Postsachen - auch er wurde erst zwischen elf und zwölf ausgehändigt.

Das also nannte man einen Eilbrief! Doch dem Lord war das höchst egal. Der ließ sich doch wegen solch eines lumpigen Eilbriefs nicht aus seiner Ruhe und Hausordnung bringen! Nur Telegramme und Geldsendungen konnten von dem Betreffenden sofort in Empfang genommen werden. Doch das war in den elf Jahren bloß ein einziges Mal vorgekommen, als der eine Diener eine kleine Erbschaft ausgezahlt bekommen hatte. - - -

„Hier, Herr Doktor, ist ein Brief für Sie."

Auch der Gatte der Nichte hatte sich der Hausordnung fügen müssen, auch er bekam den Brief erst halb zwölf, erfuhr überhaupt erst jetzt, daß ein solcher für ihn dagewesen.

Es fuhr Werner etwas in die Nase, doch er sagte nichts. Dann dachte er auch schon angestrengt nach, von wem der Brief denn sein könne. Aus Deutschland war er zuerst in jenes Privatlogis gegangen. Diese Adresse hatte er allerdings sofort dem Rechtsanwalt zugeschickt, der sein kleines Vermögen verwaltete. Aber von dem war der Brief nicht, das erkannte Werner gleich am Kuvert.

Der Lord blieb noch, er schien sich mit seinem Schwiegerneffen, wie er es manchmal tat, in eine kleine Konversation einlassen zu wollen. Nur daß er dann mitten im Gespräch gleich davonfuhr, so zeigend, daß eine Schranke noch immer bestand.

„Die deutsche Sprache ist wohl sehr schwer?"

„Ja, wohl die schwerste der modernen."

„Die deutschen Buchstaben kenne ich, sonst nichts weiter. Es gibt Lehrbücher, nach denen man in vierzehn Tagen jede Sprache perfekt erlernen soll. Ist das möglich?"

„Nein, das ist Schwindel", lachte Werner. „Selbst die Lehrmeister, welche von drei Monaten sprechen, können diese Behauptung gar nicht verantworten. Nun ja, etwas Konversation - wenn sie nur nicht immer das ‚perfekt' betonen wollten. Erlauben Sie, Mylord?"

Er hatte auf seinem Samtrock einen weißen Faden hängen, Werner nahm ihn ab, wickelte während des Weiteren den kurzen Faden spielend um seine Finger.

„Auch das Übersetzen ist so schwer?"

„Nun, das läßt sich machen. Wenn man einmal die Grundbegriffe einer Sprache kennt, dann kann man mit Hilfe eines guten, aber auch wieder nicht zu ausführlichen Wörterbuchs schon fertig werden. Das heißt natürlich: aus der fremden Sprache in seine eigene. Haben Mylord vielleicht etwas zu übersetzen?"

„Ja, ich habe ein deutsches Manuskript da, noch aus dem Nachlaß meines Vaters stammend, das möchte ich gern einmal übersetzen.“

„Wenn Mylord erlauben, werde ich gern...“

„Nein, ich danke, Sie brauchen sich nicht zu bemühen, so wichtig ist die Sache gar nicht.“

Und der Lord fuhr davon.

Werner zog sein Federmesser, schlitzte das Kuvert auf.

Ach so, von Doktor Meinold, seinem einstigen Freund, mit dem er doch noch manchmal zusammengekommen war. Er hatte sich der Physik und Chemie gewidmet, schon mehr dem Erfinderberuf, bei ihm nur auf geschulter Basis beruhend. Seit Jahren schon arbeitete er an der Lösung des Problems, aus Baumwolle ein feuerfestes Garn herzustellen.

Endlich war es ihm gelungen. So feuerbeständig wie Asbest. Und dennoch nur reine Baumwolle. Beiliegend eine Probe.

„Wirf das Garn ins Feuer, halte es ins Knallgasgebläse.“

Ja, wo war denn die Probe? Werner blickte in das Kuvert, blickte unter sich am Boden herum - nichts.

Diese Garnprobe hatte der Freund wohl beizufügen vergessen.

Da zuckte Werner zusammen. Sein Blick war auf den Garnfaden gefallen, den er vorhin dem Lord vom Samtrock genommen, und den er noch immer um den Finger gewickelt trug.

Nein, es konnte ja gar nicht möglich sein! Einer solchen Handlung war doch dieser Lord nicht...

Und doch - um acht kam die Post und erst drei bis vier Stunden später wurde sie ausgeliefert!

Werner wickelte den Faden ab und betrachtete ihn. Ganz gewöhnliches Garn. Er riß ein Streichholz an, hielt den Faden in die Flamme - das Garn begann zu glühen, aber verbrannte nicht, ging mit derselben Form und

Farbe aus der Flamme wieder hervor!

Werner war ganz erstarrt.

Der Lord hatte seinen Brief geöffnet! Da er das deutsche Schreiben nicht hatte lesen können, wußte er auch von der Beilage nichts, der Faden war aus dem Kuvert gefallen, hatte sich an seinen Rock geheftet.

Er erbrach auch alle anderen Briefe! Deshalb brauchte er drei bis vier Stunden, ehe er sie verteilte!

Deshalb mußten auch die abgehenden Briefe schon so zeitig in den Kasten geworfen werden, damit er sie vorher lesen konnte!

Und wie geschickt hatte er diesen Brief zu öffnen und wieder zu schließen verstanden! Nichts war davon zu bemerken, niemals wäre Werner auf solch einen Verdacht gekommen.

Da besann er sich auf noch etwas anderes.

Am dritten Tag seines Hierseins waren seine beiden Koffer eingetroffen, früh um acht, der Lord hatte sie in Empfang genommen, sie seinem Schwiegerneffen erst zwischen elf und zwölf ausgeliefert.

Damals war Max noch viel zu verliebt gewesen, als daß er deshalb unwillig geworden wäre. Es war ihm dabei dann nur etwas aufgefallen.

Der eine Koffer besaß nur ein Schloß, der andere drei Schlösser, ausgezeichnete, mit einigen Zuhaltungen.

Werner hatte sich gewundert, daß das eine Schloß so schwer aufging, was doch sonst nie der Fall war, und das mittelste der drei Sicherheitsschlösser war gar nicht verschlossen gewesen.

Merkwürdig! Sollte Werner es zu schließen vergessen haben? Er hatte sich über sich selbst gewundert, nichts weiter. Am Inhalt der Koffer war ihm nichts aufgefallen. Nun, wer solche Sicherheitsschlösser öffnen und auch wieder schließen konnte - nur bei dem einen war es nicht wieder gelungen - der verstand auch einen Koffer zu visitieren, ohne daß man dann das Geringste davon merkte!

Nein, bei so etwas hört doch die Schrullenhaftigkeit und ihre Duldung auf!

Der Lord hatte ein böses Gewissen, da gab's nun gar nichts mehr! Und dieses böse Gewissen ließ ihm keine Ruhe, immer war er in Sorge, man könne etwas über ihn erfahren. Deshalb belauschte er die Gespräche, deshalb las er die abgehenden und ankommenden Briefe, untersuchte mit geübter - Verbrecherhand, dachte Werner bereits - alle anderen Postsachen, erbrach deshalb sogar mit Nachschlüssel oder Dietrich die fremden Koffer, öffnete natürlich auch alle anderen Pakete.

Deshalb auch diese Behandlung eines eventuellen Eilbriefs. Nur Telegramme gingen unkontrolliert als harmlos durch, in Telegrammen teilt man sich kein Geheimnis mit, chiffrierte werden von der Post gar nicht angenommen, wenn die Geheimschrift offenkundig ist. Vielleicht aber durchstöberte der Lord auch bei Gelegenheit die Schränke seiner Diener.

Und deshalb also auch die zugeteilten Briefbogen, damit ja nichts Schriftliches ohne sein Wissen hinausgehen konnte!

Oh, mußte der ein böses Gewissen haben! Und all seine Vorsichtsmaßregeln wußte er geschickt hinter einer schrullenhaften Hausordnung zu verbergen. - Wenn der Mensch etwas sehr Freudiges erlebt hat, besonders wenn es tief in sein ganzes Schicksal eingreift, so hat er das Bedürfnis, sich gegen jemand auszusprechen, mündlich oder noch besser schriftlich, weil das letztere bleibend ist.

Auch Max Werner hatte das Bedürfnis gehabt, jemandem einen Brief zu schreiben, besonders gleich in den ersten Tagen. Wie ein ungestümer Drang war es in ihm gewesen.

Aber wem sollte er schreiben? Er wußte wirklich niemand, der solches Interesse an seinem Glück gehabt hätte. Und Neid zu erwecken, dazu war Werner nicht der Charakter. Er wäre vielleicht auch zu gar keinem Anfang gekommen, es war ihm alles selbst noch gar zu märchenhaft gewesen.

Wenn er nun jetzt einen Brief schreiben wollte, so hätte dieser ungefähr begonnen, für einen Jugendfreund bestimmt, mit dem er zwar schon längst auseinander, dessen Adresse er aber kannte:

„Lieber Fritz! Weißt du noch, wie wir als Jungen, durch einen Sherlock-Holmes-Roman begeistert, immer Detektiv spielten? Wir wollten auch solch ein ‚Held' werden. Und wir nahmen unsere Spielerei sehr ernst. Der eine von uns mußte ein Verbrechen simulieren, der andere bot nun als Detektiv seinen ganzen Scharfsinn auf..."

Und so weiter. Und das war Tatsache. Max Werner hatte, wie jeder tüchtige Junge, ‚Räuber und Gendarm' gespielt, hatte, wie jeder tüchtige Junge, niemals ein braver Gendarm, sondern immer ein verwegener Räuber sein wollen – die Gendarmen müssen die artigen Knaben sein, die in der Schule zu oberst sitzen, und dann später wissen sie sich kaum durchs Leben zu helfen – auch Schmuggler war der kleine Max gewesen, den skalpierenden Indianerhäuptling nicht zu vergessen, der nur immer nach der Friedenspfeife ein Blaßgesicht wurde – dann aber hatte er sich einzig und allein dem Detektivberuf zugewandt. Solche Detektivschmöker hatten ihn diesem Beruf in der Freizeit zugeführt.

Aus dem kindlichen Detektiv war ein erwachsener Arzt geworden. Aber in seinem Herzen war Werner Detektiv geblieben. Wirklich, wenn er von einem Verbrechen las oder hörte, das nicht aufgeklärt werden konnte, von einem geheimnisvollen Diebstahl – Werner konnte ganz aus dem Häuschen kommen, da begann bei ihm jede Fiber[1] zu zittern.

„Das machen die Kriminalbeamten ja ganz falsch, die lassen sich doch irreführen, die Spur, die sie verfolgen, ist doch künstlich angelegt...!"

Kurz und gut, Doktor Max Werner fühlte sich als ein genial veranlagter Detektiv. Noch nie, nie hatte er Gelegenheit gehabt, sein Genie zu beweisen; auf der Straße war ihm die Uhr gestohlen worden, in der Kneipe die Meerschaumspitze, sogar eingebrochen hatte man einmal in seiner Wohnung, und in keinem Fall hatte er die Mausediebe erwischen können, ebensowenig wie die Polizei - hatte alles nichts zu sagen - Doktor Max Werner fühlte sich zum Detektiv geboren und wußte ganz, ganz bestimmt, daß er als solcher auch etwas Tüchtiges leisten würde.

Wohlan, hier war ein Fall, wo er einmal seinen Scharfsinn als Detektiv beweisen konnte. Die Frage, die zu lösen galt, lautete:

„Warum hat der Lord Roger von Norwood so ein böses Gewissen?"

Und Max setzte sich hin und schrieb einen Brief, dazu den zweiten von seinen zwölf Briefbogen benutzend, schrieb wirklich an jenen Fritz, nur ganz anders.

Er schilderte ihm, als sei er immer schon mit ihm in Korrespondenz gewesen, das kolossale Glück, das er in England gefunden, gleich beim Betreten dieser göttlichen Insel eine echt englische Lady geheiratet, und was für eine reizende Frau er habe, und was für ein guter Mensch ihr Onkel, der Lord, sei, freilich ein großer Sonderling...

Und so weiter. Der Leser versteht. Werner schrieb den Brief in der bestimmten Voraussetzung, daß er vom Lord erbrochen würde. Zwar konnte er kein Deutsch lesen,

[1] Muskelfaser

aber Werner wollte das annehmen.

Deshalb mußte er auch etwas von den Sonderbarkeiten des Lords erwähnen. Sonst hätte dieser Verdacht schöpfen können, daß sein Schwiegerneffe etwas ahne.

Kurz, Doktor Max Werner machte seine Sache, wie jeder gerissene Detektiv sie gemacht hätte.

So, nun konnte der Lord den Brief erst einmal erbrechen. Hoffentlich konnte er ihn auch lesen. Jedenfalls aber hatte der neugebackene Detektiv, der er im Herzen schon immer gewesen, nichts außer acht gelassen, und das darf ein Detektiv unter keinen Umständen.

Von dem Lord hatte er bereits Briefmarken bekommen, abgezählte zwölf Stück, auf diesen Brief mußte er gleich zwei kleben - fünf Minuten nach drei ließ er den Brief in dem Kasten verschwinden, und hiermit hatte Doktor Max Werner die Detektivlaufbahn betreten, und nicht mehr nur in der Phantasie, sondern auch in der Praxis.

8.

Der zweite Sonnabend war vergangen. Es war wieder mörderisch gebügelt worden. Diesmal hatte der Lord auch seinen Schwiegerneffen mehr herangezogen, hatte ihn offenbar bezecht machen wollen.

Nach verschiedenen Weinen und Schnäpsen hatten sie Champagner zusammen getrunken, das heißt, der Lord von jedem nur immer ein Glas, dann war er stets wieder zum Sprudelwasser übergegangen - wegen seiner angegriffenen Gesundheit.

Nun, der ehemalige Burschenschafter konnte einen guten Stiefel vertragen, und nicht nur auf Bier war er geeicht. Wenn er bezecht wurde, so war das Verstellung eines Detektivs. Also Werner hatte richtig zu schwatzen angefangen, dann sogar zu singen, schließlich war er dem Schwiegeronkel um den Hals gefallen, hatte ihn den allerbesten Menschen genannt, der überhaupt auf der ganzen Welt existiere, hatte ihn sogar geküßt, dabei ihn schadenfroh einmal tüchtig anrülpsend - und dann war der Detektiv ins Bett getorkelt, und dann hatte er, innerlich lächelnd, jener Worte gedacht, die der alte Hildebrand sagt, als unter den Römern die festesten Zechköpfe den Auftrag bekommen, dem alten germanischen Haudegen im Weindunst sein Geheimnis zu entlocken, und dann liegen sie alle unterm Tisch, und der alte Hildebrand geht festen Fußes nach Hause:

„Ha, wenn diese Römerlein wüßten, was ich alles saufen kann!“

Auch Ruth hatte einmal an dem Champagnerkelch genippt, es war der erste Schluck eines spirituösen Getränks gewesen, der über ihre Lippen gekommen, und er hatte wie Opium auf sie gewirkt. Eine Viertelstunde äußerst ausgelassener Laune, dann war sie plötzlich auf dem Stuhl eingeschlafen, und es wirkte noch jetzt nach vielen Stunden nach. Sie, die wie ein Vögelchen dahinschwebte, erwachte regelmäßig beim Morgengrauen, der erste Sonnenstrahl mußte sie im Park finden, zwitschernd auch wie ein Vögelchen, anders war es ihr gar nicht möglich - und heute stand die Julisonne schon ziemlich hoch, und Ruth lag noch immer im tiefsten Schlaf.

Max aber befand sich bereits im Park, und zwar mit klarem Kopf. Es wurde hier sonst früh aufgestanden, eine Folge der regelmäßigen, soliden Lebensweise, vielleicht auch des Alters, welches nicht lange schlafen läßt - heute aber lagen alle Diener, wie immer am Sonntag, noch im Bett, bis gegen Mittag ihren Rausch ausschlafend.

Doch nein, dort auf der grasigen Waldblöße stand schon einer, warf in der Mitte des freien, ziemlich umfangreichen Platzes ein Loch aus. Es war Jim, der Gärtner, der zugleich den Lord rasierte und die Lady frisierte, und zwar beides sehr geschickt.

Ruth hatte dem Gatten von ihm und einigen anderen Dienern erzählt. Sie, die abgeschlossen von aller Welt hinter dieser Gartenmauer aufgewachsen war, mußte ja für den Lebenslauf eines jeden Menschen, der in ihre Nähe kam, das größte Interesse haben, sie behandelte dieselben so eingehend wie Plutarch die Helden in seinen vergleichenden Lebensbeschreibungen.

So wußte Werner von diesem alten Mann, daß er ursprünglich Friseur gewesen war, in einem kleinen Städtchen mit vielem Fremdenbesuch ein eigenes, blühendes Geschäft gehabt hatte, aber bankrott machte, weil er seine ganze Aufmerksamkeit und Tätigkeit nicht dem Barbierladen, sondern seinem Garten gewidmet hatte, und während er Rosen veredelte, hatten die Gehilfen immer die Pennies in die Tasche gesteckt. Dann hatte er sich gänzlich dem Gärtnerberuf zugewandt, bis er vor elf

Jahren hierhergekommen war, als Haar und Gartenkünstler. Denn sollte laut Testament des verstorbenen Lords der ganze Park auch in seinem ursprünglichen Zustand gelassen werden, etwas gab es doch hin und wieder zu tun, was nicht vermieden werden konnte, und Werner war es überhaupt schon so vorgekommen, als würden die Bestimmungen des Testaments gar nicht so genau befolgt.

Dieses selbst hatte ihm der Lord noch nicht gezeigt, wie er hatte tun wollen, und es ging nicht gut an, daß Werner ihn dazu aufforderte. Übrigens interessierte er sich gar nicht so sehr dafür.

Bisher hatte sich Werner noch mit keinem Diener eingelassen, ihn etwa über den Lord ausfragen wollend. Dies widersprach seinem Charakter um so mehr, je freundlicher er gegen jeden dienstbaren Geist war. Das heißt, früher hätte nur Neugierde ihn zu so etwas veranlassen können. Jetzt, da er sich als Detektiv fühlte, hatte er dazu einen ganz anderen Beweggrund, jetzt wäre er dazu bereit gewesen, die Diener über ihren Herrn auszuforschen. Die mußten mit ihrer elfjährigen Erfahrung doch noch etwas anderes über ihn erzählen können. Ruth brauchte er deswegen gar nicht erst zu fragen, die war ein unschuldiges Kind, kannte alles gar nicht anders.

Aber wie mit einem Diener solch eine Unterredung pflegen können? Überall konnte der Lord ja jeden Augenblick zur Stelle sein und alles heimlich belauschen.

Hier war endlich einmal eine Gelegenheit dazu! Der Lord hatte wie immer die Nacht in seinen abgeschlossenen Räumen verbracht - wenn er nicht im Haus herumfuhr - Werner hatte ihn heute früh noch nicht gesehen - und wenn er auch schon munter und auf der Spionage war, gleichgültig - hier konnte er sich nicht unbemerkt nähern, und der Platz war so groß, daß man nur etwas die Stimmen zu dämpfen brauchte, so konnte man auch nichts vom nächsten Baum aus verstehen.

„Guten Morgen, Jim."

„Guten Morgen, Herr Doktor."

„Nun, schon ausgeschlafen?"

Der Alte blickte mißtrauisch nach dem Haus, blickte sich mißtrauisch um und dann den Doktor an.

„Ach, diese verfluchte Sauferei!" murmelte er niedergeschlagen.

Hallo! Der neue Detektiv hatte gleich etwas herausgehört! Dieser alte Mann war mit etwas nicht zufrieden, hatte etwas auf dem Herzen, wollte von dem Doktor darüber befragt werden, aber im geheimen, daher erst seine mißtrauischen Blicke.

„Wohl einen schweren Kopf, was?"

„Na und wie!"

„Ja, ich sah es Euch an, Ihr hattet gestern abend auch einen tüchtigen Rausch weg."

„Ach!" wurde seufzend bestätigt.

„Was trinkt Ihr denn so viel, wenn es Euch schlecht bekommt?"

Wieder ein vorsichtiges Umsichspähen, und dann dämpfte der Mann seine Stimme.

„Wollen wir denn? Ich wenigstens nicht, und es gibt auch noch andere, die sich gar nichts aus dem Zeug machen. Aber wir müssen ja, wir müssen ja!"

„Was müßt ihr?"

„Na, trinken!"

„Weshalb müßt ihr denn trinken?"

„Weil der gnädige Lord es befiehlt, weil er uns immer zutrinkt."

„Warum trinkt er euch denn immer zu?"

„Damit wir betrunken werden."

„Warum sollt ihr denn betrunken werden?"

„Weil das dem gnädigen Lord Vergnügen macht."

„Warum macht es ihm denn Vergnügen?" ließ Werner

nicht locker.

„Weil - weil - ach, man darf ja nicht sprechen!"

Und der Alte fing wieder zu graben an.

Werner beobachtete ihn überlegend, wie er den Diener am schnellsten zum Sprechen bringen könne.

Da fing der Alte, sich auf seinen Spaten stützend und in das schon ziemlich tiefe Loch starrend, von selbst wieder an.

„Ach, Herr Doktor, wenn Sie wüßten..."

„Na, was denn?"

„Ich möchte mich einmal jemand gegenüber aussprechen - aber zu wem denn - man darf ja nicht - und mir drückt es doch fast das Herz ab... Ach, immer, wenn ich so ein Loch grabe, möchte ich es in das Loch hineinerzählen, vielleicht, daß ich dann Ruhe bekomme."

Werner hätte fast geradehinausgelacht.

Siehe da, der Barbier des Königs Midas! Da stand er vor ihm in moderner Ausgabe in Fleisch und Blut!

Ob dieser alte Mann die Sage vom König Midas kannte? Wohl schwerlich. Gerade dann hätte er so etwas wohl kaum gesagt. Es war eben ein seltsamer Zufall, daß der alte Gärtner und Barbier auf so etwas kam.

Über Midas, einen fabelhaften König Phrygiens, existieren zwei verschiedene Sagen. Die eine ist die, daß er aus irgendeinem Grund sich von dem göttlichen Dionysos die Gewährung irgendeines Wunsches erbitten durfte, und Midas wünschte, daß sich alles, was er berühre, in Gold verwandle. So geschah es denn auch. Aber die Torheit seines Wunsches wurde dem König bald klar, als sich auch alle Speisen in unkaubares und unverdauliches Gold verwandelten. Er bat den Gott um Befreiung von diesem Gnadengeschenk, mußte sich im Fluß Pactolus baden, wodurch er erlöst wurde, und seitdem führt dieser Fluß Gold.

Die andere Sage, und zwar die, welche hier in Betracht

kam, ist folgende: In einem musikalischen Wettstreit zwischen Apollo und Pan sollte König Midas den Urteilsspruch fällen. Er erkannte dem letzteren die Siegespalme zu, worauf der erzürnte Apollo dem König ein Paar große Eselsohren wachsen ließ, jedenfalls mit Recht. Midas verbarg seine Schmach unter einer Kopfbedeckung, und so soll die noch heute bekannte phrygische Mütze aufgekommen sein. Nur des Königs Barbier mußte dieses Geheimnis erfahren haben, und er wurde danach bezahlt, daß er es nicht verriet. Aber dem braven Barbier drückte sein Geheimnis das Herz ab, und wenn er es nicht einem Menschen erzählen durfte, so mußte er sich doch in anderer Weise Luft verschaffen – und der Barbier grub ein Loch und vertraute sein Geheimnis der Erde an: Der König Midas hat Eselsohren! Das Loch warf er wieder zu, und nun hatte der gute Mann doch wenigstens etwas Erleichterung. Aber aus dem zugeworfenen Loch wuchs Schilf, und im Wind begann jetzt dieses zu flüstern, aller Welt verkündend: Der König Midas hat Eselsohren.

Die alten Griechen, die alles in Symbole kleiden mußten, wollten hiermit sagen, daß ein Geheimnis verraten ist, sobald man es ausspricht, gar kein Mensch braucht es gehört zu haben. Dann fangen selbst die Erde und der tote Stein zu sprechen an, denen man es anvertraut hat.

Werner hatte seine Lachlust beherrscht, fragte nicht erst, ob der Alte diese Sage kenne, wollte ihn auch nicht erst aufklären.

„Na, was denn?“

„Ach, man darf hier ja nicht.“

„Euch drückt ein Geheimnis, was?“

„Ja“, wurde geseufzt.

„Ist etwas in Euerer Verwandtschaft passiert?“

„Verwandtschaft? Ich habe gar keine mehr.“

„Oder Ihr meint, weil hier etwas nicht in Ordnung ist.“

Erschrocken blickte der Alte auf und den Sprecher an.

„Was wollt Ihr damit sagen?“

„Na, mein guter Alter, nun vertraut Euch mir mal ganz ruhig an“, sprach jetzt Werner in einem anderen Ton. „Ihr meint, weil ich seine Nichte geheiratet habe?“

„Ihr habt's gesagt, Ihr gehört mit zu ihm.“

„Aber nicht so, wie Ihr Euch denkt. Ja, auch mir kommt hier manches recht rätselhaft vor, und ich möchte wohl gern wissen, was dahintersteckt.“

Der Widerstand des alten Mannes war gebrochen, er machte ja auch nur zu gern seinem Herzen Luft. Erst aber schaute er wieder vorsichtig um sich, und dann wollte er noch immer nicht so recht heraus mit der Sprache. Es war eben ein alter Mann, der noch dazu viele Jahre so gut wie in der Einsamkeit verbracht hatte.

„Ist das christlich?“ fing er dann also auf Umwegen an.

„Ihr meint, weil die Kapelle hier erst gereinigt werden muß, wenn sie einmal benutzt werden soll?“

„Ach - ich bin niemals viel in die Kirche gekommen und halte mich dennoch für einen guten Christen. Aber warum schließt sich denn der Lord manchmal so lange ein, gleich tagelang?“

Solange Werner sich hier befand, war das noch gar nicht geschehen. Wohl verbrachte der Lord jeden Tag einige Zeit in seinen abgeschlossenen Gemächern, schlief dort, nahm dort manchmal auch seine Mahlzeiten ein, die ihm auf besondere Weise, wie wir bald erfahren werden, hineinbefördert werden mußten - aber man wußte nie, ob er nicht jeden Augenblick wieder herauskommen konnte, und solange sich also Werner hier befand, hatte sich der Lord auch jeden Tag gezeigt.

„Kommt das denn vor, daß er sich tagelang einschließt?“

„Oft genug. Gleich drei, vier Tage lang.“

„Solange ich hier bin, ist es noch nicht passiert.“

„Ja, da kommen immer Zwischenpausen. In den letzten Jahren war es auch seltener, im Vierteljahr höchstens einmal, früher aber alle Monate."

„Nun, was ist weiter dabei? Wißt Ihr nicht das von seiner verstorbenen Gemahlin, die er sehr innig geliebt zu haben scheint?"

„Ich weiß, ich weiß – und das ist es ja gerade!"

„Was wollt Ihr damit sagen?"

Der Alte blickte Werner starr an, und dann flüsterte er:

„Wie kommt der gnädige Herr da immer zu den langen Haaren?"

„Was für lange Haare?" fragte Werner ganz verwundert.

„Die er manchmal auf seinem Samtrock hat, auf der Schulter oder auf dem Rücken oder anderswo."

Einen Augenblick stutzte Werner doch sehr, glaubte dann aber sofort eine Erklärung zu wissen.

„Das werden Haare von der Lady Ruth sein."

„Die hat ganz hellblonde."

„Und die auf des Lords Rock?"

„Das war dunkelblond."

„Nur ein einziges?"

„Nur ein einziges, das ich ihm einmal abnahm."

„Wann war das?"

„Vielleicht vor zwei Jahren."

„Und daraus wollt Ihr irgendeinen Verdacht schöpfen?" wurde Werner fast unwillig. „Weil Ihr ihm vor zwei Jahren ein blondes Haar vom Rock abgenommen habt? Das war eben von der Lady Ruth."

„Es war nicht von der Lady!" sagte der Alte mit der größten Bestimmtheit.

„Es war blond, sagt Ihr selbst, und wie wollt Ihr denn eine große Nuance – einen Farbunterschied, meine ich – bei einem einzelnen Haar unterscheiden?"

„Ja, ich kann auch bei einem einzelnen Haar die Nuance unterscheiden", entgegnete Jim, die Betonung auf dieses Fremdwort legend, zum Beweis, daß er es recht wohl kenne. „Ich bin Fachmann, ich war nämlich früher Friseur..."

„Ich weiß, ich weiß."

„...und zwar nicht nur so ein gewöhnlicher, ich war auch Perückenmacher, wirklicher Haarkünstler, ich habe in den feinsten Geschäften gearbeitet, und auf mein Urteil wurde etwas gegeben. Ich war maßgebend, ich konnte die allerfeinste Nuance unterscheiden und kann es noch heute - und es war kein Haar von der Lady!"

„Von wem war es denn sonst?"

„Von der Blonden."

„Von der Blonden? Was wollt Ihr damit sagen?" stutzte Werner, denn er hatte noch etwas anderes dabei herausgehört, und er sollte sich auch nicht geirrt haben.

„Dann hat er auch noch eine Braune drin - und dann noch eine Schwarze - die eine hat sehr feines, seidenweiches Haar, das der anderen ist sehr stark mit einem blauen Schimmer und etwas gekräuselt."

Werner lauschte nicht schlecht. Sein Herz blieb stehen.

„Wo drin hat er die?"

„Dort drin in seinen Räumen, die niemand betreten darf."

„Ihr meint, er hält sich da drin Weiber?"

„Vier Stück - mindestens. Früher, vor fast elf Jahren, war noch ein anderes Blond dabei - aber das fehlt schon seit einigen Jahren..."

„Was, schon vor elf Jahren?"

„Jawohl, so lange geht das schon, so lange beobachte ich das nun. Ich wollte nur nicht so weit zurückgreifen, sonst hätten Sie's mir erst recht nicht geglaubt. Es vergeht kaum eine Woche, daß ich ihm beim Rasieren nicht ein Haar abnehme. Gestern war es wieder ein blauschwarzes."

Werner wollte jetzt noch nicht selbst denken, sondern erst alles wissen, was der Barbier ihm erzählen konnte.

„Und was sagt denn nun der Lord dazu?"

„Nichts. Ich sage ihm gar nichts. Schon das erste Haar vor elf Jahren habe ich ihm unbemerkt abgenommen. Aber auch die Lady hat ihn schon einige Male gefragt, woher er denn zu den braunen und schwarzen Frauenhaaren käme."

„Nun, und der Lord, was für eine Erklärung gab der?"

„Der erzählte schnell eine Geschichte. Er soll sich ja in Australien in allem möglichen versucht haben, und da sei er auch einmal Händler mit Frauenhaaren gewesen, das sei bei ihm eine Liebhaberei geworden, er habe noch eine ganze Menge Muster von Frauenhaaren, die besähe er sich manchmal, es mache ihm Vergnügen, die Zöpfe oder Haarflechten durch die Finger gleiten zu lassen."

„Nun, ist das nicht eine ganz plausible Erklärung?"

„Ja, für die Lady Ruth, der kann man ja alles sagen, nicht aber für mich. Ich lasse mir nichts weismachen. Und schon wie er das hervorbrachte - die Frage war ihm zu unerwartet gekommen, er hatte sich auf solch eine Erklärung nicht vorbereitet, hatte diese Erzählung, daß er früher einmal Haarhändler gewesen war, dann erst schnell erfunden - er wurde ganz verlegen, blickte mich sogar von der Seite an. Ich war zufällig zugegen. Und da fuhr er schnell in seine Zimmer hinüber - ‚warte, ich will dir so ein paar Muster zeigen' - und richtig, zehn Minuten später brachte er auch fünf Haarsträhnen, eine blonde, eine kastanienbraune, zwei schwarze und eine rote."

„Ja, dann besitzt er eben wirklich solche Haarmuster."

„Nein, die waren ganz frisch abgeschnitten, soeben erst."

„Was? Wie wollt Ihr denn das beurteilen können?"

„Das kann ich eben. Darin bin ich Fachmann, habe für

derartige Unterscheidungen sogar ein ganz eigentümliches Talent. Abgeschnittenes Haar wird mit der Zeit immer härter, bis es nach etwa einem Jahr fast so hart ist wie das eines Toten, oder wie solches, das man einem Toten abgeschnitten hat, zwei Tage nach seinem Tod. Nur daß das Haar, welches man einem Lebendigen abgeschnitten hat, niemals so brüchig wird. Spaltbar wohl, aber nicht so brüchig. Und ich besitze in den Fingernerven die Gabe, bis auf einen Monat zu unterscheiden, wann das Haar abgeschnitten worden ist. Vom elften Monat ab kann ich es nicht mehr, dann scheint sich das in voller Lebenskraft abgeschnittene Haar gar nicht mehr zu verändern, wenigstens nicht für meine Fingernerven. Aber ob das Haar soeben erst abgeschnitten ist, oder schon vor Jahren – das kann ich sogar mit den bloßen Augen unterscheiden, da brauche ich es gar nicht erst anzufassen."

Werner zweifelte nicht mehr. Der alte Mann hatte sich wohl nicht nur als ehemaliger Barbier und Friseur durch Umgang mit Herrschaften eine gewisse Bildung angeeignet, sondern es schien eigene Bildung zu sein. Daß er jetzt als Gärtner manchmal einen schmutzigen Arbeitsanzug trug, hatte dabei doch gar nichts zu sagen.

„Ihr meint also, der Lord hätte diese Haarsträhnen soeben erst abgeschnitten?"

„Jawohl. Um sein Märchen glaubhaft zu machen. Falls seine Verlegenheit bemerkt worden wäre."

„Und Ihr seid darauf eingegangen, habt Euch nicht merken lassen, daß Ihr anderer Ansicht wart?"

„Gott bewahre! Wie hätte ich das wagen dürfen! Ich wußte es ja überhaupt schon längst. Schon als ich ihm das erste Haar abnahm, vor elf Jahren, ein schwarzes, fühlte ich ja sofort, daß es ein lebendiges war, welches ein Weib erst heute oder gestern verloren hatte. Nun kannte ich die Verhältnisse doch schon, ich hätte ja gar nicht gewußt, was ich sagen sollte - und da habe ich eben gar nichts gesagt."

„Ich habt auch zu keinem der anderen Diener darüber gesprochen?"

„Niemals, kein Wort! Man wird hier ja bei jedem Schritt belauscht. Ich bin auch gar nicht so mitteilsam. Abgedrückt hat es mir mein Herz freilich schon längst, einmal mußte es doch heraus - nun ist es geschehen, und ich glaube, ich habe mich an die richtige Quelle gewendet, gerade an den, der die Lady geheiratet hat - nun zeigen Sie es der Polizei an, wenn Sie es für gut finden."

„Das muß ich mir noch überlegen. Haben denn die anderen Diener noch gar kein Mißtrauen geschöpft?"

„Ach, die!" erklang es verächtlich. „Die sind ja viel zu dumm, oder wenn sie es nicht schon gewesen sind, so sind sie es doch hier geworden."

Jim hatte recht. Eine solch eintönige Lebensweise mußte schließlich zu völliger Teilnahmslosigkeit gegen alles führen, was nicht direkt gegen die Hausordnung verstieß.

„Und auch Kinder hat er drin."

„Was, auch Kinder?" stieß Werner erschrocken hervor.

„Eins ganz bestimmt. Es ist vier oder fünf Jahre her, da hatte der Lord einmal, als er wieder nach längerer Abwesenheit aus seinen verschlossenen Räumen hervorkam, eine kleine, weiße Hand mit gespreizten Fingern auf seinem Rücken, es war Mehl oder Kreide, ich klopfte sie ihm ab, nichts weiter sagend, als Seine Lordschaft hätte sich hinten etwas weiß gemacht."

„Es war eine kleine Frauenhand."

„Es war die Hand eines ganz kleinen Kindes, vielleicht nur ein Jahr alt, und eine solche Hand hat keine erwachsene Frau, wenn's auch manchmal so in Romanen stehen mag."

„Hat sich das wiederholt?"

„Nein, das mit dem Handabdruck nicht wieder."
„Oder hat Lady Ruth dasselbe beobachtet?"
„Mir ist nichts davon bekannt. Damals war sie nicht zugegen. Und warum nimmt der Lord denn immer so viel Konserven ein? Warum läßt er sie auf den Boden bringen, den sonst niemand betreten darf? Warum stapelt er selbst die Blechbüchsen dort auf? Warum gibt er sie selbst aus, wie noch manches andere, was an Eßwaren nicht täglich frisch ergänzt wird? Warum hebt er dort oben die Eier auf und gibt sie ebenfalls selbst aus? Weil die Konserven die Hauptnahrung der Weiber und Kinder bilden, die er dort drinnen gefangenhält! Er will die Diener nicht merken lassen, was für eine Menge Nahrungsmittel verbraucht werden, die ins Haus kommen, aber nicht in unsere Küche wandern. Wenn man so wie ich hier hinter den Mauern noch nicht seinen gesunden Verstand verloren hat, wenn man helle Augen besitzt, da kann man wohl merken, wieviel Konserven wir einnehmen, alle Vierteljahre einen ganzen Lastwagen voll, den wir vierundvierzig Menschen nimmermehr leer essen. In elf langen Jahren ist das recht wohl zu merken. Nur muß man eben nicht so wie die anderen schon ganz teilnahmlos geworden sein. Der ganze Boden müßte doch voll solcher Blechbüchsen sein. Aber der Lord verbraucht sie - für seine Frauen und Kinder, die er da drin eingeschlossen hält."
Der Gärtner hatte gesprochen - und Werner konnte ihm nicht widersprechen.
„Gestern nachmittag", fuhr Jim fort, „ehe das Zechgelage anfing, gab er uns versammelten Dienern wieder einmal eine Instruktionsstunde. Und da schärfte er uns abermals ein, daß, wenn hier einmal Feuer ausbrechen sollte, wir alles ruhig abbrennen lassen, keine Hand dürfte zum Löschen gerührt werden, so bestimme es der letzte Wille seines seligen Bruders. Sehen Sie, Herr Doktor, da regte sich wieder mein Gewissen. Ich habe ja gar

nichts dagegen, wenn er sich einen Harem hält, ganz heimlich - er mag sich vor seiner Nichte schämen, vor uns - obschon man da auch nicht ruhig zusehen sollte, wenn er viele Jahre lang Menschen wie Gefangene hält, das kann doch nicht mit deren Willen geschehen, und umsonst sind auch nicht die Korridortüren so eisenbeschlagen - aber wenn er nun gar beabsichtigt, was offenbar ist, bei Ausbruch eines Feuers dieses sein lebendiges Geheimnis dem Feuertod auszuliefern, das geht doch gegen - jawohl, Herr Doktor, hier soll eine junge Eiche eingeschlämmt werden, und wenn heute auch Sonntag ist, heute nachmittag wird's regnen..."

Außerdem hatte der Gärtner noch rechtzeitig ein Zischen hören lassen, denn plötzlich kam der Lord in seinem Rollstuhl angeschossen.

„Guten Morgen, Herr Doktor. Nun, auch schon so frühzeitig auf?"

Es war ihm gleich anzusehen, wie gern er gewußt hätte, was die beiden eben miteinander gesprochen hatten.

„Ich lasse mir von Jim erklären, wie man einen Baum verpflanzt, habe so etwas noch nie gesehen", sagte Werner nach Erwiderung des Morgengrußes unbefangen.

„Ja, ich lasse verschiedene Bäume verpflanzen. Ich liebe solch große freie Plätze nicht. Das läuft durchaus nicht den Bestimmungen meines seligen Bruders zuwider. Der Park darf nur nicht wirklich gepflegt werden."

Der Lord schilderte noch weiter, welche kleinen Veränderungen er in dem Park vorhabe, deutete dabei hierhin und dorthin, drehte seinen Rollstuhl herum - da zeigte Jim mit einer scheuen Bewegung auf den Rücken des Gelähmten.

Werner hatte es bereits gesehen.

Hinten auf dem schwarzen Samtrock des Lords war der weiße Abdruck einer kleinen Hand, so klein, daß diese Hand höchstens einem dreijährigen Kind angehören konnte. Jedes Fingerchen hatte sich deutlich abgedrückt.

Werner starrte die weiße Hand wie ein Phantom aus dem Jenseits an. Doch schnell hatte er sich wieder emporgerafft.

„Erlauben Mylord, Sie haben sich hinten etwas weiß gemacht."

Und gleichzeitig klopfte er den weißen Abdruck fort.

9.

Wir wollen nicht bezweifeln, daß Doktor Max Werner wirklich einen so geschickten Detektiv abgegeben hätte, als den er sich jetzt berufen fühlte.

Zu einem Kriminalbeamten dagegen hätte er sicher nicht getaugt, dazu hatte er ein viel zu gutes Herz.

Denn zwischen Detektiv und Kriminalbeamten ist ein großer Unterschied. Ein Detektiv braucht noch kein Kriminalbeamter zu sein. Es gibt doch auch genug Privatdetektive, die sich nur zeitweilig in den Dienst der Kriminalistik stellen und sich dabei noch immer jegliche Freiheit wahren.

So ist der berühmte englische Privatdetektiv Arrow, der zwar in der Romanliteratur noch keine solche Rolle spielt wie ein Sherlock Holmes oder ein Nick Carter, der dafür aber den Vorzug hat, daß er wirklich existiert. Er hat es hauptsächlich auf die Anarchisten abgesehen, ist ihr Todfeind und ihr Schrecken. Wie dem Schreiber dieser Zeilen bekannt ist, bezieht dieser Arrow, der mit seinen Unterdetektiven die ganze Erde beherrscht, zur Beobachtung der Anarchisten im Ausland von der deutschen Kriminalpolizei ein Jahresgehalt von 20 000 Mark, und so soll es keine Regierung geben, die diesem Arrow nicht ihren Tribut entrichtet, dazu kommen die Privatzahlungen, und das sind immer erst feste Jahresbezüge, sonst werden ihm noch Prämien von Fall zu Fall bezahlt. Es soll kein Fürstenbesuch, keine Fürstenreise stattfinden, ohne daß Arrows Leute zur Stelle sind.

Wenn ein Schutzmann sieht, wie eine arme Frau im Bäckerladen ein Brot stiehlt, so arretiert er sie. Das muß er tun, das ist seine Pflicht und Schuldigkeit. Er darf nicht anders handeln, oder er stürzt sich und seine ganze Familie ins Unglück. Ein anderer Mensch, der den Diebstahl beobachtet hat, wird, wenn er das Herz auf dem rechten Fleck hat, nichts gesehen haben wollen, denn ohne zwingende Not wird niemand so leicht wegen eines Groschenbrots zum Dieb - ja, er wird der Frau nachgehen, wird sich über ihre Verhältnisse orientieren, wird sie ins Gebet nehmen und dann helfen, soweit er kann.

So soll auch dieser Frank Arrow, ein ganz aus Stahl gebauter Mann, das allerweichste Herz besitzen. Wie der Schreiber aus bester Quelle weiß, versteuert er in England ein Jahreseinkommen von zwei Millionen Mark. Aber davon soll er sehr wenig für sich selbst verbrauchen. Er teilt immer mit vollen Händen aus. In seinem Kampf mit den Anarchisten bekommt er es doch auch mit anderen Verbrechern zu tun, er, der sich immer in Spelunken herumdrücken muß - und da soll er manchen Einbrecher auf frischer Tat ergriffen haben, den er aber nicht der Gerechtigkeit auslieferte, sondern, wenn er noch einen guten Kern in ihm erkannte, hat er dem Mann durch Unterstützung aus seinem Geldbeutel wieder auf die Beine geholfen.

Und das geht ja noch viel weiter. Ist es denn nicht viel, viel schlimmer, wenn ein Wucherer ganzen Familien die Kehle abschneidet, als wenn ein armes, verführtes Mädchen ihr neugeborenes Kind tötet? Sie ist sich in ihrer Verzweiflung und in ihrer Schmach und Schande ja gar nicht ihrer Tat bewußt. Der Wucherer, der vielleicht den Tod vieler Menschen auf dem Gewissen hat, kommt mit Hilfe einiger gutbezahlter Rechts- oder Linksanwälte mit ein paar Wochen Gefängnis davon, die Kindesmörderin wandert unter der möglichsten Annahme mildernder Umstände immer noch ein paar Jahre ins Zuchthaus. Ja, es geht nicht anders, das Gesetz muß befolgt werden, oder wir brauchen keine Gesetze mehr. Und nicht nur der Kriminalbeamte, sondern jeder andere Mensch, der von solch einem Verbrechen erfährt, ist verpflichtet, es zur Anzeige zu bringen, sonst wird er bestraft.

Aber nicht der Privatdetektiv, der sich in kriminalen Dienst gestellt hat. Man muß einmal hinter die Kulissen geblickt haben, um zu wissen, was für Privilegien diese Detektive, und zwar ganz besonders die privaten, genießen, deshalb, weil unsere heutige Kriminalpolizei und Justiz ohne diese Privatdetektive gar nicht mehr fertig werden kann. (Aber hiermit sind nicht jene Institute gemeint, welche immer in den Zeitungen annoncieren, die Ehegatten wegen Grundes zur Ehescheidung beobachten wollen usw., das ist wieder etwas ganz anderes.)

Die Sache ist, wenn man sie mit richtigem Auge betrachtet, ja auch einfach genug. Meistenteils, wenn auch nicht immer, sind diese Privatdetektive früher staatliche Kriminalbeamte gewesen. Wenn ein solcher erkennt, daß er in seinem Fach etwas Außerordentliches leisten kann, wenn er sich als ein Genie fühlt, dann quittiert er den Dienst. Dann will er ohne Fesseln sein, gibt sich nicht mit den paar tausend Mark zufrieden. Als Beamter darf er ja nicht einmal eine Prämie annehmen, die ihm außerhalb des gesetzlichen oder vorgeschriebenen Weges angeboten wird. Das ist genau so wie bei den Militärärzten. Wenn da so ein junger Arzt erkennt, daß er ein genialer Operateur ist, der seinesgleichen sucht – na, da bleibt er natürlich nicht bei der Armee. Und da handelt er auch ganz recht, und nicht nur deswegen, weil er als freier Privatarzt viel mehr verdient. Denn das ‚Ohne Ansehen der Person' und das ‚Mensch ist Mensch' ist doch nicht für alle Fälle gültig. Ist es nicht ein Unterschied, ob in der Schlacht tausend Soldaten mehr fallen, oder ob der die ganze Schlacht leitende General weggeschossen wird? Und so ist es auch im Frieden, mitten im Geschäftstreiben. Der Fabrikarbeiter, der von der Maschine zermalmt wird, kann schnell wieder ersetzt werden. Findet aber der Inhaber oder der Leiter der Fabrik, der sie erst in die Höhe gebracht hat, seinen Tod, dann löst sich vielleicht das ganze Unternehmen auf, die sämtlichen Leute verlieren die Arbeit. So ein genialer Arzt ist also nicht dazu bestimmt, nur immer Soldaten die Gliedmaßen abzuschneiden, sondern er muß frei sein, daß er nach eigenem Ermessen den Fall wählen kann, dessen Behandlung ihm am notwendigsten dünkt.

Und nun noch eins: Genie ist mit einem harten, egoistischen Herzen unvereinbar, Genie irgendwelcher Art. Wer in sich eine Veranlagung irgendwelcher Art fühlt, der muß erst allen Egoismus aus seinem Herzen verbannen, ehe er diese seine Veranlagung sich zur fruchtbringenden Blüte entfalten sehen kann. Auch das ist ein eisernes Naturgesetz, wenngleich der Physiker es nicht berechnen kann. Daß es wirklich so ist, das kann man nur fühlen, nur in gewissen Stunden, nur in hellen Sekunden, dann aber erkennt man es auch mit absoluter Deutlichkeit. Doch auch Beispiele bezeugen die Richtigkeit dieser Behauptung. Es gibt ja gar keinen genialen Mann, der wirklich etwas Großes, Bleibendes geleistet hat, der nicht auch ein gutes, mitfühlendes Herz besessen hätte. Nur darf man sich da nicht täuschen lassen. So, um nur ein einziges Beispiel anzuführen, Adolf von Menzel, die kleine Exzellenz, der gottbegnadete Maler. Der war im persönlichen Verkehr - mit Respekt zu sagen - saugrob, und geizig war er bis zur Schmutzigkeit. So hat man über ihn geurteilt. Bis zu seinem Tod. Da hat man seinen ganzen Schreibtisch voll Bettelbriefe gefunden, und an jeden geheftet die Postquittung über die Geldanweisung, die Menzel jedesmal unter falschen Namen an den Bittenden geschickt hat. Und kein Mensch hat davon gewußt! Dasselbe gilt auch für Paganini, den noch nicht wiedergeborenen Virtuosen auf der G-Saite. Dieser ganz rätselhafte Mensch, eine viehische Teufelsnatur, der auch so eine höhnische Teufelsfratze hatte, war gleichfalls so ein Pfennigfuchser durch und durch. Bis man nach seinem Tod erfuhr, was der alles schon bei Lebzeiten den Armen zugewendet hatte.

Und auch der Detektiv kann ein genialer Künstler sein, so gut wie der Erfinder. Er ist, wie schon der Name sagt, ein Entdecker, ein Aufdecker - aber ein Abdecker braucht er nicht zu sein, der alles Gefallene gleich zur Schlachtbank schleppt. - - -

Nein, zum Kriminalbeamten, der alles zur Anzeige bringen muß, hätte sich Doktor Max Werner niemals geeignet, so wenig, wie der weidgerechte Jäger Neigung zum Fleischerberuf verspürt.

Als Werner ein Geheimnis witterte, das Lord Roger hinter verschlossenen Türen verbarg, hatte sich in ihm gleich jede Fiber gespannt, um dieses Geheimnis zu enträtseln.

Durch die Geschichte mit den erbrochenen Briefen und Koffern war er erst zu der Ansicht gekommen, daß der Lord irgendein Verbrechen auf dem Gewissen haben müsse. Aber nach einigem Nachdenken hatte er diese Ansicht nicht als ‚unbedingt' gelten lassen können.

Ein Detektiv muß Menschenkenntnis und kühle Überlegungsgabe besitzen. Ohne die wäre er kein Detektiv. Diese Menschenkenntnis braucht man sich aber gar nicht draußen in der Welt - immer unter Menschen - erworben zu haben, die Vernunft allein kann sie ersetzen.

Es konnte möglich sein, daß der Lord gar nichts so Furchtbares begangen hatte, und dennoch konnte er vom bösesten Gewissen geplagt werden, das ihn zu solchen Vorsichtsmaßregeln verleitete, wodurch er sich erst richtig strafbar machte.

Angenommen, es ist jemand ein leidenschaftlicher Briefmarkensammler. Er ist sonst der allerehrlichste Mensch, der keine Stecknadel entwenden würde. Aber beim Anblick einer seltenen Briefmarke in einer öffentlichen Sammlung oder bei einem Bekannten wird er einmal schwach, der Teufel kommt über ihn, es zuckt ihm in allen Fingern - er entwendet sie. Hinterher ist er über seine Tat entsetzt. Die Marke zurückschicken kann er aber auch nicht, das bringt er nicht übers Herz. Er schickt den ihm genau bekannten Preis der Marke anonym ein, doppelt und dreifach. Aber das kann ihn alles nicht beruhigen. Er weiß, daß die Sache abgetan ist. Der frühere Besitzer der Marke ist mit dem Diebstahl höchst zufrieden - aber der Dieb nicht, der ist und bleibt unglücklich, hat sich sein ganzes Leben verpfuscht. Immer sieht er sich als Dieb gebrandmarkt, und um sich vor einer Entdeckung zu schützen, ergreift er die wunderlichsten Vorsichtsmaßregeln, die schon mehr an Wahnsinn grenzen, und hierin begeht er eine strafbare Tat nach der anderen.

So konnte sich Werner das in bezug auf Lord Roger zurechtlegen. Doch nicht etwa, daß er dabei an einen Briefmarkendiebstahl oder etwas Ähnliches gedacht hätte - das ist nur ein Beispiel gewesen, wie sich ein Mensch als ein Verbrecher fühlen und sich als solcher benehmen kann, ohne es in Wirklichkeit zu sein.

Wenn sich Werner den Lord ansah, so konnte er ebenfalls nicht glauben, daß dieser Mann wirklich eines Verbrechens fähig sei. Auch für irrsinnig hielt er ihn durchaus nicht, das konnte er als Arzt erst recht beurteilen. Seine Vorsichtsmaßregeln und seine sonstige Geheimniskrämerei mußten einen ganz anderen Grund haben. Auf diesem Mann ruhte irgendein Fluch, der ihn zu ständiger Lauscherei zwang, und das ging so weit, daß er selbst fremde Briefe und Koffer erbrechen mußte.

So hatte Werner bisher geurteilt, nachdem er seine allererste Aufgebrachtheit überwunden.

Wie sollte er erfahren, was da eigentlich vorlag? Von dem Lord ein vertrauliches Geständnis zu erlangen, das war wohl ganz ausgeschlossen. Werner hatte auf eigene Faust nachforschen wollen, und dann, wenn er des Rätsels Lösung wußte, konnte er noch immer mit dem Lord ganz ruhig darüber sprechen, ihn hoffentlich von seinem jedenfalls doch nur eingebildeten Fluch befreien, der sich bei ihm als eine Art von Verfolgungswahnsinn äußerte, und dann hatte der Schwiegerneffe als Detektiv ein sehr gutes Werk getan.

So also hatte Werner bisher gedacht.

Da kam jetzt die Offenbarung des alten Gärtners und Barbiers dazu, und Werner konnte an der Richtigkeit der Behauptungen dieses Mannes nicht zweifeln.

Also der Lord hielt hinter seinen Sicherheitsschlössern Frauen verborgen, gefangen konnte man gleich sagen, und auch Kinder, mindestens eins, dessen Handabdruck Werner gesehen hatte.

Jetzt änderte sich die Sache. Hier lag nicht mehr bloß eine eingebildete strafbare Handlung vor, die das Licht der Sonne zu scheuen hatte. Und vor allen Dingen kam noch hinzu, daß das ganze Haus abbrennen sollte, ohne daß sich eine Hand zum Löschen rühren durfte.

Wiederum verzichtete Werner von vornherein darauf, deswegen den Lord in aller Gemütlichkeit zu befragen. Das Geheimnis, welches dieser seit elf Jahren und noch länger so ängstlich behütet hatte, gab er nicht so ohne weiteres preis. Und dieser Mann sah auch gar nicht danach aus, als ob es bei ihm einen Zweck habe, ihm die Pistole auf die Brust zu setzen.

Noch weniger dachte Werner daran, die Polizei davon zu benachrichtigen. Vielleicht und hoffentlich ließ sich ja noch immer alles im Guten erledigen. Es war und blieb doch immer der Onkel seiner jungen Frau, und auch einem anderen gegenüber hätte Werner wohl so gehandelt. Das war ja gerade so etwas für ihn, wie er es immer sich gewünscht hatte.

Was für eine Entdeckung würde er denn dabei machen? Daß sich der gute Onkel da drin in aller Heimlichkeit einen kleinen Harem angelegt hatte. Auch die in diesem geborenen Kinder mußten eingeschlossen bleiben.

Es war ja an sich schon etwas Ungeheuerliches, aber - ist alles schon dagewesen! Für den Mann ohne Füße existierte die Außenwelt nicht mehr, er schämte sich vor seiner heißgeliebten Angele, die im Park begraben lag, er schämte sich vor der Nichte, vor allen anderen, daß er, der schon schneeweißes Haar hatte, es noch mit Weibern hielt, und daher mußte es ein Harem sein ‚à la turque' - abgeschlossen von aller Welt, verborgen vor aller Menschen Augen, und das mußte dann sogar für die Kinder gelten.

Das stimmte ja, alt war der Lord noch gar nicht, und Werner hatte auch bereits einen recht sinnlichen Zug um seine ziemlich dicken Lippen entdeckt.

Abgesehen also von dieser Freiheitsberaubung und sonstigem Verstoß gegen alle Menschenrechte - wenn nur das mit dem Abbrennenlassen des ganzen Hauses nicht gewesen wäre! Hierdurch machte sich der Onkel eines Verbrechens schuldig, auch wenn es noch nicht ausgeführt war.

Doch eins nach dem anderen.

Es gelang Werner, hin und wieder mit dem alten Jim zu sprechen, ohne fürchten zu müssen, von dem spionierenden Lord belauscht zu werden, ohne daß dieser irgendwelchen Argwohn schöpfen konnte.

Jim berichtete noch folgendes:

Vor vierzehn Jahren also hatte sich Lord Harald von Norwood erschossen, dort im Park an der Marmorstatue, die das Grab seiner ein Jahr zuvor im Kindbett verstorbenen Gemahlin schmückte.

Damals war das ganze Haus schon so beschaffen wie jetzt, nur die Fahrstühle waren noch nicht vorhanden gewesen, und der ganze rechte Flügel, der jetzt so ängstlich behütet wurde, hatte noch offengestanden.

Auch Lord Harald war ja ein menschenscheuer Einsiedler gewesen, aber seine Schrullen hatten eigentlich nur darin bestanden, daß er mit seiner Gattin immer Hokuspokus trieb und auch alle Diener zum Spiritismus bekehren wollte. Auch er verkehrte schon nicht mit der Außenwelt, veranstaltete keine Festlichkeiten, wohl aber empfing er ihn besuchende Freunde.

Erst ein halbes Jahr nach seinem Tod war der Erbe aus Australien eingetroffen, Baronet Roger, der nun auch den Titel des Bruders erhielt.

Er brachte seine junge Frau mit - oder vielmehr erst seine Braut, die er an Bord des Dampfers kennengelernt. Der wilde Roger hatte sich total verändert. Der war jetzt noch viel menschenscheuer als sein unglücklicher Bruder geworden, und das junge Weib schien zu ihm zu passen.

Sie verheirateten sich sofort, ohne Rücksicht auf eine Trauerzeit. Die Hochzeit fand hier im Schloß statt, aber in aller Stille. Keine Hochzeit, nur eine Trauung, wozu ein Pastor aus Norwood gerufen wurde, der ebenfalls seine Frau als Zeugin mitbrachte. Genau so, wie es bei Werners Trauung gehandhabt worden war. Kein fremder Mensch war dabei, nur die zweiundvierzig Diener - die alten noch, die des Bruders, die damals aber noch nicht alte Leute sein mußten.

Der neue Herr und die neue Herrin lebten ebenso abgeschlossen von aller Welt wie die vorigen. Narrheiten bemerkte man bei ihnen eigentlich nicht. Auch keinen Spiritismus oder dergleichen. Nur ganz, ganz zurückgezogen. Noch mehr als der Bruder. Jetzt durfte überhaupt kein Mensch mehr das Grundstück betreten, der nicht zum Haus gehörte. Aber jener rechte Flügel war noch immer nicht verschlossen. Auch wurde hin und wieder ein

Diener gewechselt. Es brauchten noch immer nicht alte zu sein. Diese Diener erhielten damals auch noch regelmäßigen Urlaub zum Ausgehen...

„Wart Ihr denn da schon hier?“ unterbrach Werner den Erzähler.

„Nein, ich bin erst vor elf Jahren hier angestellt worden, als Lord Roger also bereits zweiundeinhalb Jahre hier residierte.“

„Woher ist Euch denn da dies alles bekannt?“

„Nun, darüber wurde damals doch viel in den Zeitungen geschrieben. Und ich selbst hatte unter den früheren Dienern einen guten Freund, der mir alles erzählte.“

„Nun weiter!“

Ein halbes Jahr nur währte das Eheglück, dann starb Lady Angele, wurde gleichfalls im Park begraben. Der Jammer Lord Rogers war grenzenlos. Nun wurde er erst recht ein menschenscheuer Einsiedler. Und kaum zwei Wochen später zerschmetterte ihm eine herabschlagende Falltür oben auf dem Boden beide Beine.

Mr. Pokeyen, der Lehrer von Ruth und der Vater ihrer Amme, war zugleich Hausarzt. Man durfte sich in der Frau Ursula überhaupt keine gewöhnliche Amme vorstellen. Mr. Pokeyen war schon Hausarzt beim alten Lord gewesen, hatte als Hauslehrer die beiden Söhne erzogen. Er sollte ein sehr tüchtiger Arzt gewesen sein, war approbiert, hatte aber sein Doktorexamen nicht gemacht, was ja auch gar nicht nötig ist, und der gestrenge Quäker wollte nie Doktor genannt sein. Als nun die kleine Ruth einer Amme bedurfte, hatte es gerade gepaßt, daß Pokeyens Tochter, die sehr gut verheiratet war, oder vielmehr gewesen war, ihr eigenes erstes Kind verloren hatte. Der Mann war schon vor dieses Kindes Geburt gestorben. So kam Frau Ursula nach Garden Hall, um die Residenz bis zu ihrem Tod nicht wieder zu verlassen, so wenig wie ihr Vater, der Hauslehrer und Arzt, der aber sechs Jahre später gestorben war als die Tochter, erst vierzehn Tage vor Doktor Werners Antritt.

Mr. Pokeyen fand die sofortige Abnahme beider Beine von den Knien an nötig. Aber der alte, schon sehr kurzsichtig gewordene Herr wagte die Operation selbst nicht vorzunehmen. Er telegraphierte sofort nach London, Professor Chilrin von der Holloway-Klinik kam, führte die Operation unter Assistenz von Mr. Pokeyen aus.

Es verlief alles glücklich, bald brauchte Professor Chilrin nicht mehr zu kommen. Lord Roger schaffte sich einen Rollstuhl an.

„Und nun ging die Gondelei los", lassen wir jetzt den Gärtner persönlich sprechen. „Das Herumfahren in dem Krankenstuhl mußte dem Lord ein heilloses Vergnügen machen. Haben Sie ihn schon einmal eine Treppe herabfahren sehen?"

„Nein, noch nicht."

„Das ist ihm eine Kleinigkeit. Dann ließ er sich überall Lifts einbauen, alle Wege im Park mußten asphaltiert werden, damit er überall herumfuhrwerken konnte, und aus demselben Grund mußten auch alle Türen ausgehängt werden..."

„War denn der rechte Flügel schon damals verschlossen?"

„Jawohl, das geschah gleich nach dem Tod seiner Gattin. Das muß ihm doch kolossal zu Herzen gegangen sein – und wohl auch zu Kopf. Denn so ganz richtig ist es doch nicht mit ihm. Gleich nach dem Begräbnis wurden Handwerker bestellt, die mußten die eisenbeschlagenen Türen mit den Buchstabenschlössern einsetzen, das allerneueste, was es damals gab, und seitdem durfte kein Diener mehr den ganzen Flügel betreten. Der Lord selbst verweilte manchmal viele, viele Tage darin, ohne zum Vorschein zu kommen. Das war also alles schon früher so, in der ersten Periode. Aber die Spioniererei und heimliche Lauscherei kannte er damals noch nicht."

„Nicht?"

„Nein, sonst hätte mir mein Freund Snatter sicher etwas erzählt. Wir hatten Zeit, und er war ganz, ganz ausführlich. Da fuhrwerkte der Lord nur den ganzen Tag im Schloß herum, nur zu seinem Vergnügen, manchmal auch bei Nacht, ohne Licht zu gebrauchen, dazu übte er sich schon bei Tage, indem er sich die Augen verbinden ließ. Da beaufsichtigte er wohl die Diener bei der Arbeit, aber so ein Belauschen gab es damals noch nicht. Da kontrollierte er auch noch nicht so die Briefe."

„Auch nicht?"

„Nein, da konnte jeder seinen Brief dem Postboten selbst geben und von ihm nehmen, was für ihn angekommen war."

„Wann trat nun die Veränderung in seinem Charakter ein?"

„Das war zwei Jahre nach dem Tod der Lady Angele, jetzt also vor elf Jahren. Damals konnte der Lord noch manchmal jähzornig sein, was sich wohl mit dem Alter gelegt hat. Wenn er einen Diener fortjagte, so geschah es immer im Jähzorn; deshalb ging mancher Diener, wenn es der Lord auch immer gleich wieder gutzumachen suchte. Also daß es immer dieselben Diener sein müssen, das scheint nicht im Testament zu stehen, nur, daß es immer genau zweiundvierzig sein müssen, das heißt, die alte Anzahl. Das ist jedenfalls in dem Testament ein Versehen, es waren doch wohl dieselben Diener gemeint, die nur bei Abgang durch den Tod ergänzt werden dürfen. Eines Tages nun, also zwei Jahre nach dem Tod der Lady, hatte sich der Lord wieder über ein paar Diener geärgert, er schlug gleich mit dem Besenstiel los, daraufhin streikten die sämtlichen Diener, wollten gehen – ‚Gut, dann geht gleich alle zusammen!' Und er machte Ernst, schickte sie alle fort. Dann annoncierte er, und so kam auch ich nach einigen Tagen hierher."

„Und da hat er gleich nur auf alte Leute reflektiert?"

„Mindestens fünfzig Jahre alt. Das hatte es also bisher noch nicht gegeben. Und da stellte er nun gleich so merkwürdige Bedingungen, die noch heute gelten. Man kam wie ein Mönch in ein Kloster. Urlaub gab es nicht mehr, keiner durfte diese Residenz jemals wieder verlassen. Man sollte hier als Diener sterben. Daraufhin sah er sich die zu Engagierenden an, suchte sorgfältig aus. Vor allen Dingen wurden die bevorzugt, die absolut keine Verwandtschaft mehr hatten. Der Lord scheint draußen in Australien eine große Menschenkenntnis gesammelt zu haben, er hat sich auch nicht in einem einzigen geirrt. Keiner von uns ist wieder gegangen, nur durch den Tod, und da liegt er noch immer hier begraben. Unseren kleinen Friedhof da hinten haben Sie doch schon gesehen. Auch sonst wußte er es einzurichten, um uns zu fesseln. Ganz kleines Anfangsgehalt, das sehr schnell wächst. Wir hinterlassen alle einmal ein ganz hübsches Vermögen. Na, und über die Behandlung haben wir uns ja jetzt nicht zu beklagen, so wenig wie über die Verpflegung."

„Und die Geschichte mit der Briefkontrolle?"

„Die wurde sofort eingeführt, wie sie noch heute ist, und die anderen Diener wissen es nicht anders, als daß es immer so gewesen ist. Aber als Snatter noch hier war, war das noch nicht, das fing erst mit uns neuen Dienern an."

„Und die Lauscherei?"

„War auch gleich. Nur nicht so schlimm wie jetzt. Heimlich die Diener zu belauschen versuchte er indessen doch immer schon. Wäre das aber bereits bei den früheren Dienern der Fall gewesen, hätte Snatter mir sicher etwas davon erzählt. Wir haben uns ja einen ganzen Tag lang unterhalten."

„Und wann kamt Ihr nun auf den Verdacht, daß der

Lord in seinem Tuskulum Weiber verberge?"

„Als ich das erste Haar auf seinem Rock fand, ein schwarzes."

„Ja, aber wann war das? Gleich bei Euerem Antritt, in den ersten Tagen?"

„Nein, das war vielleicht ein halbes Jahr darauf oder noch später. Dann aber fand ich noch öfters solche schwarzen Haare auf seinem Rock - und vielleicht wieder ein Jahr später kam ein blondes dazu - und dann wieder einige Zeit später ein rotes - und dann ein anderes Blond - und dann ein anderes Schwarz, ein ganz feines, seidenweiches."

„Also Ihr meint, der Lord hält in seinen verschlossenen Räumen mindestens fünf Weiber verborgen?"

„Fünf verschiedene Haarsorten habe ich unterscheiden können, und zwar lebendige, wie ich sage, wenn sie von lebendigen Personen stammen, und sämtliche waren ganz frisch vom Kopf gekommen. Darin irre ich mich nicht. Die beiden blonden, von denen das eine ziemlich braun ist, und die beiden schwarzen haben sich unterdessen immer wiederholt, das heißt, der Lord hat immer wieder einmal solch ein Haar auf seinem Rock oder sonstwo, aber das rote hat sich schon seit langen Jahren nicht mehr gezeigt - vielleicht seit fünf Jahren - seit damals nicht mehr, als ich die kleine Kinderhand sah."

„Was schließt Ihr daraus?"

„Daß die Rothaarige unterdessen gestorben ist."

„Hm. Mister Pokeyen und seine Tochter waren doch schon früher da."

„Ja, das waren die einzigen, die nicht mit fortgeschickt wurden. Es mag im Testament ausdrücklich bestimmt sein, daß das nicht ging."

„Hatten Mr. Pokeyen und seine Tochter Zutritt zu den verschlossenen Räumen?"

„Gott bewahre!"

„Machten die sich keine Gedanken?"
„Ach, das waren Quäker, die lebten in ihrer eigenen Welt, und der alte Pokeyen war auch so kurzsichtig, und seine Tochter, die Mrs. Ursula, wie sie nur genannt wurde, war vor lauter Frömmigkeit richtig dumm geworden."
„Wenn hier nun ein Diener stirbt, was geschieht dann?"
„Na, dann wird er eben begraben."
„Wer aber konstatiert dann seinen Tod? Das muß doch amtlich geschehen."
„Das tat eben Mr. Pokeyen, der war doch ein richtiger Arzt."
„Er konnte den Toten ohne amtliche Bestätigung begraben lassen?"
„Warum denn nicht? Wenn er approbierter Arzt war? Er mußte nur immer ein Formular ausfüllen, dann war die Sache erledigt, und so würde das bei Ihnen wohl auch sein."
Diese Verhältnisse in England kannte Doktor Werner noch nicht, hatte sie gar nicht in Betracht gezogen.
„Also zu einer Konsultation im Innern jener Gemächer ist Doktor Pokeyen nie gezogen worden?"
„Der Lord wird sich schön gehütet haben, dann wäre doch alles gleich verraten gewesen."
„Und Ihr seid fest überzeugt, daß die Rothaarige da drin gestorben ist?"
„Ich habe ihm seit fünf oder sechs Jahren kein rotes Haar mehr abgenommen, mehr kann ich nicht sagen."
„Habt nichts bemerkt, woraus man schließen könnte, daß da drin ein Todesfall stattgefunden hat?"
„Niemals. Da ist der Lord doch viel zu vorsichtig."
Trotzdem, das war wieder so ein Fall, der auf den Lord ein ganz eigentümliches Licht warf. Einen Menschen hinter verschlossenen Türen ohne Arzt sterben zu lassen,

die Leiche einfach zu beseitigen – das ging denn doch gar zu weit! Das wurde verbrecherisch.

„Und der erste Handabdruck, den Ihr saht, gehörte einem einjährigen Kind an?“

„Älter war es sicher nicht.“

„Wie alt schätzt Ihr das Kind, dessen Handabdruck wir neulich auf seinem Rücken sahen?“

„Auch höchstens ein Jahr.“

Und Jim mochte richtiger taxiert haben als der Doktor. Werner hatte auch ‚höchstens‘ drei Jahre gesagt.

„Und wie lange ist das her, seit Ihr jene erste Hand saht?“

„Fünf bis sechs Jahre. Hier verliert man so leicht die Zeitrechnung. Aber fünf Jahre ist es mindestens her.“

„Also wäre ausgeschlossen, daß es ein und dieselbe Kinderhand sei.“

„Gott bewahre! Das war wieder ein neues Kind. Und wenn er nun einige Weiber drin hat, warum sollen denn da nicht immer wieder Kinder geboren werden?“

Der Gärtner hatte mit seiner naiven Frage recht. Den Doktor aber überlief ein gelindes Grauen. Was mochte da alles noch ans Tageslicht kommen! Das war ja wirklich unerhört!

„Sonst habt Ihr niemals etwas bemerkt, woraus Ihr entnehmen könntet, daß sich in dem verschlossenen Flügel Weiber und Kinder oder überhaupt Menschen aufhalten?“

„Außer den Haaren und Fingerabdrücken durch gar nichts. Höchstens noch aus dem großen Verbrauch von Konserven, aber das ist nur eine Annahme, die man ja nicht beweisen kann.“

Der alte Mann dachte ganz folgerichtig.

„Ist niemals eine Gestalt an den Fenstern gesehen worden?“

„Niemals – nur der Lord läßt sich manchmal an einem

Fenster blicken."

„Kein auffallendes Geräusch, keinen Schrei gehört?"

„Niemals."

„Ja, wie ist es möglich, die geheimnisvollen Bewohner dieses Flügels, die man doch wohl als Gefangene betrachten muß, so von den Fenstern abzuhalten?"

„Sie können einfach nicht an die Fenster. Sie sind auf die inneren Zimmer beschränkt. Jener Flügel ist doch genau so gebaut wie der andere, den wir bewohnen. Ringsherum im Viereck läuft eine Flucht Zimmer; im engeren Ring kommt ein Korridor, von dem aus man in die innen liegenden Zimmer gelangt, die lediglich von einem Lichtschacht erhellt werden."

„So befindet sich auch dort so ein großer Lichtschacht?"

„Ich bin noch nicht auf dem Dach gewesen, da müßte man erst durch den Boden, der immer verschlossen ist, schon mehr zum Heiligtum gehört, aber das ist doch ganz sicher."

„Ist auf dem Dach niemals etwas repariert worden?"

„Nein. Das ist hier alles so solid gebaut, für die Ewigkeit - na, wenigstens für ein Menschenalter berechnet, ohne daß eine Reparatur nötig wird."

„So kommen wir zu Hauptsache: Wie hat denn nun der Lord die Weiber hier hereingebracht?"

Wie sollte der Gärtner es wissen? Allzu schwer wäre das ja auch gar nicht gewesen. In der Nacht schlief alles, der Lord schloß selbst die Haustüren zu, nur der Pförtner wohnte gleich in einem besonderen Häuschen, das neben dem einzigen Tor stand, durch welches das Grundstück zu betreten war.

Der Lord hingegen jagte ja manche Nacht durchs Haus, konnte jederzeit mittels des Lifts ungesehen ins Freie gelangen, und mittels einer Leiter Personen über die Mauer zu befördern, bot ja gar keine Schwierigkeiten. Anders war es allerdings auch nicht möglich, denn zum Beispiel selbst der Ein- und Abfluß des Bachs war vergittert - hinwieder bot ja auch das dem Lord kein Hindernis, die Gitter konnten gehoben werden.

Aber das alles gab keine Erklärung, wie der gelähmte, auf den Rollstuhl angewiesene Mann die Frauenzimmer hereingebracht hatte. Da mußte er doch mit anderen, mit Mädchenhändlern in Verbindung gestanden haben. Und dieser Mann, der so überaus ängstlich die Gespräche seiner treuen Diener belauschte, sollte sein Geheimnis in die Hände anderer Menschen gegeben haben? Nimmermehr, das konnte man sich, wenn man den Lord und seine Eigenheiten kannte, gar nicht vorstellen.

Oder der Lord hatte heimliche Ausflüge gemacht und sich die Weiber irgendwoher selbst geholt.

In seinem Rollstuhl? War bis nach London gefahren oder doch bis nach Norwood, und von dort per Eisenbahn, um sich käufliche Frauenzimmer zu besorgen, oder auch andere, die ihm freiwillig folgten?

Alles undenkbar, alles einfach lächerliche Gedanken!

Das Gespräch mußte abgebrochen werden, denn Ruth kam angesprungen. Der Gärtner zeigte dem Herrn Doktor, wie man einen Baum pfropft und veredelt. Denn Ruth durfte in alles dies nicht eingeweiht werden, hätte auch gar nichts davon verstanden. Aufgefallen war ihr selbst noch nichts. Daraufhin hatte Werner sie bereits ausgehorcht. Dafür, wie der Onkel manchmal zu den Haaren auf seinem Rock kam, hatte sie eine genügende Erklärung erhalten, und den Abdruck einer Hand hatte sie noch nicht erblickt. Werner hingegen hatte bisher auf dem Samtrock des Hausherrn noch kein Frauenhaar entdecken können.

10.

Die Tage vergingen, und Werner kam seinem Ziel nicht näher.

Einmal hielt sich der Lord drei ganze Tage lang eingeschlossen, das erste Mal während des Hierseins Werners.

Der Lord blieb zwar unsichtbar, gab aber doch manchmal Zeichen, daß er sich überhaupt noch im Haus befand.

Zu gewissen Zeiten schrillte eine besondere Klingel, im ganzen Haus hörbar, und dann mußte ihm Essen serviert werden.

Dies geschah mittels des Lifts, und zwar desjenigen, dessen rechte Seite geschlossen war, und der nach den geheimen Räumen führte.

Unten im Parterre, wo er gewöhnlich stand, befand sich rechts überhaupt gar keine Tür, und hatte ihn der Lord einmal benutzt, und er gedachte ihn gleich wieder zu gebrauchen, so ließ er ihn doch jedesmal erst noch ein Stückchen hinauf- oder hinabgehen, so daß das bewegliche Zimmer stets zwischen zwei Etagen zu stehen kam. Auf diese Weise gab es überhaupt niemals eine Verbindung zwischen diesem und jenem Flügel, in jeder Etage war immer ein gähnender Spalt von etwa fünf Meter Breite vorhanden, der die beiden Flügel trennte - auch wieder so eine übertriebene Vorsichtsmaßregel, um einen fremden Fuß nicht einmal an die mit Sicherheitsschlössern versehenen Türen, die sein Heiligtum verschlossen, heranzulassen.

Im Parterre befand sich für den rechten Korridor überhaupt keine Tür, da war nur eine starre Mauer, wenn der Lift in die Höhe gegangen war.

Schrillte nun das Klingelzeichen, so mußten die immer auf dem Herd warmstehenden Speisen - und man aß hier sehr gut, mehrere Gänge gab es stets – auf dem Tisch des im Parterre haltenden Liftzimmers serviert werden, alle Gänge gleichzeitig. War dies geschehen, so gab wieder der Diener ein Klingelzeichen, entfernte sich schnell aus dem Zimmer, und dann fuhr dieses in die Höhe, bis in den Boden hinauf, der also überhaupt immer geschlossen war. Nach einiger Zeit kam der Lift mit den mehr oder weniger geleerten Schüsseln wieder herab, oder es konnte auch sein, daß ein Zettel dalag, der Lord wünschte noch irgend etwas.

Alles war immer mit der Maschine geschrieben. Der Lord schien seine eigene Handschrift zu ungern herzugeben – oder auch so eine Laune, die man nicht nur bei alten Leuten findet, sondern etwa auch bei Damen, die sich zu ihrer Korrespondenz einer billigen Schreibmaschine bedienen, bei der sie noch einmal so lange Zeit brauchen als zur gewöhnlichen Handschrift – so eine Spielerei oder Eitelkeit, es macht ihnen eben Vergnügen.

So, erzählte Jim, hatte der Lord es schon immer gehalten. Aber eine Regelmäßigkeit gab es dabei nicht. Er konnte am Tag viermal Essen bestellen – es waren auch schon Tage vergangen, an denen er gar nicht geklingelt hatte. Dann lebte er dort drin eben von Konserven – oder er konnte ja auch eine Hungerkur durchmachen.

Die Briefe mußten während dieser Zeit nach wie vor zwischen drei und vier Uhr in den Briefkasten geworfen werden. Dann aber konnte der Hausverwalter, übrigens auch ein ganz gewöhnlicher Diener, der den Schlüssel bekommen hatte, sie morgens in den Sack fallen lassen und diesen dem Postmann ausliefern, dafür die eingehenden Postsachen empfangend.

Diese mußte er dann aber erst auf den Tisch des Liftzimmers legen, sie verschwanden wieder nach oben und ins Innere des Tuskulums, kamen erst zwischen elf und zwölf zur Verteilung wieder heraus.

Es blieb also alles beim alten, und nach Werners Ansicht konnte der Lord die abgehenden Briefe immer noch erbrechen, denn der Briefkasten befand sich an der Mauer, die das schon geheime Parterre begrenzte, und es war doch sicher anzunehmen, daß dieser Fuchs dafür gesorgt hatte, auch von der hinteren Seite in den Briefkasten greifen zu können.

Werner wußte also nicht, wie er seinem Ziel näherkommen sollte. Er konnte das Haus umschleichen und nach den Fenstern hinaufblicken, konnte über die gähnende Tiefe die eisenbeschlagenen Türen mit den Buchstabenschlössern bewundern – weiter kam er nicht, und dabei mußte er noch sehr vorsichtig sein, denn der Lord konnte ihn ja vielleicht aus einem Versteck heraus beobachten und auch in jedem Moment wieder herauskommen.

Da sollte ein Zufall eingreifen und den jungen Mann eine wundersame Entdeckung machen lassen.

Die Flitterwochen währten noch immer, und nach Ruths Charakter zu schließen, nahmen sie vielleicht niemals ein Ende.

Trotzdem wollte sie jetzt öfters allein sein, aber auch nur aus einem sehr liebevollen Grund. Sie hatte von ihrem Max erfahren, daß bald sein Geburtstag sei, und sie wollte ihm zeigen, daß sie auch sticken könne, wollte ihm eine Geburtstagsarbeit machen.

Seltsam war dabei, daß sie so etwas noch nie getan hatte, sie wußte eigentlich gar nicht, daß man ein Geburtstagskind mit solch einer selbstgemachten Arbeit erfreut. Der weibliche Instinkt, die Liebe hatte sie ganz allein auf diesen Gedanken gebracht. Es ist eben das ewige Rätsel.

So suchte sich die junge, kindliche Frau also öfters ein verstecktes Plätzchen aus, soweit man von einem solchen hier sprechen konnte, oder sie hing vor ein Zimmer die Papptafel mit ‚Besetzt!'. Max machte sich unterdessen mit der Bibliothek vertraut, die sich ganz rechts befand, an den anderen Flügel grenzte.

Es waren viele tausend Bände, meist englische Geschichte behandelnd, wahrscheinlich eine systematische Sammlung, den Daten der Drucke nach schon von dem Urgroßvater angelegt. Werner interessierte sich hauptsächlich für die besondere Abteilung, welche die Ahnengeschichte der Norwoods behandelte.

Hoffte er vielleicht, aus diesen uralten Schwarten die Lösung des Rätsels zu finden? Er sollte sich nicht geirrt haben - nur sollte es in ganz anderer Weise geschehen, als er erwartete.

Es war am dritten Tag, seitdem sich der Lord eingeschlossen hatte. Werner saß lesend in der Bibliothek. Ein Sonnenstrahl erreichte sein Buch, das blendende Licht störte ihn, er rutschte, ganz in Gedanken versunken, mit seinem Stuhl etwas zurück. Der Sonnenstrahl folgte, Werner rutschte noch weiter. Und dann, als der aufdringliche Sonnenstrahl immer wieder kam, gab er seinem Stuhl gleich einen ganz energischen Stoß, nicht wissend, daß er sich schon dicht an den Bücherregalen befand, stieß heftig mit der Stuhllehne gegen das eine und - hatte trotz seiner Gedankenversunkenheit eine merkwürdige Empfindung dabei. Es war ihm doch gewesen, als ob gleich das ganze Bücherregal zurückgegangen sei. Und richtig, als er sich umblickte, war dem auch so.

Die Bücherregale, bis an die Decke reichend, bestanden aus einzelnen, etwa meterbreiten Stücken, und ein solches hatte sich etwas zurückgedreht, aber nicht das ganze Stück bis zur hohen Decke hinauf, sondern nur der untere Teil von ungefährer Türhöhe.

„Eine geheime Tür!"

Werner stand auf - und schon erfüllte ihn die Ahnung, daß es hier eine Tür nach jenen abgeschlossenen Räumen gebe, deshalb warf er sogleich einen vorsichtigen Blick um sich - aber mit Heimlichkeit war hier gar nichts zu machen. Mit kecker Hand versuchte Werner das Regal weiter zurückzudrängen.

Das gelang auch mit leichter Mühe. Das Stück Regal drehte sich in Angeln, und Werner blickte in einen Gang.

Er trat ein, machte hinter sich die auf der einen Seite mit Büchern tapezierte Tür wieder zu, aber nicht ganz, und zur Vorsicht in den Spalt sein Buch einklemmend, damit er nicht etwa gefangen wurde.

Das Herz stand ihm still. Daß er sich hier schon in dem geheiligten Flügel befand, war für ihn gar kein Zweifel. Eine geheime Tür, von der jedenfalls oder vielmehr ganz bestimmt auch der Lord nichts wußte.

Mit angehaltenem Atem blickte der sich als Detektiv fühlende Arzt sich um. Es war kein Gang, sondern ein schmales langgestrecktes Zimmer. Viel mehr sah Werner nicht, denn er blickte nur auf die Badewanne, die sich am Ende dieses Zimmers befand, gegenüber einer Tür, die halb offenstand.

Hier drinnen gab es also Türen. Und aus der Badewanne rauchte es etwas. Mit zwei Schritten schlich sich Werner näher - die Badewanne war mit Wasser gefüllt, aber nicht mit reinem, sondern es war schon benutzt worden, war etwas von Seife getrübt.

Jetzt aber starrte Werner nur auf den Boden, dorthin, wo die feuchtgewordene Matte nicht mehr die Diele bedeckte.

Auf dieser war der nackte Abdruck eines Fußes, der einmal neben die Matte getreten, und zwar eines Männerfußes, eines sehr großen.

Auch Männer befanden sich in diesem Heiligtum? Oder doch einer?

Werners starrer Blick hatte sich verändert. Jetzt stierte er atemlos auf das Tischchen. Auf diesem lag eine Taschenuhr mit Kette, und diese goldene, feinziselierte, mit einem Diamantenkreuz besetzte Taschenuhr kannte er, ebenso die goldene, aus merkwürdig zusammengesetzten Gliedern bestehende Kette.

Diese Uhr und diese Kette gehörten dem Lord Roger! Er hatte sie beim Baden abgelegt. Und woher kam dieser Männerfuß?

Da nahten Schritte. Es waren wohl Filzsohlen, aber dennoch hörbar, vor allem durch das leichte Zittern des Bodens. Es mußte ein großer, schwerer Mann sein.

Und jetzt auch ein Räuspern - genau dasselbe hüstelnde Räuspern, welches Lord Roger gewohnheitsgemäß oft hören ließ.

Mit einer furchtbaren Energie raffte sich der zur Statue Erstarrte auf, machte die zwei Schritte zurück, schlüpfte durch den Spalt, machte in der Bibliothek die Büchertür hinter sich wieder zu.

Er war schnell genug gewesen, es mußte ihm noch geglückt sein, unbemerkt wieder davonzukommen.

Wie betäubt sank Werner in einen Stuhl nieder.

Lord Roger, der seit dreizehn Jahren sich eines Rollstuhls bediente - er hatte noch seine gesunden Füße!

Mit einer Art von Hohn wies Werner diesen Gedanken zurück. Er lachte über sich selbst, wenn auch nicht laut. Es war ja heller Wahnsinn, so etwas zu glauben! Der berühmte Professor Chilrin, der jedenfalls noch heute lebte, hatte ihm doch beide Füße von den Knien an amputiert, da gab's ja gar keinen Zweifel. Und weshalb sollte denn der Lord dreizehn Jahre lang in solch einem Rollstuhl herumkutschieren?

Dort drin befanden sich wirklich Menschen, und nicht nur Weiber, sondern auch Männer, wenigstens ein Mann, ein Diener - Werners lebhafte Phantasie malte sich sofort einen Taubstummen aus - mit Hilfe dieses Dieners hatte der Lord gebadet, dann aber der Diener ebenfalls, von diesem rührte der Fußabdruck her - der Lord hatte seine Uhr liegenlassen, das war der Schritt des Dieners gewesen, der gekommen war, um die Uhr zu holen, um die Wanne zu reinigen - aber auch der Lord war im Rollstuhl gekommen, daher das wohlbekannte Räuspern...

Man sieht, Doktor Werner ließ sich nicht so leicht durch irgend etwas beeinflussen, darin war er ein echter Detektiv.

Ja, wenn nur die liebe Einbildung nicht wäre! Der Mensch ist gar zu schwach! Wenn sich zwei leise unterhalten, man kommt zufällig dazu, sie brechen plötzlich ab, mit einem erschrockenen Blick nach dem Kommenden - wo ist der Mensch, der nicht glaubt, die beiden hätten über ihn gesprochen, und zwar nichts Gutes? Er mag ein noch so reines Gewissen haben - er kommt nicht über den Glauben, die beiden hätten sich etwas Schlechtes über ihn erzählt - oder er müßte denn ein stoischer Philosoph sein, der schon mehr ein Gott ist, und es ist sehr die Frage, ob es jemals solch einen Menschen gegeben hat. Verzweifelte doch sogar Christus wiederholt an sich und seiner Mission.

Kurz und gut, auch bei Werner schlich sich der Gedanke immer wieder ein, er kam nicht darüber hinweg: Lord Roger hatte noch seine gesunden Füße, trotz alledem und alledem!

Was half es, daß er sich immer wieder selbst verspottete? Sein Zweifel, oder wie man es sonst nennen mag, war stärker.

Da schrillte eine besondere Klingel in rhythmischen Pausen. Dieses Zeichen war für den Herrn Doktor bestimmt, daß er sich an das Telefon begeben möchte.

In dem labyrinthähnlichen Haus war jemand, der gebraucht wurde, ja schwer zu finden. So hatte jeder sein besonderes Klingelzeichen, wenigstens jede Hauptperson. Dann brauchte man sich nur an eins der Telefone zu begeben, deren in jeder Etage drei vorhanden waren, an jeder Treppe eins, und der Lord hatte in seinen Lifts noch besondere für sich.

Werner begab sich an das nächste Telefon. Der Hausverwalter meldete ihm, daß es mit Harry recht schlecht stände.

Seit einigen Tagen hatte Doktor Werner seinen ersten Patienten. Aber helfen konnte er ihm nicht. Ein alter Diener, bald siebzig, ging seiner Auflösung entgegen - Marasmus[1]! Dabei sah der Mann noch ganz wohl aus. Aber das Herz wollte nicht mehr recht arbeiten, konnte jeden Augenblick ganz mit Schlagen aussetzen, und dann war es eben vorbei.

Im Haus befand sich eine ganze Apotheke, andere Rezepte konnten telefonisch nach Norwood gegeben werden, die Medizin brachte dann schnellstens ein Bote - Werner hatte noch nichts gebraucht. Dem Alten hatte er Champagner verordnet.

Als Werner im Parterre das Krankenzimmer betrat, glaubte er ein Phantom zu sehen. Lord Roger, der mit seinem Rollstuhl neben dem Krankenbett hielt.

Aber warum denn nicht? Werner hatte in der Bibliothek noch ziemliche Zeit gegrübelt, und der Lord war ja schon fertig gewesen mit seinem Bad. Und daß er frisch aus diesem kam, war ihm gleich anzumerken, an der gerunzelten Haut der Fingerspitzen - an allem, selbst das Haar war offenbar noch feucht.

Der Mann war bereits tot. Noch vor drei Minuten hatte er, eigentlich zum ersten Mal, große Unruhe gezeigt, hatte nach Atem gerungen, hatte Menschen um sich haben wollen - dann war es eben aus mit ihm gewesen. Die anderen Diener aber glaubten noch immer, er habe sich wieder beruhigt, sei eingeschlafen.

Während Werner gewohnheitsmäßig nach Puls und

[1] Altersschwäche

Herzschlag fühlte, das Ohr auf die noch warme Brust legte, schielte er nach dem Rollstuhl.

In dem kastenähnlichen Vorderteil befand sich also noch ein Paar gesunder Füße! Wozu aber in aller Welt...

Ach, Unsinn!

„Der Tod ist eingetreten."

Werner setzte jedoch seine Untersuchung fort, schlug die Bettdecke zurück, entblößte den ganzen Körper.

Es war ein großer, starker Mann gewesen, vom Alter nur wenig abgezehrt.

Warum starrte der Lord mit so eigentümlichem Blick auf die Füße des Toten? Wurde er sich jetzt vielleicht einmal seines fürchterlichen Frevels...

Mit einem gewaltsamen Ruck suchte sich Werner solch einen lächerlichen Gedanken aus dem Kopf zu schlagen. Der Lord blickte ja gar nicht nach den Füßen des Toten, wenigstens nicht mit so seltsamem Blick - das war wiederum nur Einbildung, jenen lächerlichen Gedanken entspringend.

Harry war tot.

Der Lord erklärte dem Schwiegerneffen und Hausarzt, daß man bei diesem ersten Todesfall, der sich unter Werners Augen vollzog, noch den Bezirksarzt hinzuziehen müsse, der würde ihm gleich eine Bescheinigung ausstellen, daß er so etwas und Ähnliches später mit eigener Vollmacht erledigen könne.

„Sie können doch durch Papiere nachweisen, daß Sie in Deutschland schon praktiziert haben?"

Werner hatte Diplom und alles im Koffer.

„So werde ich gleich den Bezirksarzt rufen. Beamte können und müssen wir natürlich einlassen, sonst hätte ja auch der Pfarrer keinen Eintritt gehabt."

Der Lord fuhr ans Telefon. Eine Viertelstunde später traf aus Norwood der Bezirksarzt ein, der gegen den Lord nicht minder devot war als damals der Pfarrer. Er gab den

Toten zur Beerdigung frei, warf einen Blick in Werners Papiere - er konnte gar nicht Deutsch - stellte ihm ohne weiteres eine Vollmacht aus, daß dieser Hausarzt alle Funktionen eines in England approbierten Arztes ausüben dürfe.

Ein Sarg war durch den Lord schon bestellt, er kam, der Tote wurde hineingelegt.

„Die Beerdigung findet morgen statt", sagte der Lord, „stellt ihn einstweilen hierhinein."

Er hatte dabei auf das Liftzimmer gedeutet, das jetzt im Parterre stand. Aber die Diener glaubten doch nicht recht verstanden zu haben.

„Wohinein, Mylord?"

„Hier in das Liftzimmer!" wurde ungeduldig wiederholt. „Der Sarg kann doch nicht im Freien stehenbleiben!"

Da hatte der Lord ja recht, aber - in den Lift, den er doch immer benutzte? Wenn es einen Toten gegeben hatte, war der Sarg sonst immer einstweilen in ein Parterrezimmer gekommen, in dem man dem verschiedenen Kameraden durch eine Dekoration noch alle Ehren erwies. Und jetzt in das Liftzimmer? Doch die Diener gehorchten, sie hatten ja überhaupt keine eigenen Gedanken mehr.

Es war geschehen - der Sarg stand auf dem Boden des Liftzimmers.

Der Lord fuhr etwas im Garten herum, traf mit Werner zusammen, hielt einmal den Wagen an.

„Ihre Angelegenheit, Herr Doktor, wird in den nächsten Tagen geordnet."

„Bitte, welche Angelegenheit, Mylord?"

„Nun, die Auszahlung Ihrer Zinsen. Es hat sich ja etwas verzögert. Das mußte doch alles erst umgeschrieben werden. Sonst ist aber alles in Ordnung, ich habe deswegen viel Briefwechsel gehabt - Sie sind bereits als der

Gatte der Lady Norwood anerkannt - alles in Ordnung."

„Ich brauche deshalb auch nicht nach London, um mich..."

„Ist nicht nötig. Ist alles schriftlich abgemacht worden. Die Kirchenbehörde von Norwood genügt doch. Wie gesagt, die ersten Zinsen können morgen schon eintreffen. Das ganze Kapital freilich erhalten Sie also erst in einem Jahr ausgezahlt - in Ruths sechzehntem Jahr."

Ohne eine Antwort abzuwarten fuhr der Lord, wieder einmal die Schranken markierend, davon.

Nach einigem Hin- und Herkutschieren im Park begab er sich nach dem Haus zurück, fuhr in das Liftzimmer hinein, in dem sich der Sarg befand, rutschte nach oben.

Die Diener wunderten sich doch etwas. Konnte er, wenn er nach oben wollte, nicht einen anderen Lift benutzen? Wollte er freilich in seine separaten Gemächer, so gab es keinen anderen. Warum hatte er da aber den Sarg in diesen stellen lassen, daß er jetzt mit dem Toten so hin und her fahren mußte?

Ein Hin- und Herfahren aber war es gar nicht - der Lift kam nicht wieder herunter, er blieb oben, und zwar war er, wie man sich ja leicht überzeugen konnte, im Boden verschwunden.

Nach einiger Zeit tauchte der Lord wieder im Haus auf, kam dann auch in den Park. Diesmal hatte er also einen anderen Lift benutzt.

„Zu dumm!" sagte er bei dem Anblick Werners, und noch verschiedene Diener hörten es. „Nehme ich aus Versehen den Toten mit hinauf! Als ich in das Liftzimmer hineinfuhr, war ich ganz in Gedanken vertieft, sah den Sarg gar nicht. - Erst als ich schon in der vierten Etage war, erwachte ich aus meinen Träumen und erblickte den Sarg. Ich war nicht wenig bestürzt. Nun bin ich gleich bis auf den Boden gefahren, da mag er bis morgen stehen bleiben, bis zur Beerdigung. Es widerstrebt mir durchaus, mit einer Leiche so hin und her zu fahren, das ist eine Entweihung."

Der Lord hatte gesprochen, fuhr davon.

Merkwürdig! Er hatte ja recht, aber konnte er da nicht schließlich den Sarg auch nochmals herabfahren, um ihn dann anderswo unterbringen zu lassen?

Nun, der Lord hatte eben seinen Spleen. Das ging sogar so weit, daß er sich mit gesunden Füßen eines Rollstuhls...

Unsinn! Wieder schlug sich Werner den Gedanken kraftvoll aus dem Kopf.

So blieb der Sarg den ganzen Tag und die ganze Nacht bis zur Beerdigung oben auf dem Boden in dem Liftzimmer stehen. Trotzdem konnte der Lord noch immer in seine separaten Räume, ohne deshalb über den Boden zu müssen, und dann wäre er ja noch immer gezwungen gewesen, die Bodentreppe hinaufzufahren. Denn die anderen Lifts gingen gar nicht bis auf den Boden, nur bis in die vierte Etage.

Aber es gab noch einen zweiten solchen Lift, von dem aus er in sein Tuskulum gelangen konnte, auf der Hinterseite des Hauses, und diesen benutzte nun der Lord, wenn er in seine geheimen Räume wollte, und in diesen verschwand er denn auch während des Tages mehrere Male, wie es ja überhaupt immer geschah. Denn Ruhe hatte er nie, er mußte immer fahren, fahren, wobei er manchmal auch Zeitungen vor sich liegen hatte, in denen er las, ohne auch im engsten, mit Möbeln vollgepfropftesten Zimmer irgendwo anzustoßen, und oft hielt er die Zeitung in einer Hand, regierte den Rollstuhl nur mit einem Arm.

Werner fand Gelegenheit, mit Jim an einem ungestörten Ort zusammenzukommen.

Doch was sollte er den alten Mann fragen? Seinen Argwohn wollte er ihm lieber nicht mitteilen, das war ja, wie gesagt, heller Wahnsinn.

„Lebt dieser Professor Chilrin noch, der den Lord damals amputiert hat?"

Wie sollte Jim es wissen?

„Er hat die Operation allein vollzogen?"

„Mit Mr. Pokeyen zusammen, der ihm aber nur Handreichungen tat."

„Kein Diener war dabei?"

„So genau kann ich das nicht sagen. Ich selber war doch damals noch nicht hier. Aber ich glaube nicht, der Lord war schon immer so eigentümlich genant. Snatter erzählte mir, wie der Herr früher, als er noch seine Füße hatte, in der Badewanne von einem Diener überrascht wurde, soll er wie ein junges Mädchen gekreischt haben."

„Weshalb denn?" fragte Werner begierig. Und in dieser Beziehung durfte er Jim alles fragen, der Alte war nur zu froh, wenn er einmal schwatzen konnte.

„Nun eben so eine Eigentümlichkeit, wie er ja ganz voll von solchen Schrullen ist. Wenn er sich früher im See badete, mußten sich alle Diener hinter ins Haus begeben, daß niemand ihn in der Badehose sehen konnte."

„Und da badet er sich jetzt drin in seinem separaten Flügel?"

„Selbstverständlich. Er nimmt jeden Tag ein Bad, was man ihm doch anmerken kann. Da drin ist alles dazu eingerichtet."

„Ja, wie kommt er denn in die Badewanne hinein und wieder heraus?"

„Ich war einmal dabei, als Lady Ruth ihn auch so fragte. Er erklärte es ihr. Da hat er damals, als die Handwerker hier waren, die die Lifts und noch vieles andere machten, über der einen Wanne, die er immer benutzt, so eine Stange anbringen lassen, an der zieht er sich aus dem Wagen, läßt sich ins Wasser rutschen und zieht sich so wieder heraus. Lady Ruth bedauerte den Onkel noch so, wollte ihm gerne helfen - sie ist ja noch so ein Kind."

„Soso. Das Aus- und Ankleiden muß ihm da aber doch große Schwierigkeiten machen."

„Der wird schon allein fertig. Diese Übung in den vielen, vielen Jahren!"

„Habt Ihr den Lord eigentlich schon einmal außerhalb seines Wagens gesehen?"

„Niemals."

„Ist da nie etwas passiert, wobei der Wagen etwa einmal zerbrach?"

„Doch, gleich in der ersten Zeit, als ich hier war, da ging einmal ein Rad ab, und der Wagen fiel so heftig um, daß der Kasten zerbrach."

„Nun, und?"

„Dem Lord hatte es nichts weiter geschadet, wir mußten ihn nur in das Liftzimmer tragen, da fuhr er nach oben, und er hat ja noch ein ganze Menge Wagen in Reserve."

„Da war er aber doch außerhalb des Wagens."

„Nein, er steckte noch immer im Kasten, der nur etwas angebrochen war, und er konnte mit dem frisch angesetzten Rad schon wieder etwas fahren, wenigstens bis in seine Zimmer, und dann kam er eben mit einem neuen Wagen wieder heraus."

Also von Jim konnte der junge Detektiv nichts erfahren.

„Aber die Badewanne muß doch manchmal gereinigt werden!"

„Ja freilich."

„Und das macht der Lord selbst?"

„Warum denn nicht?"

„Dieser alte Herr!"

„Na, wenn er durchaus nicht will, daß ein Diener die heimlichen Räume betritt, dann kann er so etwas schon einmal machen. Was ist denn da weiter dabei? Oder vielleicht macht's auch eine seiner Frauen; die Badezimmer können dort in der inneren Zimmerflucht liegen, das weiß ich nicht. Wie's freilich sonst da drin aussehen mag, wie verstaubt und verlottert - ich möcht's nicht sehen - oder vielmehr, ich möchte doch einmal hineinblicken."

„Oder kann er nicht vielleicht auch einen Diener drin haben?"

„Einen Mann, meinen Sie?"

„Ja, einen Mann, den er auch so hineingeschmuggelt hat."

Der Alte unterhielt sich gern mit Doktor Werner über so etwas, er wurde geschwätzig dabei, blieb aber doch immer sachgemäß, erging sich auch gar nicht viel in Vermutungen. Er hatte auf dem Rock des Lords die Frauenhaare gesehen, die Abdrücke von Kinderhänden, nichts weiter - nein, ob da auch ein Mann eingeschlossen sei, darüber könne er gar nicht sprechen, von der Anwesenheit eines solchen habe er noch nicht das geringste bemerkt. - - -

Am anderen Morgen kam der Lord mit dem Sarg vom Boden herabgefahren, der Sarg wurde geschmückt und von vier Dienern nach dem kleinen Friedhof getragen, auf dem sie, wenn ihr Herr nicht vorzeitig starb, dereinst sämtlich ruhen würden.

Der Pastor, der die Trauung vollzogen hatte, hielt auch die Leichenrede; die Schollen fielen auf den Sarg.

Das war geschehen, noch ehe die Post gekommen war. Der Lord nahm sie um acht Uhr in Empfang, begab sich mit dem Briefsack wie gewöhnlich in sein Heiligtum - da aber geschah das Unerhörte, daß er schon nach einer Viertelstunde wieder zum Vorschein kam, und nicht nur Werner bemerkte seine Aufregung, und zwar eine freudige, er strahlte im ganzen Gesicht, so sehr er sich auch zu bemeistern suchte.

„Hier, mein lieber Doktor, sind Ihre ersten Zinsen."

Er hatte Werner in der ersten Etage getroffen, auf einem Schreibtisch zählte der Lord in Papiergeld etwa 4 000 Pfund Sterling auf.

Es war schon der zehnte Juli. Wie Werner früher gar nicht an die Mitgift seiner Gattin gedacht hatte, so hatte er in den letzten Tagen schon nicht mehr daran geglaubt. Seine ganze Heiratsgeschichte kam ihm manchmal noch immer gar zu ungeheuerlich vor. Hier konnte etwas nicht in Ordnung sein. Und was er nun zuletzt entdeckte, das hatte ihn nur sowohl in seinem Glauben wie in seinem Zweifel bestärken können.

Jetzt lagen sie vor ihm, 4 000 Pfund, 80 000 Mark, er konnte sie in die Hosentasche stecken. Und das waren nur die Zinsen eines Vierteljahres! Jetzt begriff Werner einmal, wer und was er eigentlich geworden war. Ein zehnfacher Millionär! Also kein Traum, keine zweifelhafte Hoffnung - das war Tatsache!

Gleichzeitig aber huschte durch Werners Hirn auch der fragende Gedanke: Wenn mir der Lord dieses Geld auszahlt, ist denn das ein Grund, daß er selbst so freudig aufgeregt ist?

Wiederum war es ein mißtrauischer Gedanke gewesen. Aber der Lord selbst sollte ihm gleich Aufklärung geben. Es war, als ob er Werners Gedanken lesen könne.

„Sie wundern sich wohl, daß ich so aufgeregt bin?"

„O Mylord..."

„Ich bin es tatsächlich. Ich habe eine Nachricht bekommen, die mich sehr aufregen muß."

„Doch keine traurige?"

„Sehe ich denn danach aus? Und doch, meine Freude paart sich mit einer Art von Schreck. Das Testament ist nicht so ganz klar abgefaßt. Und ein guter Rechtsanwalt verdreht ja schließlich alles. Kurz, ich erhalte mein Erbteil schon jetzt ausgezahlt."

„Ah! Ich gratuliere, Mylord."

Der Lord trocknete sich die perlende Stirn.

„Sie müssen allerdings noch bis zu Ruths sechzehntem Jahr warten."

„Oh, ich denke ja gar nicht daran..."

„Na, na! Bei mir ist das ja auch etwas ganz anderes. Ach, es war so unsicher, so unsicher! Gewesen. Mein Erbteil wird mir sofort ausgezahlt. Aber ich muß dazu nach London vor das Erbschaftsgericht."

„Sie müssen nach London?" fragte Werner fast erschrocken, weil er sich so etwas kaum vorstellen konnte.

„Nicht wahr, auch Sie sind bestürzt darüber, daß ich jetzt nach dreizehn Jahren noch einmal das Haus verlassen muß? Nun können sie sich erst meinen eigenen Schreck denken, wie ich das jetzt lese! Ich bin furchtbar aufgeregt."

„Ist denn das unbedingt nötig? Kann denn das nicht hier erledigt werden? Wenn Sie nun bettlägerig wären?"

„Ja, es ginge. Es könnte notariell alles hier abgemacht werden, aber dann würde ich das ganze Haus voll Menschen bekommen, die Sache würde viele Tage dauern – das mag ich schon nicht – und außerdem könnte das erst in einem Vierteljahr stattfinden, die Gerichtsferien und anderes kämen dazwischen – ich mag so lange nicht warten – ich bin entschlossen, mich morgen nach London zu begeben."

„Soll ich Sie da begleiten, wenn es nun einmal sein muß?"

„Darüber wollte ich Sie eben sprechen. Nein, ich möchte gerade, daß Sie als mein Stellvertreter hierbleiben. Alle diese alten Diener sind hier in der langjährigen Einsamkeit wie Kinder geworden, sie bedürfen der ständigen Aufsicht, ohne diese wüßten sie gar nicht mehr, was sie anfangen sollten – und Ihnen traue ich am allermeisten."

„Was gibt es da zu trauen?“ dachte Doktor Werner. Doch vor allen Dingen war es ihm äußerst lieb, was er da zu hören bekam. Wie ein elektrischer Schlag ging es ihm durch den Körper, er mußte sich zusammennehmen, um sich nichts merken zu lassen.

„Wie lange werden Mylord da bleiben?“

„Zwei Tage sicher. Es sind sehr viele Förmlichkeiten zu erledigen.“

„Wen werden Mylord als Begleiter mitnehmen? Allein können Sie doch nicht fahren.“

„Natürlich nicht. Jim soll mich begleiten. Er ist der zuverlässigste. Ich kann mich auch nicht allein rasieren, noch weniger mag ich eine andere Hand dulden. Die Lady wird wohl einmal ohne ihren Friseur fertig werden, nicht wahr?“

„Oh, das ist doch das allerwenigste.“

„Und dann nehme ich noch irgendeinen anderen mit.“

„Wo werden Mylord in London wohnen?“

„In irgendeinem Hotel, möglichst nahe dem Gerichtsgebäude. Und Sie wahren unterdessen meine Hausordnung.“

„Mylord können sich auf mich verlassen“, atmete Werner immer erleichterter auf, ohne sich etwas davon merken zu lassen.

„Denn wenn unterdessen etwas in der Hausordnung gestört würde, es - es - es wäre mir schrecklich; das ganze Haus würde mir wie entweiht vorkommen, wenn der Briefträger auch nur einen Schritt durch das Tor machte. Ich bin nun einmal so. Ich bin da wie - wie - wie so ein Dachs, der nicht wieder in seinen Bau zurückkehrt, wenn eine menschliche Hand in die Röhre hineingegriffen hat...“

„Ich verstehe, ich verstehe, Mylord, und da können Sie in bezug auf mich ganz ohne Sorge sein.“

„Nur abbrennen könnte alles, deshalb soll bei einem

Brand auch keine Hand gerührt werden..."

„Selbstverständlich, selbstverständlich. Mylord werden also fernerhin hier residieren?"

„Wo sollte ich alter Mann mich noch einmal heimisch fühlen können? Ich hoffe, hier zu sterben. Nun, morgen sprechen wir noch einmal darüber."

11.

Am anderen Morgen in aller Frühe rüstete sich der Lord zur Abreise, und obgleich die Eisenbahn nach dem Zentrum Londons nur eine Viertelstunde brauchte, war es doch nicht anders, als ob - nicht nur als ob jemand heutzutage eine kleine Reise um die Erde macht, sondern sogar wie vor hundert Jahren ein Nürnberger oder auch nur ein Dresdner Kaufmann seine Vorbereitungen zur Reise nach der Leipziger Messe traf, wozu er vorher auch erst sein Testament machte.

So legte der Lord seinem Schwiegerneffen alles noch einmal ans Herz, wie die Hausordnung zu befolgen sei, wenn irgendein Beamter käme und Einlaß begehre, und ganz besonders auch, wenn Feuer ausbräche. Also brennen lassen, brennen lassen!

Und so wie vor hundert Jahren faßte auch Ruth die Reise ihres Onkels nach London auf. Sie konnte es gar nicht begreifen, sie löste sich noch mehr in Tränen auf, als gestern beim Begräbnis des Dieners.

Dann rückte die Reisekarawane ab. Der Lord, im schwarzen Gehrock und Zylinder höchst ehrwürdig aussehend, bewegte seinen Rollstuhl selbst, die beiden Diener nebenher, in ihren altmodischen Bratenröcken einen recht kläglichen Eindruck machend.

Die Bahndirektion in Norwood war bereits verständigt. Ein Waggon erster Klasse, aus dem wegen des Rollstuhls die Sitze ausgehoben wurden, stand schon bereit, es wurden Bretter gelegt, so daß der Lord in das Coupé fahren konnte, dann wurde dieser Wagen an den kommenden Zug schnell angehängt - eine ganz kostspielige Geschichte, diese viertelstündige Fahrt.

Tief aufatmend hatte Werner dem Fortfahrenden nachgeblickt, und dabei zog sich sein Herz zusammen.

„Jetzt habe ich freie Hand! Er wird doch nicht etwa dafür gesorgt haben, daß bei seiner Abwesenheit ein Brand ausbricht?"

Werner hatte die maskierte Tür noch nicht wieder benutzt. Es waren seitdem ja erst drei Tage vergangen. Nun aber sollte das Eindringen in die geheimen Räume sein erstes sein. Welcher Verdacht in ihm aufgetaucht war, haben wir schon angedeutet – ein furchtbarer Verdacht!

Sollte der Lord die Mitglieder seines Harems durch Feuer vernichten wollen? Alle die Spuren seines heimlichen Treibens? Jetzt, wo er ging, sich sein Erbteil zu holen, eine halbe Million Pfund? Wollte er mit diesem baren Geld ein neues Leben beginnen, wobei ihm die gefangengehaltenen Weiber und Kinder unbequem werden konnten?

Doch Werner wollte nicht grübeln, sondern handeln. Ruth gab sich irgendwo ihrem Schmerz hin. Die Diener schickte Werner zur Arbeit in die vierte Etage, beschäftigte sie anderswo, nur nicht in der zweiten Etage, wo sich die Bibliothek befand.

Dann entnahm Werner seinem Koffer einen geladenen Revolver, auch eine kleine Taschenlaterne war darin, die noch genügend Benzin enthielt, falls Keller oder andere Räume zu untersuchen waren, die nicht vom Tageslicht erhellt wurden.

So begab er sich in die Bibliothek, lauschte einen Augenblick, dann drückte er gegen die betreffende Stelle des Bücherregals. Die Stellage ging zurück, wieder betrat Werner den Baderaum. Bis auf eine ganz kleine Spalte, in die er wieder ein Buch legte, machte er die verborgene Tür hinter sich zu. Draußen konnte man davon nichts merken, wie die eine Abteilung des Regals ein klein wenig zurückstand.

Mit hochklopfendem Herzen, selbst mit etwas wie Furcht, aber fest entschlossen, diesem Geheimnis auf den Grund zu gehen, trat Werner seine Entdeckungsreise an.

Der ganze Baderaum war sehr sauber. Über einer Stellage hingen reine Handtücher und Bademäntel, die Zinkwanne war blitzblank gescheuert.

„Das hat der Lord schwerlich selbst gemacht, er muß einen dienstbaren Geist haben!“

Werner klinkte vorsichtig an der Tür, sie war unverschlossen, und er öffnete in dem Bewußtsein, mit diesem dienstbaren Geist zusammenzutreffen.

Ein langer Korridor zeigte sich, und Werner betrat ihn.

Wie dem jungen Mann dabei zumute war, läßt sich denken. Wie eben jemand, der ein verwunschenes Haus betritt, das rätselhafte Geheimnisse enthält. Oder auch wie einem Mann, der noch nicht ganz abgebrüht ist und zum ersten Mal die Laufbahn eines Einbrechers betritt und so in ein großes Haus kommt, von dem er nicht genau weiß, ob sich noch Menschen darin befinden oder nicht, und da half Werners reines Gewissen gar nichts. Er unterlag derselben Empfindung. Er konnte vor Spannung kaum atmen.

Dennoch setzte er mit festem, wenn auch vorsichtigem Schritt, der durch Teppiche unhörbar gemacht wurde, seinen Weg fort.

Hier waren überall Türen vorhanden, in diesem Flügel hatte nach Lady Angeles Tod, als der Lord noch seine Füße besessen, ja nichts geändert werden dürfen, und schließlich konnte der Lord die Türen doch auch von seinem Rollstuhl aus öffnen - wenn er sich dessen hier überhaupt bediente!

Doch mit solchen Gedanken wollte sich Werner jetzt nicht befassen, er wollte Handgreifliches sehen.

Er klinkte an einer Tür zu seiner rechten Hand, sie ließ sich öffnen. Es war ein möbliertes Zimmer, dessen Fenster nach dem Park hinausgingen - alles vollkommen verstaubt.

Werner hütete sich, es zu betreten. Nicht nur, um sich nicht am Fenster blicken zu lassen - das hätte er ja vermeiden können - sondern weil jeder Schritt auf dem mit einer hohen Staubschicht bedeckten Teppich eine Spur zurückgelassen hätte.

Auf dem Korridor hingegen, der ebenfalls mit Teppichläufern bedeckt war, sah es ziemlich sauber aus. Ganz allerdings auch nicht, und das um so weniger, je näher man daraufhin untersuchte. Es stand da einmal ein Schrank, ein kostbares, reichgeschnitztes Möbel, ein Postament mit einer chinesischen Vase - oder, wenn sie nicht echt chinesischen Ursprungs war, so doch meißnischen, in England merkwürdigerweise allgemein ‚Dresden' genannt, die Betonung auf der letzten Silbe -, dann prachtvolle Lampen und dergleichen - und dies alles war wiederum mit einer dicken Staubschicht bedeckt. Nur der Teppichläufer war abgebürstet.

Sollte das der Lord mit eigener Hand getan haben? Doch schwerlich! Aber wer sollte ihm das Gegenteil beweisen, wenn er es behauptete?

Werner hatte bisher, und zwar schon vor drei Tagen nichts anderes Auffälliges gesehen als neben der Badewanne den Abdruck eines großen Männerfußes, und das war eine nasse Spur gewesen, keine bleibende, sie war wieder getrocknet. Mit einer beweisbaren Behauptung hätte Werner vorläufig also noch gar nicht hervortreten können.

Er blickte in ein anderes Zimmer rechter Hand - ebenso verstaubt.

Jim hatte gesagt, die Weiber würden jedenfalls in der inneren Zimmerflucht gefangengehalten, durch deren Mitte ein Lichtschacht ging, und das war begreiflich genug. Auf der äußeren Seite hätte man sie doch an den Fenstern sehen können, oder es hätten besondere

Schutzvorrichtungen dagegen angebracht werden müssen.

So wollte Werner lieber seine Zeit der Untersuchung der linken Türen widmen. Und jetzt kam es darauf an, jetzt mußte er gewärtig sein, mit den geheimnisvollen Bewohnern dieses verwunschenen Flügels zusammenzutreffen - vorausgesetzt, daß er eine Tür öffnen konnte. Es waren nur Holztüren mit gewöhnlichen Schlössern, aber alles äußerst schwer und solid, selbst einem kräftigen Mann wohl den größten Widerstand bietend, und was wollten denn da Weiber anfangen!

Furchtbar klopfte das Herz des jungen Mannes, als er seine Hand auf eine der Türklinken links legte. Die andere Hand hatte er in der Tasche, die den Revolver barg - wenn er auch nur Weiber oder Kinder zu sehen erwartete. Einen Laut hatte er bisher noch nicht gehört.

Und noch mehr erschrak er, als die Tür dem Zug nachgab, und dann wurde er wieder ganz ruhig, zu allem entschlossen.

Ein möbliertes Zimmer, so luxuriös wie die drüben und alle anderen im Schloß - hier aber alles staubfrei!

Gewiß, Werner befand sich in den Räumen, die noch immer bewohnt wurden. Alles saubergehalten, Spiegel und Fenster geputzt, alles.

Und dort lag ein Buch, ein englischer Roman, vor zwanzig Jahren erschienen.

Nur Menschen waren nicht vorhanden.

Wie in dem anderen Flügel, so hingen auch hier diese inneren Zimmer durch Verbindungstüren zusammen, nur daß diese auch wirklich vorhanden waren.

Werner schritt sie sämtlich ab, ohne auf einen Menschen zu stoßen, ohne etwas zu entdecken, woraus er hätte schließen können, daß sich hier Menschen aufgehalten hätten, vor langem oder vor kurzem.

Ja, es war auffällig, daß alles so in sauberer Ordnung

gehalten war, aber wer konnte das Gegenteil beweisen, wenn der Lord behauptete, diese Reinigungsarbeiten selbst zu besorgen? Verbrachte er nicht mindestens die Hälfte seiner ganzen Zeit in diesen abgeschlossenen Gemächern? Und wenn sie für ihn nun einmal so heilig waren, weshalb sollte er ihnen da nicht solch körperliche Arbeit widmen? Mußte nicht auch der Hohepriester das Allerheiligste selbst reinigen? Den Händen des Lords brauchte man deshalb nichts anzusehen. Es handelte sich ja nicht um Scheuern, sondern um ein leichtes Staubwischen. Das Abbürsten der Teppiche geschah mit einer Maschine, die Werner dann auch fand, und selbst das Fensterputzen ist gar keine so schreckliche Sache, konnte alles vom Rollstuhl aus mittels einer Vorrichtung geschehen.

Ja, wenn nur der Abdruck des nassen Männerfußes nicht gewesen wäre! Sonst war Werner bereit, die ganze Haargeschichte des Friseurs für ein Märchen zu halten.

Freilich die weißen Abdrücke der Kinderhände, von denen Werner selbst einen gesehen?

Er wollte zunächst weiterforschen; das hier war ja erst die eine Etage.

Auch hier befanden sich außer der Treppe zwei Lifts, elektrisch betrieben, und ihre Einrichtung war so solid und einfach, daß sie wohl nie einer Reparatur bedurften.

Daß der Lord manchmal neue Glühbirnen mit in sein Tuskulum nahm, wußte Werner bereits.

Die Liftzimmer waren gleichfalls gereinigt, wenn auch nur oberflächlich. Die Teppichläufer auf den Treppen dagegen waren mit einer dicken Staubschicht bedeckt.

Neben dem Lift befand sich außer einem Telefonzimmer eine sehr starke Tür, die ein Buchstabenschloß hatte. Das war also die Tür, welche aus dieser Etage in den draußen befindlichen Liftschacht führte, der durch das Liftzimmer selbst überbrückt werden konnte.

Hier in diesem Sicherheitsschloß waren einzelne Buchstaben in den oberen Ring eingeschoben, sie bildeten das Wort ‚Melisa'. Das also war das Zauberwort, das die Tür öffnete, sobald man es auch draußen einstellte, und Werner wußte bestimmt, daß dann nicht noch ein besonderer Schlüssel nötig war. Der Lord fingerte stets, wenn er die verschlossene Tür benutzen wollte, an dem Schloß herum, dann drückte er einfach die Klinke, konnte die Tür aufmachen, und ehe er im Innern verschwand, schob er die Buchstaben wieder herunter und durcheinander.

Es war wohl ein Zufall, daß das Liftzimmer gerade in dieser Etage stand. Wollte Werner in eine andere gelangen, so mußte er sich des Lifts bedienen. Die Treppen durfte er ja nicht benutzen, auf dem verstaubten Teppichläufer hätte er doch eine gar nicht wieder zu verwischende Spur zurückgelassen.

„Gleichgültig, ich tu's, was auch kommen mag, und der elektrische Stromverbrauch kann im Maschinenhaus nicht bemerkt werden. Und was schadete es, wenn es bemerkt würde? Ich lasse mich durch nichts mehr zurückhalten - nur Spuren möchte ich wegen des Lords nicht hinterlassen."

Er betrat das Liftzimmer, drückte in der Schaltvorrichtung den betreffenden Knopf, wie er es vom Lord so oft gesehen.

Gehorsam setzte sich der Fahrstuhl in Bewegung, und zwar nach unten, wie Werner es gewünscht hatte, blieb in der ersten Etage auf das elektrische Kommando stehen.

Werner blickte in den langgestreckten Korridor, sah keinen Menschen, wohl aber ein anderes Hindernis für sich.

Hier war der Teppichläufer mit einer dreizehnjährigen Staubschicht bedeckt, die allerdings viele Spuren aufwies, aber nicht solche von Füßen, sondern nur endlose Striche - das heißt Striche ohne Ende, von den Gummirädern des Krankenstuhls herrührend.

Hier also hatte der Lord immer seinen Rollstuhl benutzt, ihn nicht verlassen...

Doch halt, das war zu vorschnell! Wie kam Werner auf den Gedanken, daß der Lord den Rollstuhl überhaupt verlassen konnte, um seinen Weg auf zwei Füßen fortzusetzen? Konnte der nasse Fußabdruck nicht doch von einem anderen Mann hergerührt haben?

Nicht voreilig! Nur das glauben, was man schon mit absoluter Gewißheit weiß! Sonst wird ein Detektiv immer Fehlschlüsse machen.

Sei dem, wie es sei - in dieser Etage hatte der Lord den Rollstuhl benutzt, andere Spuren konnte Werner von dem Liftzimmer aus wenigstens nicht erblicken, auch nicht feststellen, ob der Lord in die Zimmer hineingefahren war.

Und wie es in diesen aussah, mußte Werner unbedingt wisssen. Aber der Weg war ihm versperrt, die an sich ganz harmlose Staubschicht, die überall den Boden bedeckte, hatte für ihn die Bedeutung von glühenden Nadeln. Oder der Lord mußte bei seiner Rückkehr sofort erkennen, daß hier ein fremder Fuß gegangen war. Denn die Füße immer in die Gleisspuren zu setzen, das ging nicht, die Spuren waren zu schmal, oder wenn auch durch Zusammenlaufen ein sehr breites Gleis entstanden war, so war der Staub doch immer nur zusammengedrückt, er nahm den Abdruck des Stiefels oder des nur mit einem Strumpf bekleideten Fußes noch immer ganz deutlich auf, wie sich Werner durch ein leises Berühren der Spuren, die in das Liftzimmer hineinführten, mit der Fingerspitze überzeugte.

Der junge Mann aber wußte schnell Rat. In einem Zimmer der zweiten Etage, das verschiedene Gerätschaften enthielt, wie sie eben zu jedem Hausstand nötig sind, hatte er einige solcher Krankenfahrstühle gesehen, die sich der Lord in Reserve hielt.

Also Werner ließ das Liftzimmer wieder hochgehen, begab sich zurück in die innere Zimmerflucht, suchte sich einen Rollstuhl aus, stieg in den Kasten, fuhrwerkte los, ließ sich wieder in die erste Etage hinab.

So, jetzt konnte er hinfahren, wohin er wollte. Aber sofort gewahrte er, daß dem doch nicht so war. Die erste Tür, deren Klinke er drückte, war unverschlossen. Doch er erschrak schon etwas, als er bemerkte, daß auf der Klinke eine dicke Staubschicht gelegen hatte. Es war zu spät, er öffnete die Tür, die glücklicherweise hoch genug in den Angeln ging und über den Boden hinwegstrich, ohne dabei Staub mitzunehmen.

Das möblierte Zimmer, in das er blickte, lag in unberührter Staubunschuld da. Hier war der Lord auch nicht mit seinem Rollstuhl hineingekommen, also war auch für Werner der Eintritt oder vielmehr die Einfahrt verboten. Er hätte sich erst Flügel anschaffen müssen.

Doch es genügte ja, daß er einmal hineingesehen hatte. Dann überzeugte er sich, daß der Lord niemals in eins dieser Zimmer hineinfuhr. Das hätte man doch sofort an den Radspuren bemerkt, wovon sich Werner, wie er zu spät einsah, auch schon vorher hätte überzeugen können. Auf sämtlichen Klinken lag dicker Staub. Das, was Werner bei dem Angreifen der einen angerichtet hatte, war nun nicht mehr gutzumachen.

Sonst sei nur noch bemerkt, daß der Lord beim Durchfahren des Korridors immer so ziemlich ein und dieselbe Spur benutzt hatte, so daß ein sehr breites Gleis in der Staubschicht entstanden war. Dies brauchte gar keine besondere Vorsichtsmaßregel zu sein, sondern es war eben das gewohnheitsmäßige Fahren in einer schnurgeraden Linie, wobei der Wagen aber doch hin und wieder etwas abwich. Es war dem Lord auch nicht darauf angekommen, auf dem Korridor einmal umzukehren.

Auf dies alles nahm Werner natürlich Rücksicht, als er sich nach dem Lift zurückbegab. Hoffentlich merkte der Lord nicht, wie von der Türklinke der Staub abgewischt worden war, oder mochte er glauben, er selbst sei es in Gedanken gewesen - oder es mochte eben kommen, wie es wollte, wenn Werner auch sonst keine Spur hinterlassen wollte.

Es ging hinab in das Parterre. Werner erschrak, als der Lift recht zu quietschen anfing. Die Ursache erkannte er sofort, als er den Parterre-Korridor entlangblickte. Alles hoch mit einer tadellos glatten Staubschicht bedeckt, wie der Meeressand nach der Ebbe abgelagert, kein Spürchen drauf.

Wie schon erwähnt, befand sich im Parterre auf der Seite, an dem das draußen befindliche Liftzimmer lief, das der Lord gewissermaßen als Brücke benutzte, gar keine Tür. In diesem Parterre seines Tuskulums hatte er einfach nichts mehr zu suchen, kam gar nicht mehr hinein. Daher auch das Quietschen des Liftzimmers hier in den ungeölten Schienen, dieser Aufzug wurde gar nicht so weit nach unten benutzt.

So konnte sich Werner auch jede weitere Mühe ersparen, er fuhr in die dritte Etage hinauf.

Hier sah es genau wie in der ersten aus. Der Boden mit Staub bedeckt, durch den Radspuren liefen. Diese durfte Werner entlangfahren. Aber Zweck hatte es nicht. Sie gingen bis an das Ende des Korridors, wo sich draußen der bis in den Garten hinabführende Lift befand, er schloß mit einer eisenbeschlagenen Tür mit Sicherheitsschloß ab, hier waren die Buchstaben auf das Wort ‚Vokabel‘ eingestellt. Jeder Buchstabe des Alphabets war immer nur einmal vorhanden.

Werner brauchte sich diese Schlüsselworte nicht aufzuschreiben, er konnte sie sich merken, und das hatte auch keinen Zweck, wenn der Lord sie täglich veränderte, was man bei seiner mißtrauischen Vorsicht wohl annehmen konnte.

In keins der Zimmer war er hineingefahren, was man doch gleich an den Spuren erkannte, also brauchte auch Werner nicht erst den Staub von einer Klinke zu wischen. Da waren keine Menschen drin.

Hingegen war auch hier der Lord manchmal umgekehrt, es zeigten sich noch ganz frische solche Radspuren, so daß auch Werner nicht rückwärts zu fahren brauchte, sondern unbesorgt umlenken konnte. Ja, das wäre nicht einmal nötig gewesen, denn die Korridore liefen ja rund um die innere Zimmerflucht herum, die durch einen Lichtschacht erhellt wurden.

Nun wieder eine Etage hinauf, in die vierte. Hier ganz genau dasselbe wie in der ersten und dritten. In der den Boden und Teppichläufer bedeckenden Staubschicht Radspuren, nichts weiter, und keine lief in ein Zimmer hinein, auf deren Klinken dicker Staub lag.

Also nur die zweite Etage wurde bewohnt - oder doch in Ordnung gehalten, wollte Werner lieber nur sagen.

Es war ein glücklicher Zufall, daß sich die geheime Tür in der Bibliothek gerade in dieser zweiten Etage befand. Hätte sie in einen anderen Korridor geführt, Werner hätte sich gar nicht fortbewegen können, ohne in dem Staub eine sichtbare Spur zu hinterlassen. Er hatte den Rollstuhl doch nicht von vornherein gehabt.

Wo waren denn nun aber Jims rot-blond-schwarzhaarige Damen? Werner hatte sich ganz an den Gedanken gewöhnt, hier keinen Menschen anzutreffen.

Das heißt nicht etwa, daß er an Jims Behauptungen jetzt wieder gezweifelt hätte! Hatte er, Werner, denn nicht selbst erst vor einigen Tagen den Abdruck der kleinen Kinderhand gesehen? Wo war nun dieses Kind?

Jetzt war nur noch der Boden zu untersuchen - und dann der Keller - und wenn er dort nicht auf Menschen stieß, dann - mußte der sich als Detektiv fühlende Arzt eben ausspekulieren, wo die geheimen Bewohner dieses geheimen Flügels sonst geblieben waren, wo die sich jetzt aufhielten, tot oder lebendig.

Tot?

Der Gedanke war in dem jungen Mann schon mehrmals aufgetaucht. Kraftvoll wies er ihn immer wieder zurück. Erst etwas Greifbares finden, dann konnte weiter kalkuliert werden. Aber sich nur keinen Phantasiegebilden hingeben!

Der Aufzug lief direkt in den Boden, das heißt, in das Dachgeschoß hinein. Es war das erste Mal, daß Werner dieses betrat. Wohl führten auch in jenem anderen Hausflügel einige Treppen hinauf, aber sie endeten an festverschlossenen Türen, von denen sich nur die eine manchmal öffnete, wenn Konserven und ähnliche Lebensmittel eingenommen wurden, dann mußten zwei oder noch mehr Diener diese heraufbringen. Bis zur vierten Etage konnten sie dabei den Lift benutzen, dann aber mußten sie die Bodentreppe ersteigen, obgleich der Lift noch weiterging. Aber für hier oben war er abgestellt, und daß daran nichts geändert werden konnte, dafür würde der Lord wohl gesorgt haben.

Anders hier, hier konnte man direkt bis auf den Boden fahren. Das hatte Werner auch ganz bestimmt erwartet, denn wie wollte der Lord in seinem Rollstuhl, wenn er den Arbeitern den Proviant abnahm, sonst hier heraufgelangen?

Hier war der Besen tätig gewesen. Das war der erste Eindruck, den Werner empfing. Die zahllosen Bodenkammern besaßen Türen, die sämtlich unverschlossen waren.

Endlose Regale, vollgepfropft mit Konservenbüchsen,

Fässern oder Blechdosen und Säcken mit Kaffee, Tee, Salz, Zucker und allem anderen, was man lange Zeit oder für immer aufbewahren kann, auch Eier nicht zu vergessen, in Kisten zwischen Sägespänen verpackt, aber in kürzeren Zwischenpausen stets ganz frisch eingenommen.

Alle diese sich haltenden Nahrungsmittel und Zutaten gab also der Lord immer eigenhändig aus, täglich, wenn es gebraucht wurde, und nach der Einnahme und Ausgabe während der elf Jahre wollte Jim berechnen können, daß viel mehr verbraucht wurde, als der Lord für den Haushalt herausgab.

„Oder es muß dort oben auf dem Boden alles vollgepfropft sein", hatte der sehr sachgemäß denkende Alte allerdings hinzugesetzt.

Dies war ja nun auch der Fall. Freilich war erst während Werners Hiersein, erst vor zwei Wochen, ein großer Frachtwagen voll solcher Konservenbüchsen eingenommen worden.

Hier konnte Werner also gar nicht urteilen. Das war schließlich auch ganz gleichgültig. Viel wichtiger war ihm die Frage, wo denn die Konservendosen blieben, die von den unsichtbaren Bewohnern dieses Flügels geleert würden. Hatte er diesen Ort erst einmal gefunden, würde er vielleicht noch mehr finden.

Zunächst machte er eine andere Entdeckung, auch eine sehr wichtige.

Wie er an eins der Bodenfenster trat, von dem aus man die ganze westliche Umgegend überblicken konnte, sah er da auf einer Wiese, zwei- bis dreihundert Meter von der Millionenmauer entfernt, ein zerfallenes Gebäude oder nur noch die Überreste davon, und das Ganze machte einen sehr, sehr alten Eindruck. Man konnte sogar noch die Umrisse eines Turms erkennen, auf dem an der einen Seite noch ein Stück Zinne klebte – jedenfalls die Ruine eines sehr alten Gebäudes, und wenn das hier vielleicht einmal eine Festung gewesen war, so war das dort ganz sicher ein dazugehörendes Außenfort.

Merkwürdig, daß Werner diese doch so naheliegende Ruine noch gar nicht erblickt hatte! Oder auch nicht so merkwürdig.

Als er die Landstraße hergekommen war, hatte zwischen ihm und dieser Ruine immer das große Haus gestanden, und die Ruine lag nach jener Seite, nach der der verschlossene Flügel lief; von den anderen Fenstern aus konnte man sie nicht erblicken, und ebensowenig über die Gartenmauer, man hätte denn gerade auf diese oder auf einen dicht an der Mauer stehenden Baum klettern müssen.

Werner war fest davon überzeugt, daß auch Jim wie jeder andere Diener von der Existenz dieser doch so nahe, ganz frei auf dem Feld liegenden Ruine gar nichts wußte. Sie bekamen sie niemals zu sehen. Hatten sie sie früher gesehen, als sie hier ihren Einzug hielten? – Na, in elf Jahren kann man noch etwas ganz anderes vergessen!

Hätte Jim etwas von dieser Burgruine gewußt, dann hätte er doch ganz sicher denselben Gedanken gehabt, der in diesem Augenblick durch Werners Kopf schoß.

In dieser Ruine befindet sich das Tor, durch das der Lord die Frauenzimmer hereingebracht hat, diese Ruine steht mit dem Haus hier in unterirdischer Verbindung!

Dieser Gedanke war gar nicht weit hergeholt. Grübelte man darüber nach, wie der Lord ungesehen Menschen hier hereinschmuggeln konnte, so mußte man beim Anblick der Ruine auch sofort auf diesen Gedanken kommen.

Und sollte der Lord seine Frauen und Kinder auf diesem unterirdischen Weg auch schon wieder hinausgeschmuggelt haben?

Es hatte viel für, aber auch sehr viel gegen sich. Wenn

er Frauen hier elf Jahre lang gefangengehalten hatte, sollte er sie da so ohne weiteres wieder entlassen?

Oder er konnte ja auch nur ab und zu Damengesellschaft empfangen haben, die ihre Kinder mitbrachte, seine oder andere. Auch dann waren die Frauenhaare und die Kinderhände zu erklären.

Nun, Werner wollte erst einmal dem Keller einen Besuch abstatten. Denn ein solcher war vorhanden, auch dieser Flügel hatte Kellerfenster, nur oben mit dem vierten Teil über den Erdboden sehend, stark vergittert.

Er benutzte wieder denselben Fahrstuhl, kam aber nur ins Parterre, weiter ging der Lift nicht, er schaltete sich von selbst aus.

Als Werner wieder emporfuhr, kam er auf den Gedanken, doch lieber erst einmal die Zimmer der in Ordnung gehaltenen zweiten Etage genauer als zuvor zu besichtigen.

So fuhr er in diesen Korridor hinein, konnte dann aber seinen Krankenstuhl getrost verlassen, hier verriet keine Staubschicht seine Spuren.

Es waren sechzehn Zimmer, die um den sehr breiten Lichtschacht herumliefen. Die meisten konnte man als Wohnzimmer oder Salons bezeichnen, eine Küche, eine sehr große ‚Rumpelkammer', in der auch die Reserverollstühle standen, ein Baderaum, hier mit Marmorwanne, und das heiße Wasser ging aus dem Maschinenraum auch bis hierher, dann vier Schlafzimmer mit je zwei Betten, das eine aber sogar mit vier.

Fangen wir mit der Küche an. Die war stark benutzt worden. Man kann einer Küche und allen Utensilien doch gleich ansehen, ob sie nur als Ausstellungsobjekt da ist, oder ob sie wirklich benutzt wurde, und das noch bis vor kurzem. Auf nähere Untersuchungen, die Werner anstellte, wollen wir uns nicht einlassen. Der eine Topf war nicht gründlich gereinigt worden, darin klebte noch ein

Stückchen Makkaroni, und an einer feinen Kaffeetasse, die in einem Glasschrank stand, war ein Kaffeefleck, die war auch nicht gründlich aufgewaschen – mag das genügen.

Die Hauptsache ist, daß Werner mit untrüglicher Gewißheit konstatieren konnte, wie noch vor ganz kurzem hier gekocht und gegessen worden war. Das sagten ihm der Kaffeefleck und das Stückchen Makkaroni und noch viele andere Spuren; er mußte nur scharf hinsehen, auch die Finger mit zu Hilfe nehmen, aber ein Vergrößerungsglas war gar nicht nötig.

In der Rumpelkammer lag es ebenso förmlich in der Luft, daß sie benutzt wurde, und nicht nur zum Unterbringen und Herausholen der Reserverollstühle. Hier stand auch die große Kanne mit Spiritus. Denn mit Kohlen wurde in der Küche wohl nicht gekocht, sondern auf einer großen Spiritusmaschine, in der man sogar backen konnte, wie in England solche mächtige Petroleum- und Spiritusöfen sehr gebräuchlich sind. Es gibt dort sogar Petroleumöfen zum Brotbacken, groß genug, eine ganze Kalbskeule in der Röhre zu braten.

Nun aber die Schlafzimmer!

Hier lag es erst recht förmlich in der Luft, daß sich hier noch bis vor ganz kurzer Zeit Frauen aufgehalten hatten. Nein, nicht nur ‚förmlich'. Es gibt genug feine Nasen, die den ‚Damengeruch' wittern können, und es ist ja auch Tatsache, daß das weibliche Geschlecht eine eigene Atmosphäre hat, die edel oder auch unedel sein kann. Die arabische Poesie hat diesem Frauenduft eine eigene Literatur gewidmet – nur dem edlen. Und ist das nicht etwa wahr, daß, um einmal ganz prosaisch zu sein, Dienstbotenkammer immer nach Dienstbotenkammer riecht?

Und Doktor Max Werner besaß solch eine feine Nase. Daß es hier sehr nach Parfüm duftete, konnte ihn gar nicht so irre machen. Der Lord parfümierte sich stets.

Nein, hier roch es für seine feine Hundenase einfach nach ‚Weib', und zwar nicht nur nach einem, das sich nur vorübergehend hier aufgehalten hatte, sondern hier war eine richtige ‚Damenatmosphäre'.

Gegen diese Tatsache, die seine Nase konstatierte, konnte gar nicht in Betracht kommen, daß alle die Betten so aussahen, als wären sie erst vor kurzem von einer recht ungeschickten Hand gemacht worden - alle zehn Betten - vielleicht mit Ausnahme des einen. Das dort, das eine von den vieren in dem großen Schlafzimmer, schien schon länger nicht benutzt worden zu sein.

Doktor Werner genierte sich nicht, seine Witternase noch näher zu gebrauchen. Gewiß, dieses Bett roch ‚frisch'. Aber dieses nach ‚Weib'! Dieses auch! Dieses hier hatte wiederum ganz deutlich den ‚Kleinkindergeruch' an sich. Und dieses ebenfalls. Und in diesem Zimmer, das keine Betten enthielt, roch es überhaupt nach kleinen Kindern.

Darin irrte Werner nicht. An dem Lord selbst hatte er solche Gerüche noch nicht wahrgenommen, der duftete eben immer nach Parfüm. Das war zwar hier auch der Fall, aber das war doch wieder etwas ganz anderes, hier war die Quelle des Geruchs.

Werner untersuchte genauer den teppichbelegten Boden und die Polstermöbel. Und da entdeckte er noch gar viel. Hier und da ein langes Frauenhaar - hier ein blondes und da ein schwarzes - und das genügte für den neuen Detektiv. Bis zum Herausfühlen, vor wie langer Zeit ein solches Haar vom Kopf gefallen, hatte er es noch nicht gebracht.

Und hier ein Schnipselchen von einem Fingernagel. Und daß dieses Schnipselchen von einem zarten Kinderfingerchen herrührte, das hätte ein Blinder mit verbundenen Augen fühlen können.

Und hier unter dem Schrank ein Kamm, sowohl mit

langen schwarzen Haaren behaftet wie mit kurzen strohgelben - eine Haarsorte, die Jim nicht einmal aufgezählt hatte.

Werner untersuchte die Schränke. Sehr viel Damenwäsche aller Art. Unglaublich viel. Ganze Stöße trugen ein Monogramm, die meisten nicht. Das Monogramm gehörte offenbar der Lady Angele von Norwood an, und aus der Menge von Unterwäsche durfte man nicht gleich auf mehrere Personen schließen. Da kann ja ein großer Luxus sowohl in Qualität wie in Quantität getrieben werden.

„Aber ich will doch gleich fünfzig Gramm Zyankali schlucken, wenn diese Nachtjacken hier und diese anderen diskreten Damensachen nicht frischgewaschen sind! Jawohl, das riecht ja alles noch nach Seife und Stärke. Und sollte der edle Mylord etwa selber waschen und plätten, dabei in seinem Rollstuhl sitzend?"

Werner mußte sich beeilen. Eine geistige Übermüdung überkam ihn, die sich bei ihm wie bei so vielen geistig angestrengt arbeitenden Menschen erst durch Genickschmerzen bemerkbar machte, indem das ganze Rückenmark ja nur eine Fortsetzung des Gehirns ist, die Nervensubstanz verbraucht sich - er fühlte schon, daß er vor Überanstrengung bald zusammenbrechen würde.

Denn nun suchte er fast schon drei Stunden hier in dem ganzen Haus herum, und unter welcher geistiger Anspannung! Wie jeder Nerv in ihm zitterte, zumal er noch immer jeden Augenblick darauf gefaßt sein mußte, mit einem Menschen zusammenzutreffen!

Als er einen anderen Schrank öffnete, tat er es mit dem Entschluß, daß diesem vorläufig seine letzte Untersuchung gelten sollte. Dann brauchte er erst eine Stunde Erholung, die er aber wohl lieber drüben in dem bewohnten Flügel hielt. Er wollte auch nicht gar zu lange ausbleiben, falls man ihn suchte, und das war bei Ruth ganz bestimmt der Fall. Er konnte die Untersuchung ja immer wieder aufnehmen, und sie sollte sich dann hauptsächlich auf die Erforschung des Kellers und eines unterirdischen Tunnels nach jener Ruine erstrecken.

Der große Kleiderschrank war mit Garderobe des Lords angefüllt, vollgepfropft. Ganz vorn hing unter anderem ein schwarzes Samtjackett, wie der Lord es mit Vorliebe trug. Das hier aber machte einen recht abgeschabten Eindruck, mit einem solchen ließ sich der Lord nie sehen, er war immer patent gekleidet.

Nur zufällig faßte Werner es einmal an, und da machte er die Entdeckung, daß sich das Jackett etwas feucht anfühlte, und vorn die Ärmel waren direkt naß.

Sollte der Lord denn wirklich mit eigener Hand das Geschirr aufwaschen? Oder gar die Wäsche seiner Frau spülen?

Aus der Brusttasche sah ein weißes Zipfelchen hervor, Werner zog daran. – Ein Taschentuch kam zum Vorschein, sehr feucht, offenbar von Wasser, außerdem aber über und über mit Blutflecken bedeckt!

Fast entsetzt starrte Werner das blutige Tuch in seiner Hand an. Also ganz frisches Blut, oder doch durch die Feuchtigkeit des ganzen Tuchs diesen Eindruck machend.

Denn in diesem Augenblick hörte Werner wieder seine alte Großmutter vom Ritter Blaubart erzählen, der in der geheimen Kammer seine Frauen abschlachtete.

Werner wollte solch einen Gedanken abschütteln. Wenn die Frauen und Kinder nicht mehr hier waren, so hatte er sie eben wieder heimlich hinausgebracht, oder es konnte ja noch immer sein, daß er nur ihren zeitweiligen Besuch erhalten hatte.

Ja, aber wie kam dieses blutige, noch ganz feuchte Taschentuch in seinen Rock? An diesem Tuch hatte er offenbar seine blutigen Hände abgetrocknet, hatte auch mit Wasser nachgewaschen. Und das konnte erst heute, vielleicht auch noch gestern gewesen sein, früher wohl nicht, sonst wäre das Tuch auch in der Tasche schon wieder getrocknet. Um das zu erkennen, dazu brauchte man kein scharfsinniger Detektiv zu sein. Was hatte der Lord denn mit Blut zu tun gehabt? Zu schlachten gab es hier doch nichts. Und der Lord hatte nichts davon gesagt, daß er sich geschnitten oder sonst einen Unfall gehabt habe, wobei Blut geflossen sei.

Werner raffte sich aus seinen starren Träumen auf, er untersuchte die Taschen dieses Jacketts weiter, fand nichts darin.

Da aber knitterte etwas, unterhalb der Seitentasche. Werner fühlte ein Stück Papier. Ein Loch in der Tasche fand er nicht, und er suchte auch nicht lange, er schlitzte mit seinem Federmesser das Futter etwas auf.

Es war ein Zettel, ordinäres Papier, wohl von dem Rand einer Zeitung abgeschnitten, und eben deshalb vermochte man zu erkennen, daß es noch gar nicht so alt sein konnte, weil solches Zeitungspapier aus Holzstoff doch sehr schnell vergilbt, und dieses hier war noch ziemlich weiß.

Der Zettel war mit Bleistift bekritzelt, und Werner las:

„Wer auch dieses Schreiben in die Hand bekommen mag - rette mich und meine Leidensgefährtinnen! Schon seit vielen, vielen Jahren sind wir hier in der Gefangenschaft eines menschlichen Ungeheuers, das uns lebendig begraben...“

Da brach das Schreiben ab. Da war die Schreiberin von dem ‚menschlichen Ungeheuer‘ überrascht worden.

Und Werner brach plötzlich zusammen. Nicht körperlich, er konnte noch aufrecht stehen, nur mußte er sich schnell gegen die Wand lehnen, es wurde ihm schwindlig - eine Folge der geistigen Überanstrengung.

Der Anfall war schnell vorüber. Jetzt aber brauchte er einige Zeit Ruhe, er wollte dann seine Untersuchungen mit frischer Kraft fortsetzen. Den Zettel steckte er zu sich, spähte scharf umher, daß er nicht etwa Spuren seiner Anwesenheit hinterlasse, brachte den Rollstuhl, dessen Stellung in der Rumpelkammer er sich wohl gemerkt hatte, zurück, und fünf Minuten später schlüpfte er durch die Badestube wieder in die Bibliothek.

Durch die Lektüre eines Buches gedachte er sich schnell wieder zu erholen. Abwechslung in der geistigen Tätigkeit ist ja so gut wie Erholung - bis der Schlaf, der tägliche Tod, seine Rechte fordert.

Er sollte nicht dazu kommen. Das Klingelzeichen, welches ihm galt, schrillte in einer Weise, die besagte, daß er schon längst gesucht worden war.

Er begab sich ans Telefon, meldete sich.

„Wo bist du denn nur, Max?“ fragte Ruth.

Sie suchte ihn schon seit einer ganzen Stunde im Haus und überall. Der Gatte wußte eine Ausrede.

Jetzt aber ließ Ruth nicht locker. Sie wollte mit ihm spielen - sie spielte noch immer wie in ihren besten Kinderjahren.

Auch das war eine geistige Erholung. Doch Werner kam nicht wieder von ihr frei.

Und das sollte sein Glück sein. Um neun Uhr war der Lord abgefahren, jetzt war es drei Uhr, die beiden saßen eben beim Mittagessen, da - kam der Lord in seinem Rollstuhl schon wieder an!

Wie zufrieden er mit dem Erfolg seiner Weltreise, zu der er aber statt zweier Tage nur sechs Stunden gebraucht hatte, war, das konnte man ihm gleich ansehen, so sehr er auch die vornehme Würde zu wahren suchte.

„Wie, Mylord? Sie kommen schon zurück?“

„Alles ist bereits erledigt.“

Es hatte wie ein krampfhaft unterdrücktes Jauchzen geklungen, und seine Augen hat der Mensch doch nicht so in der Gewalt wie seine Gesichtszüge.

„Ja, wie ist denn das so schnell gekommen?"

„Es klappte eben alles. Die Zeugen, die sich erst für morgen angemeldet hatten, waren schon heute zur Stelle."

Ob er auch schon sein ganzes Erbteil ausgezahlt bekommen habe, das durfte Werner nicht fragen - das besorgte Ruth.

„Da hast du auch schon das ganze Geld bekommen, Onkelchen?"

„Ja, mein Kind", suchte der Lord seine Würde zu wahren.

„Die ganze Million Pfund?"

„Ja, mein Kind, ich komme soeben von der englischen Bank."

„Ja, wo sind sie denn?" fragte Ruth, suchend nach dem Parktor blickend. „Das müssen doch viele Frachtwagen voll sein?"

Ruth hatte absolut kein Verständnis für Geld - wie sollte sie auch - und ein Pfund Sterling mußte ihrer Ansicht nach ein Gewichtspfund sein.

„Du bist und bleibst ein Kind", lächelte Lord Roger. „Laß dich von Doktor Werner darüber belehren, er ist ja dein Hauslehrer. Nun, ich sehe, daß ihr bei der Suppe sitzt. Wenn ihr noch zehn Minuten warten wollt, leiste ich euch beim Diner Gesellschaft. Ich will mich nur umziehen. Und dann sprechen wir darüber, wie wir uns das Leben fernerhin zu gestalten denken."

Aus den zehn Minuten Frist wurde eine halbe Stunde, dann wollte der Lord erst noch ein Bad nehmen, und er zog sich in der ersten Etage durch das heraufbeförderte Liftzimmer in sein Tuskulum zurück.

Dem Doktor Werner war gar nicht recht wohl, als er

ihm nachblickte, bis sich die eisenbeschlagene Tür hinter ihm geschlossen hatte.

Wenn der nun merkte, daß in seinem Heiligtum ein Fremder gewesen war? Werner hatte doch verschiedene Spuren hinterlassen, so den abgewischten Staub auf der Klinke, oder sogar auf mehreren. Und der Lord brauchte sich auch nur ein Zeichen an dem Rollstuhl gemacht zu haben, dann wußte er, daß dieser benutzt worden war, und diesem Geheimniskrämer, der zu solcher Vorsicht auch so große Ursache hatte, war doch alles zuzutrauen.

Nun, mochte es kommen, wie es wollte - einmal mußte diese Geschichte ja doch ans Tageslicht gezogen werden, so oder so.

Werner gab seiner jungen Frau unterdessen eine Lektion über Papiergeld, dann erschien der Lord wieder, nahm mit den beiden zusammen das Diner ein.

Nein, er konnte nichts bemerkt, keinen Argwohn geschöpft haben. Diese Heiterkeit, die er zeigte, war ganz natürlich, so verstellen kann sich kein Mensch.

„Nun, Kinder, wie gedenkt ihr denn euer Leben hier einzurichten?"

Daß Ruth noch ein Jahr hinter diesen Klostermauern verborgen blieb, war eine selbstverständliche Voraussetzung. Dem Lord konnte zwar seine Erbschaft nicht mehr verlorengehen, der hatte sie in der Tasche, aber Ruth hatte ihre Verpflichtungen noch nicht erfüllt, sie konnte ihres Anteils noch immer für verlustig erklärt werden.

„Wie das mit mir so ganz anders gekommen ist, erzähle ich Ihnen ein andermal, wenn wir beide allein sind. Ruth versteht ja doch nichts davon. Eine Klausel des Testaments war eben unklar abgefaßt, sie konnte so gedeutet werden, daß ich mein Teil doch schon bei Ruths Verheiratung ausgezahlt bekomme, und das Schiedsgericht hat sich denn auch auf diesen Standpunkt gestellt."

„Sie haben die halbe Million sofort bar ausgezahlt bekommen?" mußte Werner jetzt doch einmal fragen.

„In Tausendpfundnoten. Auf der englischen Bank. Fünfhundert Stück, ein ganz kleines Päckchen, man könnte es in die Westentasche stecken. Ja, wie einem da ist, wenn man nach elfjähriger Einsamkeit wieder einmal nach London kommt!"

Was er mit den fünfhundert Tausendpfundnoten nun anfangen wolle, das konnte Werner doch nicht gut fragen, und Ruth vergaß wohl nur, dieses Geld einmal sehen zu wollen, weil der Onkel jetzt von seinen Erlebnissen in der Riesenstadt zu erzählen anfing, denn für diesen weltvereinsamten Mann mußte ja jede Kleinigkeit zu einem Erlebnis geworden sein.

Nach dem Essen erklärte sich der Lord sehr müde, was leicht begreiflich war, er wolle einige Stunden schlafen, zog sich in sein Tuskulum zurück.

Erst am Abend kam er wieder zum Vorschein, machte einen Vorschlag. Dieser Tag müsse, auch wenn es kein Sonnabend sei, nach ‚guter, angelsächsischer Sitte' gefeiert werden. Das heißt, es fand ein gemeinsames Abendessen statt, an dem also auch alle Diener teilnahmen, und hinterher wurde wieder tüchtig gebügelt.

Der Lord ließ es nicht am Zutrinken fehlen, versuchte auch seinen Schwiegerneffen bezecht zu machen, während er selbst wie immer nur Selterwasser trank.

Gegen zehn Uhr torkelte ein Diener nach dem anderen ins Bett, und dann torkelte auch Werner mit seiner jungen Frau nach.

12.

Mit offenen Augen lag Werner da. Er hatte tüchtig getrunken, sich aber auch wacker gehalten. Seine Trunkenheit war wiederum nur Verstellung gewesen.

Eine Ahnung hatte ihm von vornherein gesagt, daß heute nacht der Lord etwas Besonderes vorhabe, was in seinem Leben einen Abschluß bedeuten solle.

Über was Werner sonst eigentlich grübelte, das können wir gar nicht schildern. Ein Gedanke jagte den anderen.

So war schon lange Zeit vergangen. Der junge Mann konnte nicht einschlafen. Die Hausuhr verkündete die erste Stunde nach Mitternacht.

Da richtete sich Werner auf, zog die Luft durch die Nase.

Roch das hier nicht recht brenzlig?

Gewiß, das war schon Rauch!

Mit gleichen Füßen sprang Werner aus dem Bett.

„Ruth, wach auf, es brennt, Feuer im Haus!"

Die junge Frau, die gestern abend trotz allen Zuredens des Onkels nichts getrunken hatte, war sofort munter.

„Was sagst du, Max?"

„Es brennt, es brennt! Riechst du nichts?"

„Es brennt? Ja, dieser Qualm - wir müssen hinaus - Herrgott, meine Puppen, Max, rette meine Puppen!"

Weiter brauchte für sie nichts gerettet zu werden. Nicht einmal an ihre zahllosen Schmucksachen dachte sie.

Werner sah gleich ein, daß mit seiner jungen Frau da nichts anzufangen war. Als er das elektrische Licht andrehte, erkannte er schon eine Rauchatmosphäre. Aber eine direkte Gefahr konnte nicht vorliegen. Es gab hier gar zu viel Ausgänge, und wenn auch die Tore geschlossen waren, so sprang man einfach aus einem Parterrefenster.

Während Werner sich anzog, gab er Ruth, die ebenfalls ihre Kleider überwarf, verschiedene Weisungen.

„Bringe nur erst dich in Sicherheit, geh hinaus in den Park."

„Ja ja - und meine Puppen."

Die Puppen lagen gleich nebenan auf dem Sofa, deshalb also konnte Werner beruhigt sein, jetzt mußte er erst, noch ehe er nach dem Feuerherd suchte, die Diener alarmieren, die wohl nicht so leicht wach zu bekommen waren, falls nicht schon etwas lichterloh brannte.

Er brannte eine Stearinkerze an, denn in dieser Etage war das elektrische Licht auf dem Korridor noch immer abgestellt.

Zuerst eilte er nach dem nächsten Telefon, ließ die Alarmglocke schrillen, die alle Diener im größten Zimmer des Parterres zusammenrief, wartete aber nicht den Erfolg ab, sondern rannte selbst in die Dieneretage hinab.

Nur wenige Leute waren durch das Klingeln geweckt worden, sie hatten noch einen wüsten Kopf und wurden durch den brandigen Geruch erst recht ganz verstört.

„Auf, auf, es brennt, es muß ein großes Feuer sein!"

Langsam kehrte den schon Erwachten die Besinnung zurück, während die meisten ruhig weiterschnarchten.

„John, Wilm, steht auf - schnürt eure Bündel - es brennt - also doch einmal."

Und die Erwachten gingen nach ihren Schränken, kleideten sich ganz gemütlich an und suchten zusammen, was sie mitnehmen wollten - hauptsächlich ihr erspartes Geld und Kleinigkeiten als Andenken, ihre Tabakspfeife und dergleichen.

Da erst fiel Werner ein, welche Instruktion hier betreffs eines Brandes herrschte. Es sollte ja alles brennen, wie es brannte, keine Hand durfte zum Löschen gerührt werden. Er hatte wirklich im Augenblick gar nicht daran gedacht.

Er machte einen Versuch, die Diener dennoch zum Löschen zu bewegen - ganz vergeblich.

„O nein, Herr Doktor, das dürfen wir nicht, das ist doch streng verboten, dann jagt uns ja der gnädige Lord weg“

Sollte man aus den alten Leuten das, was ihnen seit elf Jahren in Fleisch und Blut übergegangen war, einmal wieder herausbringen!

„Aber wo ist denn der Lord?“

„Der wird's schon rechtzeitig merken.“

„Wenn er aber nun in seinem Flügel, wo er schläft, mit verbrennt?“

„Ja, da können wir doch nicht helfen. Dahinein darf niemand, und wenn auch der Lord mit verbrennt.“

Da kam Ruth anspaziert, in einem Korb ihre Puppen, obendrauf nun doch den Perlmuttkasten mit ihrem Geschmeide, fertig, ebenso gemächlich wie die Diener in den Park zu spazieren. Daß sich der Onkel schon selber zu helfen wisse, hielt sie ebenso für ganz selbstverständlich. Daß er mit verbrennen könne, daran dachte sie gar nicht. Es war eben hier schon gar zu häufig die Möglichkeit solch eines Brandes erwogen, es war gewissermaßen fortwährend eine Feuerübung in negativem Sinne abgehalten worden.

Werner hielt sich nicht weiter mit fruchtlosen Bemühungen auf, er stürmte die Treppen empor, um erst einmal zu finden, woher der Qualm käme, dann eilte er wieder an ein Telefon, setzte sich mit der Norwooder Feuerwehrstation in Verbindung.

„Garden Hall brennt?“ wurde dort ganz gemütlich gefragt. „Nun, warum soll's denn nicht brennen? Dann ist ja alles in Ordnung. Wer ist denn dort? Sie, Herr Doktor Werner? Ja, wissen Sie denn das noch nicht? Wir dürfen nicht löschen, das ist alles behördlich abgemacht. Oder sind Menschenleben in Gefahr? Wir sehen doch noch gar keinen Feuerschein."

Der junge Mann machte Schluß.

Da ein Zuck, und blutigrot drang die Glut durch die Fenster. Die Flammen schlugen auch zum Dach heraus.

Nur ein Blick hinaus, und Werner wußte, wo es brannte: in des Lords abgeschlossenem Flügel, und zwar wahrscheinlich in der dritten Etage.

Werner befand sich in der zweiten, und ohne Zögern stürmte er in die Bibliothek und durch die geheime Büchertür. Ganz gleichgültig, wenn der Lord nun auch davon erfuhr. Er befand sich wie in einem Bann, daß er so handeln mußte.

Rauch und Qualm herrschten hier genug, mehr noch, als er die Tür des Badezimmers öffnete, aber sogleich gewahrte er, daß durch dieses Öffnen der Außentüren ein Abzug des Qualms stattfand, von hinten kam sogar ein starker Luftzug. Die Flammen hatten oben einen Ausweg gefunden, nun wirkte der ganze Korridor wie ein Schornstein.

An der Tür des Badezimmers fand Werner die Schaltvorrichtung, das elektrische Licht flammte noch auf, nun sah er auch den Schalter auf dem Korridor, jetzt war alles erleuchtet.

Nicht in der dritten, sondern in dieser Etage war das Feuer entstanden. Es hatte sich aber zuerst einen Ausweg nach oben verschafft, und zwar in dem Zimmer mußte es ausgebrochen sein, in dem er die Betten gesehen hatte.

Dorthinein! Ja, in diesem Zimmer war das Feuer entstanden. Auf welche Weise, das konnte Werner jetzt nicht beurteilen, er sah überhaupt nichts weiter als den Rollstuhl, der neben einem Bett stand, und auf diesem lag unter einer glimmenden Federdecke ein menschlicher Körper!

„Lord Roger!“ schrie Werner entsetzt.

Ja, wer unter solch einer feurigen Decke liegt, der kann keine Antwort mehr geben.

Werner stürzte darauf zu. Schon beim Angreifen des Federbetts sprühte ein Feuerregen auf, dann schlugen die Flammen empor. Er schleuderte die brennende Decke beiseite, immer noch schlugen ihm kleine Flammen entgegen, zugleich mit einem unerträglichen Gestank nach verbranntem Fleisch. Er riß von einem anderen Bett eine Decke und warf sie über den Brandherd, es gelang ihm, das Feuer zu ersticken, dann packte er den menschlichen Klumpen, der sich heiß und klebrig anfühlte, und schleifte ihn mit Aufbietung all seiner Kräfte durch den Korridor nach der Bibliothek.

In solchen Augenblicken weiß ja niemand, was er tut. Werner dachte den Lord noch retten zu können. Daran war natürlich gar nicht zu denken. Später wunderte er sich, wie überhaupt noch die Gliedmaßen an dem Körper hatten haften können. Höchstens hätte es sich um einen Akt der Pietät handeln können, um der Leiche ein ‚anständiges‘ Begräbnis zu sichern.

Werner aber dachte zunächst nur an eine Rettung. Oder er dachte überhaupt gar nichts.

Dicht neben der Bibliothek war eine Treppe. Den schweren Körper diese hinabzuschleifen war nicht so schwierig, ebenso nahe war unten das Ausgangstor, das die Diener doch zu öffnen verstanden hatten, und Werner befand sich mit seiner Last im Freien.

Was hatte er da herausgebracht! Ein gebratenes Stück Fleisch, in dem ein menschliches Skelett steckte! Aber diesem Skelett fehlten die Füße von den Kniegelenken an!

Werner hatte recht gehabt, wenn er den Gedanken, ein Mensch könne aus irgendeinem Grund dreizehn Jahre lang in einem Rollstuhl herumkutschieren, obwohl er noch seine gesunden Füße besaß, als Wahnsinn immer wieder verworfen hatte. Der Lord hatte wirklich keine Füße - es war ja eben auch ganz selbstverständlich.

„Der gnädige Lord!" flüsterten die Diener entsetzt.

Ruth hatte nur einen Blick und einen Schrei, dann fiel sie in Ohnmacht.

Der Riesensteinkasten brannte, und er würde zu einem Schutthaufen zusammenbrennen. Da hilft nichts, wenn auch alle Wände aus meterdickem Granit bestehen.

Dem Feuer widersteht nichts, sonst könnte man ja auch kein Platin schmelzen. Das ganze Haus war von oben bis unten mit Möbeln vollgepfropft, deren Hauptbestandteil doch Holz bildet, und die Flamme brauchte gar nicht hinzukommen, die Hitze war so groß, daß sie von selbst Feuer fingen, man konnte noch sehen, wie mit einem plötzlichen Knall ein Zimmer nach dem anderen in Flammen stand - und nun kam noch die Zugluft durch die springenden Fenster hinzu, überall züngelten Stichflammen - Stichflammen von zehn Metern Länge - schon prasselten die meterstarken Außenmauern zusammen. Der Stein war nicht nur ganz mürbe geworden, sondern an vielen Stellen richtig geschmolzen.

Fernab im Park beobachteten die Diener das furchtbar prächtige Schauspiel. Dann flüsterten sie über den Tod ihres Herrn, dessen verkohlte Reste dort in eine Decke gewickelt lagen - mehr noch natürlich über ihre eigene Zukunft, die ihnen nun bevorstand.

Als Ruth aus ihrer Ohnmacht erwacht war und sich erinnert hatte, was die Decke dort enthielt, war sie in ein herzzereißendes Schluchzen ausgebrochen - bis sie unter Tränen friedlich wieder einschlief. Ganz wie ein Kind. Es war eben ihre Schlafenszeit.

Werner hatte noch Zeit gehabt, seine Koffer in Sicherheit zu bringen, dann konnte er sich seinen Gedanken hingeben.

Also, er hatte doch keine Füße gehabt!

Na, selbstverständlich nicht!

Aber wem hatte da der nasse Männerfuß neben der Badewanne angehört?

Wo waren die Frauen, die von dem ‚menschlichen Ungeheuer' so gefangengehalten wurden, daß sie sich lebendig begraben fühlten?

Gibt man denn solchen Gefangenen jemals die Freiheit wieder, damit sie dann als Ankläger auftreten können?

Kann denn da die größte Summe als Schweigegeld helfen? Ist nicht immer eine Erpressung zu befürchten?

Hatte der Lord den Brand selbst angelegt, um alle lebendigen und stummen Ankläger wider ihn mit einem Mal zu vernichten?

Hatte er nur zufällig selbst dabei seinen Tod gefunden, war selbst ein Opfer der Flammen geworden?

Nein, er hatte im Bett gelegen, jedenfalls entkleidet.

Erst jetzt entsann sich Werner, noch gesehen zu haben, daß über dem Rollstuhl die ihm wohlbekannten Kleider gelegen hatten.

Der Unglückliche mochte im Bett geraucht haben - oder ganz gleichgültig, wie der Brand entstanden - der Lord war ihm zum Opfer gefallen, konnte ihn nicht selbst gelegt haben.

An die nun mitverbrannten fünfhundert Tausendpfundnoten dachte Werner gegenwärtig gar nicht.

Er sollte auch nicht lange Zeit haben, über alles dies nachzugrübeln.

Donnernd dröhnte der eiserne Klopfer gegen das Parktor.

Die ganze Dienerschaft hatte sich wegen der ausstrahlenden Hitze bis dorthin zurückgezogen, sonst hätten sie es gar nicht gehört, die Mauern prasselten unausgesetzt zusammen.

Es wurde geöffnet. In dem blutigen Feuerschein zeigte sich ein Reiter auf abgejagtem Pferd, in der Uniform eines Feuerwehrmanns.

„Auch das noch!" schrie er sofort. „Feuer hier und dort - das ist ja eine gesegnete Nacht - der Pariser Expreßzug ist in einen Güterzug gerannt - alles ein Trümmerhaufen - alles brennt - alles tot! Wo ist Doktor Werner? Sie sind Doktor Werner? Sie sollen gleich hin! Alle Ärzte müssen ran! Sie sollen gleich mein Pferd nehmen!"

Die ganze Sache, wie der Mann zu dieser Ausdrucksweise kam, klärte sich später auf.

Einen Pariser Expreßzug gibt es natürlich in England nicht. Aber die Züge, die den Verkehr von und nach Frankreich bis an die Küste vermitteln, werden allgemein so genannt, auch amtlich. Und die Eisenbahnlinie über Norwood hat Anschluß an die Dampferlinie Dover-Calais, ist außerordentlich frequentiert.

Kurz hinter Norwood war der verspätete Pariser Expreßzug mit einer leer von London zurückkommenden Lokomotive zusammengerannt. Die Waggons bildeten einen brennenden Trümmerhaufen. Und darunter viele Hunderte von Passagieren.

Hätten die Bewohner von Garden Hall vor einer halben Stunde einmal das Tor geöffnet, so hätten sie vor der Mauer die halbe Bevölkerung stehen sehen können. Denn der ungeheure Brand, der, wie allgemein bekannt, nicht gelöscht werden durfte, hatte natürlich jeden aus dem Bett und auf die Beine gebracht, der nicht ganz und gar abgebrüht oder über so etwas erhaben war.

Zu Tausenden waren sie herbeigeströmt, die Millionenmauer umlagernd, in das Feuer starrend, dem Knattern der stürzenden Balken und Mauern lauschend, mit fieberhafter Spannung den Einbruch des ganzen Hauses erwartend - moderne Neros, im Grunde genommen moralisch nicht einmal so sehr von diesem blutigen Cäsaren verschieden, zum Glück für die Menschheit nur nicht so mächtig.

Das ist der Mensch, der im Kunstsalon ein ‚Stilleben' bewundert, das einen prachtvoll gefiederten Hahn zeigt, der mit gebundenen Füßen - aber lebendig! - neben einem Bund Stangenspargel liegt. Das ist der Mensch, wie er leibt und lebt. Oh, über diese Gemütsrohheit! Mensch, dein Name ist Frettwurst. - - -

Niemand soll sagen, daß ja auch eine gewisse Literatur, zu der diese Erzählung gerechnet werden mag, mit Vorliebe blutige und überhaupt grauenhafte, die Nerven kitzelnde Szenen schildert. Das ist etwas vollkommen anderes. Die Dichtung, das erzählende Wort, ist lebendig, kann alles immer wieder ändern und zu einem versöhnenden Schluß bringen. Der Maler hingegen kann nur einen einzigen Moment festhalten, dessen Wirkung für immer dieselbe ist. So ist das Gemälde, das in Lebensgröße zeigt, wie in der französischen Revolutionszeit plündernde Bauern in das Schloß eindringen und der Gräfin, an die sich angstvoll die Kinder schmiegen, das auf eine Partisane gepflanzte Haupt des Schloßherrn vorhalten, einfach eine ästhetische Scheußlichkeit. Wer vor solch einem Bild lange stehen kann, über Farbentechnik, Schatten und Perspektive sprechend, von Kunst schwärmend, der ist ein durch und durch verrohter Mensch, und wenn er auch auf Gummirädern fährt und in Ohnmacht fällt, wenn er sich einmal in den Finger schneidet. Der allerblutigste Hintertreppenroman, in dem doch immer das Gute über das Böse siegt, steht sittlich himmelhoch über solch einem 'Kunstwerk'. - - -

Da hat sich unter der andächtig staunenden Menge die Kunde verbreitet: Der Pariser Expreßzug ist gleich nach dem Verlassen unserer Station in einen Güterzug gerannt - alles ein Trümmerhaufen - alles brennt - alles tot, tot,

tot - alles zerquetscht - die blutigen Gliedmaßen fliegen noch jetzt in der Luft herum!

Ja, Bauer, das war etwas anderes! Ein Eisenbahnunglück, das ist doch ein bißchen interessanter, einen Brand kann man alle Tage erleben. Aber ein Zusammenstoß zweier Züge mit allem, was dazugehört - der ist rar.

Und in hellen Scharen waren die Brandzuschauer nach der Stadt zurückgewandert - nein, zurückgerannt, sie hatten sich gegenseitig überrannt. Kein einziger war zurückgeblieben.

Der von Dover kommende Expreßzug hält eine Minute in Norwood. Gleich nach dem Verlassen der Station, aber als sich der Schnellzug schon wieder in schnellster Fahrt befunden, war es geschehen, noch innerhalb der Weichgrenzen der Stadt, noch zwischen Häusern, Villen, die längs des Bahndamms stehen.

Schutzmannschaft, Feuerwehr und andere diensthabende Beamte waren die ersten, die zu Hilfe eilten. Die ganze Stadt war ja wie ausgestorben. Der Mangel an helfenden Menschen war so groß, daß der Feuerwehrhauptmann ganz den Kopf verlor. „Ärzte, Ärzte her, alle Ärzte müssen ran!" hatte der Bürgermeister gerufen.

Der Feuerwehrhauptmann hatte sich in Gedanken soeben noch mit dem Brand von Garden Hall beschäftigt, die Flammen waren ja von hier aus deutlich zu sehen, er hatte bedauert, daß er da seine Truppen nicht loslassen, sich jetzt nicht einmal als Zuschauer hinbegeben konnte - da kam der Zugzusammenstoß dazwischen, er hatte auch an den deutschen Arzt gedacht, der die Lady mit einer halben Million so urplötzlich geheiratet hatte - das war ja also ein Arzt - und so war es gekommen, daß der Hauptmann, etwas unmotiviert, aber seinem Gedankengang nach dennoch ganz richtig, einen seiner Leute beritten nach Garden Hall geschickt hatte, um den deutschen Doktor von der Brandstelle wegzuholen - und ebenso drückte sich nun auch der Abgesandte aus.

Doch Werner spürte diesem Gedankengang jetzt nicht nach. Es war genug, was er gehört hatte. Seine ärztliche Hilfe wurde gebraucht. Er nahm schnell aus seinem Koffer das chirurgische Besteck, empfahl die schlafende Ruth dem Schutz der Diener, fragte den Feuerwehrmann, wo ungefähr die Unglücksstelle sei, schwang sich auf dessen Pferd und jagte in den grauenden Morgen hinein.

In kaum zehn Minuten hatte er den Bahndamm erreicht, auf dem die brennenden Wagentrümmer lagen. Schrecklich genug! Aber ein Glück war, daß es sich nicht um viele Hunderte von Passagieren handelte, mit denen dieser Zug sonst auch immer besetzt war. Er hatte aus irgendeinem Grund erst eine Stunde später, als es im Fahrplan stand, von Dover abgehen können, infolgedessen hatten die meisten Passagiere, die auf vollgepfropftem Schiff von Frankreich herübergekommen waren, eine andere Linie nach London benutzt, wie ihnen auch von der Verwaltung angeboten worden war.

Immerhin, die anwesenden Ärzte und freiwilligen Krankenträger hatten genug zu tun. Die neben dem Bahndamm stehenden Villen öffneten ihre Türen als Samariterhäuser.

Man hätte immerhin den deutschen Arzt nicht von dem Brand des Hauses, das er als sein eigenes bezeichnen durfte, wegzuholen brauchen. Als er kam, traf auch schon von London eine Lokomotive mit drei Wagen ein, vollbesetzt mit Ärzten und geschulten Lazarettgehilfen.

Der junge deutsche Arzt trat bescheiden zurück. Er hielt es für besser, sich an den Rettungsarbeiten zu beteiligen, die Wimmernden unter den Trümmern hervorzuziehen, und auch da konnte seine ärztliche Erfahrung genau nützen.

Die größte Schwierigkeit bot ein Mann, der mit dem ganzen Oberkörper aus den Trümmern heraussah. Nur die Beine steckten noch dazwischen. Man hatte sich noch gar nicht um ihn gekümmert, da gab es erst anderen zu helfen, die sonst verbrennen konnten, die jämmerlich schrien. Der Mann lag so friedlich da, schnarchte sogar, wenn es wohl auch ein Röcheln war, bei dem sich an dem schwarzbärtigen Mund auch etwas Blut zeigte, die Trümmer brannten nicht - man ließ ihn vorderhand noch liegen.

Jetzt, als Werner ihn herausziehen wollte, zeigte sich, daß es gerade der allerschwerste Fall war. Er hatte sich total festgeklemmt, immer neue Trümmer stürzten auf ihn herab, und immer schneller fraßen sich die gierigen Flammen heran, um ihre Beute zu verzehren.

Nur durch Werners umsichtige Leitung der Abräumungsarbeiten gelang es, ihn noch rechtzeitig zu befreien.

Die Hosenbeine waren ganz zerfetzt und blutig, mehr war jetzt nicht zu sehen. Zwei Krankenträger legten ihn auf eine Bahre. Werner ging mit.

In den Landhäusern trat schon Platzmangel ein, wenigstens, wenn die Verwundeten richtige Betten bekommen sollten.

„Mein Schlafzimmer ist noch frei", flüsterte eine alte Dame mit gefalteten Händen.

Gut, die Krankenträger marschierten die Treppe in der höchst eleganten Villa hinauf bis in das Dachgeschoß, betraten das freundliche Schlafzimmerchen der alten Dame, die als Verwandte hier wohl so eine Art von ‚Auszug'[1] genoß.

„Wo wollen wir ihn hinlegen?" fragte ein Krankenträger unwirsch, mit einem scheuen Blick nach dem blütenweißen Bett und dann nach der zerfetzten und blutigen Hose des Bewußtlosen.

„Ach, bitte, hier ins Bett", flüsterte wieder die gute

[1] Altenteil

Dame und schlug die Decke zurück.

Werner ließ ihn betten, dann war sein erstes, daß er die Hosenbeine vollends aufschlitzte und abschnitt.

Beide Schienbeine waren total zermalmt. Bei diesem Anblick durchzuckte den jungen Deutschen eine eigenartige Empfindung.

Hatte denn das Schicksal in seiner Weisheit bestimmt, daß er es hier in England fortwährend mit zerschmetterten oder abhandengekommenen Beinen zu tun haben sollte, aber immer nur von den Knien an?

Noch ehe er an eine nähere Untersuchung gehen konnte, kam ein junger Mann eilfertig herein, unter dem Arm ein großes Etui, so eine Art Violinkasten. Es war ein englischer Arzt, der eifrigst nach Arbeit suchte.

„Die müssen ab, die müssen ab", sagte er, als er noch kaum einen Blick auf den Verunglückten getan, setzte den Violinkasten auf den Tisch, entnahm ihm statt des Violinbogens eine große Säge und ein Schlachtmesser, zog auch gleich seinen Rock aus und krempelte die Hemdärmel hoch.

Ja, recht hatte er, ab mußten diese zerschmetterten Unterbeine. Der junge Mann hätte es nur nicht mit solch energischer Freudigkeit zu sagen brauchen.

„Er scheint auch in der Brust eine innere Verletzung zu haben..."

„Erst die Beine, erst die Beine - es ist meine erste Beinoperation!"

Der dienstbeflissene Engländer wurde etwas anders, als sich ihm Werner als Kollege vorstellte. Na, dann machten's eben beide zusammen, teilten sich in den Ruhm.

Noch ehe es soweit war, kam ein anderer herein, mit einer Dienstmütze.

„Meine Herren, immer erst die Personalien feststellen, das muß das allererste sein."

Und er begann die Taschen des Bewußtlosen zu visitieren. Eine sehr dicke Brieftasche kam zum Vorschein. Der Beamte öffnete sie, sah etwas, was ihn recht verblüfft machte.

„Jesus Christus und General Jackson - lauter Tausendpfundnoten - und was für ein Haufen - das müssen doch wenigstens - ein halbes Tausend Stück sein!"

Ja, auch Werner stierte nicht schlecht auf das dicke Pack Tausendpfundnoten, das der Beamte in seiner Hand hielt.

Fünfhundert Tausendpfundnoten - wenn man diese Zahl als richtig annahm - zehn Millionen Mark in solchen Tausendpfundnoten trägt doch nicht jeder Mensch immer bei sich...

Werner blickte auf den bewußtlosen Mann, blickte ihm zum ersten Mal schärfer ins Gesicht...

Es war ein großer, starker, sogar herkulisch gebauter Mann, das todblasse Gesicht, von einem schwarzen Vollbart umrahmt, zeigte edle Züge...

Aber was war denn das?

Langsam streckte Werner die Hand aus, um diesen Vollbart, der sich oben auf der rechten Backe etwas abgelöst hatte, vollends abzunehmen - und da ging auch gleich der stattliche Schnurrbart mit ab...

„Lord - Roger - Norwood!"

Stöhnend schlug der jetzt bartlose Mann die Augen auf. Wild stierte er den vor ihm stehenden Arzt an, stöhnend schloß er wieder die Augen.

„Das ist die Rache des Himmels!" kam es nur noch von seinen bleichen Lippen, ehe er wieder in Ohnmacht fiel.

Und dann begann die Operation. Aber Doktor Werner konnte dabei nicht mit tätig sein, die Hände zitterten ihm zu sehr.

13.

Es war noch immer das freundliche Dachstübchen in der vornehmen Villa, und das blutig gewordene Bett war wieder so blütenweiß wie zuerst.

Seit gestern war Werner nicht von diesem Bett gewichen. Es genügte ihm, erfahren zu haben, daß Ruth in einer Londoner Pension gut untergebracht war.

Der andere Arzt hatte nicht viel Zeit gehabt, hatte gleich wieder in seine Klinik zurückgemußt, und auch der Bahnbeamte war wieder gegangen, ohne sich erst eine Erklärung geben zu lassen. Dann war, schon gestern, noch ein anderer Beamter gekommen, hatte alles gefordert, was der Verletzte in seinen Taschen gehabt, hatte Doktor Werner als Zeugen hierüber eine Quittung gegeben, hatte alles mitgenommen, auch die fünfhundert Tausendpfundnoten und noch viel anderes Geld, hatte sich noch nicht wieder sehen lassen.

Der Amputierte lag regungslos im Bett. Auch ging ein Gurt über seine Brust, der ihn niederhielt. Seit nun schon dreizehn Stunden lag er so regungslos da. Daß er nicht bewußtlos war, wußte Werner, der selbst noch kein Auge zugetan. Dazu atmete er viel zu tief - und zu schwer. Manchmal entstieg ein stöhnender Seufzer seiner breiten Brust. Auch die Augen hatte er schon manchmal aufgeschlagen. Aber sobald Werners Blick ihn traf, schloß er sie schnell wieder, und dann machte er sie gar nicht mehr auf. Er wollte den jungen Arzt nicht sehen, ihm wenigstens nicht ins Gesicht blicken. Auf Werners Anrede antwortete er nicht, verschmähte ihm angebotene Speise und Trank, obgleich seine Lippen im Fieber brennen mußten - er wollte als ohnmächtig gelten, lieber als Toter.

„Doktor Werner!" erklang es da leise.

Der junge Mann hatte gerade einmal seitwärts gesehen, jetzt stand er schnell auf, trat vor das Bett.

Und nun hielten die großen, runden, orientalischen Augen seinen Blick aus.

„Ich bin es - wirklich“, flüsterten die trockenen, von der Fieberhitze aufgesprungenen Lippen.

„Ich weiß es.“

„Und ich bin es - dennoch nicht.“

„Ich weiß es.“

„Was?“ wollte der Lord emporfahren, woran ihn aber der Gurt hinderte.

„Regen Sie sich nicht auf. Sie sind nicht der wirkliche Lord Roger von Norwood.“

„Woher wissen Sie...“

„Nun, schon einfach deshalb nicht, weil Sie noch beide Füße haben oder doch bis gestern hatten, und daß sie dem Lord Roger vor dreizehn Jahren wirklich amputiert wurden, daran ist doch wohl kein Zweifel.“

Wieder schloß der falsche Lord die Augen, er stöhnte nur.

„So geben Sie jetzt der Wahrheit die Ehre“, nahm Werner abermals das Wort.

„Fragen Sie!“ wurde geflüstert.

„Haben Sie den Brand selbst angelegt?“

„Ja.“

„Wer war der Mann, der in einem der verschlossenen Schlafzimmer im Bett lag?“

Wieder wollte der Lord emporfahren, beherrschte sich aber noch. Jetzt war sein Schreck auch gar nicht mehr so groß.

„Also man hat ihn gefunden?“

„Ja. Ich selbst.“

„Hat man ihn noch erkennen können?“

„Nein, schon vollkommen verbrannt, verkohlt. Nach den fehlenden Füßen mußte man die Leiche für die Ihre halten, und das haben Sie gewollt."

„Ja. Ich war so vorsichtig gewesen - und doch - alles, alles umsonst... Oh, ich habe die Gerechtigkeit Gottes kennengelernt!"

„So versuchen Sie sich durch ein offenes Geständnis wenigstens in etwas zu entsühnen."

„Ich will gestehen - alles - alles."

„Wer war dieser Mann, dem beide Füße von den Knien an fehlten?"

„Sie ahnen es nicht?"

„Die Leiche Harrys, die Sie aus dem Sarg genommen haben. Sie haben ihr die Beine abgeschnitten."

„Woher wissen Sie...", erklang es abermals, und jetzt wirklich mit entsetztem Blick.

„Das Manöver mit dem Sarg war doch etwas auffällig. Und während der dreizehn Stunden, die ich hier neben Ihrem Bett schlaflos verbracht, habe ich doch manche Offenbarung gehabt."

„Ja, es war Harry."

„Mit was haben Sie denn den Sarg beschwert?"

„Mit alten Büchern."

Der junge Arzt schüttelte sich einmal, schauerte zusammen und richtete sich ruhig wieder auf.

„Ich will nicht über Sie richten. Mag Gott Ihnen gnädig sein."

Das Gesicht des Lords, wie wir ihn noch immer nennen wollen, veränderte sich, und dann kam es in ganz anderem Ton über seine Lippen, weinerlich:

„Ich war eigentlich nie ein schlechter Kerl - und meine kleine Ruth, ich hatte sie so lieb - ach, so lieb!"

Und da zeigte sich, daß dieser junge deutsche Arzt wirklich ein echter Detektiv war. Denn in diesem Augenblick wußte er ganz genau, was jetzt in dem Herzen dieses Verbrechers vor sich ging.

Es wäre gar nicht nötig gewesen, daß Werner mit eigenen Augen beobachtet, wie sehr dieser Mann an Ruth gehangen, daß ihm Jim erzählt hatte, welch rührende Liebe er besonders früher dem kleinen Kind entgegengebracht, wie er es so oft auf seinen Armen gewiegt und es immer vor sich auf dem Rollstuhl herumkutschiert habe.

Aber Jim wollte auch bestimmt wissen, daß diese große Liebe zu dem noch hilflosen Kind erst da eingetreten sei, als er die alten Diener fortschickte und die neuen engagierte. Früher, vor Jims Zeit, hätte sich der Lord gar nicht viel um das Kind gekümmert, und seine Gattin hätte es sogar trotz aller Engelhaftigkeit manchmal geradezu schlecht behandelt.

Nach dem Tod der Gattin und noch mehr nach dem Verlust seiner Beine sei der Lord plötzlich eben ganz verwandelt gewesen – wenigstens in bezug auf die kleine Ruth. Auch sein früherer Jähzorn habe sich dann schnell gelegt.

Nun, Werner wußte jetzt den Grund dafür. Da war der echte Lord Roger eben durch einen falschen ersetzt worden.

Nein, ein ‚schlechter Kerl' war das nicht – mochte er auch noch so viele Verbrechen auf dem Gewissen haben.

„Sie soll es nicht erfahren."

Werner wurde sofort verstanden. Wie himmlische Freude blitzte es in den großen, jetzt verschleierten Augen auf, hastig ergriff der falsche Lord des jungen Mannes Hand mit seinen beiden.

„Ist das möglich?"

„Ruth kann nicht anders glauben, als daß der verkohlte Leichnam, den ich aus dem Feuer schleppte, der ihres Onkels sei, den sie so liebte..."

„Ach, und wie, und wie!"

„Sie befindet sich jetzt in London in einer Pension, wo sie nicht minder abgeschlossen ist von aller Welt als in Garden Hall, und ich werde dafür sorgen, daß sie nichts von der veränderten Sachlage erfährt - ihr zuliebe - und um Euch den Tod leicht zu machen."

Es waren etwas dunkle Worte gewesen, aber der mehr von seelischen als von körperlichen Schmerzen gemarterte Mann hatte sofort verstanden, er begehrte zu trinken, trank einen großen Krug Zitronenwasser aus, und dann war er bereit, ein zusammenhängendes Geständnis abzulegen.

„Ich heiße Daniel Nofear. - Daniel Ohnefurcht. Oder einfach Damned Dan - der verfluchte Dan. Bin in Sydney geboren. Als kleines Kind lag ich heute in einer vergoldeten Wiege mit Baldachin, morgen in einem Waschtrog. Übermorgen vielleicht auf einem Misthaufen. Und dann kam wieder einmal die vergoldete Wiege dran. Je nachdem meine Mutter Geld verdiente. Wie sie die Gimpel rupfen konnte! Die Whiskey-Queen hieß sie. Hahaha! Aber sie war eine gute Mutter. Wenn sie nicht besoffen war! Großgeworden bin ich zwischen Spielern und Mördern, zwischen rohen Buschräubern und zwischen den geschliffensten Kavalieren, die sich um die Ehre stritten, der Vater des kleinen Damned Dan zu sein. Ich lernte das Handwerk. Damned Dan war ein tüchtiger Kerl, vor dem sie alle Respekt hatten. Habe manchen Geldsack leichter gemacht, manchen zur Hölle geschickt. Bereue es nicht. Sie gehörten in die Hölle, samt und sonders.

Ich war eben dabei, im Spiel einige Grafen und Barone auszunehmen, die mich für ihresgleichen hielten, als die Kunde sich wie ein Lauffeuer verbreitete: In den Ulla-Ulla-Bergen ist Gold gefunden worden! Das Gold liegt in großen Brocken zutage! Ihr könnt mir glauben: Es gab Augenblicke genug, ganze Stunden, wo ich dieses Leben herzlich satt hatte, wo ich mich vor mir selbst schämte. Aber ich will mich nicht etwa weißwaschen. Ich konnte hungern, konnte tagelang im Sonnenbrand durch die Wüste ohne Wasser marschieren - aber zu einer ehrlichen, das heißt wirklichen Arbeit hätte ich mich nie entschließen können. Ich war ein Abenteurer. Das Blut des Vaters und der Mutter!

Schon zweimal hatte ich es als Goldgräber versucht. Hatte dabei nur immer mit Enttäuschungen und mit dem Tod zu kämpfen gehabt. In dem neuentdeckten Goldfeld sollte es anders sein. Es war mit dem Gold Tatsache. Nach den Ulla-Ulla-Bergen konnte man nur von Adelaide aus gelangen. Ich gehörte mit zu den dreihundert ersten Glücklichen, denen es gelang, auf dem ersten von Sydney nach Adelaide gehenden Dampfer sich mit Messer und Revolver einen Platz zu erobern und zu behaupten. Scheußlich, dieses Gold! Ich kam nach Adelaide. Es war die zweite Expedition, der ich mich anschloß. Die Freude war schon etwas gedämpft. Ja, ein Goldfeld war gefunden. Aber der furchtbare Weg dorthin!

Doch davon später! Da sehe ich unter den mitziehenden Goldsuchern einen Mann – Teufel, denke ich, wenn du dir deinen Bart abnimmst, dann bist du doch dem so ähnlich wie ein Ei dem anderen! Denn mir wucherte schon mit zwanzig Jahren ein stattlicher Bart, und der da war glattrasiert. Ich selbst hatte mich einmal so im Spiegel gesehen, als ich ein halbes Jahr abgebrummt hatte. Nur wegen Rauferei. Sonst haben sie mich nie erwischt.

Also der Mann da war mein Doppelgänger. Aber Sie wissen wohl, wie sehr ein Vollbart verändert. Ich suchte seine Bekanntschaft. Baronet Roger Norwood. Er betonte immer den Titel. Er war ein Renommist, ein Jammerlappen, ein Fatzke, ein Lump durch und durch. Er war ein Halunke! Seht, so spreche ich – ich, der ich mehr Menschen ins Jenseits geschickt habe, als ich an den Fingern aufzählen kann, beim Spiel, im Zorn, und einmal habe ich auch einen reichen Filz totgeschlagen, um seinen vollen Geldbeutel in meine Tasche zu bekommen. Kein Mensch hat den Kerl vermißt. Jener aber, dieser Baronet und spätere Lord Roger Norwood, der hat aus dem Wasserschlauch seines besten Freundes getrunken, bis der Schlauch leer war - und dann hat er seinen Freund, der ihn tagelang auf dem Rücken geschleppt hatte, verschmachten lassen, während er selbst noch eine volle Lederflasche hatte. Seht, Doktor, das nenne ich einen Schuft."

Der Erzähler begehrte zu trinken. Schweigend reichte Werner ihm den Krug, und ihm grauste nicht davor, die im Fieber zitternde Mörderhand zu halten.

„Es war ein Todesmarsch. Nach acht Tagen hatten wir noch nicht die Hälfte des Weges zurückgelegt, und von uns war schon über die Hälfte liegengeblieben, den Dingos ein Fraß. Und dann fing es erst richtig an. Mit dem Revolver mußte man sein - nicht sein Leben, sondern sein Blut verteidigen. Sie wollten es saufen. Und wieder einige Tage später waren nur noch wir beide übrig, ich und der Baronet Roger.

Warum gerade wir beide? Irgendeiner muß doch zuletzt drankommen. Und das war eben ich. Oder aber: Ich verstand eben schon etwas vom Leben im Busch und in der australischen Wüste, wußte mich immer durchzuschlagen, und meine bewaffnete Hand war die schnellste. Den Jammerlappen von Baronet hatte ich mit durchgeschleppt. Er hing sich wie eine Klette an mich. Und ich hatte seine Bekanntschaft gesucht, da konnte ich ihn auch nicht wieder fallenlassen. Ich bin nun einmal so. Ja, ich habe den schweren Kerl wirklich geschleppt, auf dem Rücken, tagelang, wochenlang - er hatte sich den Fuß verrenkt - immer durch die sonnverbrannte Wüste von Wasserloch zu Wasserloch, und während ich den Kerl auf dem Rücken hatte und mir die Zunge schon seit Tagen aus dem Hals hing, trank dieser Schuft immer heimlich aus meiner Wasserflasche - und als ich's endlich merkte, konnte ich den Lump dennoch nicht totschlagen - ich gab ihm nur ein paar Ohrfeigen, dann schleppte ich ihn weiter - was wollen Sie?"

Werner hatte dem Erzähler die Hand gedrückt.

„Fahren Sie fort!"

„Ich schlug eine andere Richtung ein, beobachtete die Vögel, um Wasser zu finden. Ich kam durch. Aber ein Vierteljahr habe ich gebraucht, ehe ich die Küste wieder erreichte. Freilich haben wir ja wochenlang an einem Wasserloch gelegen, um mich zu erholen, bis ich den Halunken weitertragen konnte, dessen Fuß nicht heilen wollte. Ich glaube, er konnte schon längst wieder gehen, ließ sich lieber tragen. Und da hat er mir viel erzählt. So erfuhr ich seine ganze Verwandtschaft und seine sonstigen Verhältnisse. Sie sahen damals traurig genug aus. Und wie der sich hier in Adelaide bisher durchgeschlagen, das war erst die richtige Schurkerei. Richtiges Falschspiel, sich von Frauenzimmern ernähren lassen. So was habe ich nie gekannt.

In der ersten Stadt, die wir erreichten, konnte Roger plötzlich wieder laufen, und ich kam fieberkrank bis zum Tod ins Hospital. Nach vier Wochen besuchte er mich einmal. Er war ganz Glück. Sein Bruder, der Lord, war in London gestorben, oder in seiner Residenz Garden Hall, hatte sich erschossen und Roger mit zum Erben eingesetzt. Ich erfuhr das ganze verrückte Testament. Jetzt fuhr er nach London. Drückte mir zum Abschied eine Guinee in die Hand. Ich war zu schwach, um sie ihm vor die Füße zu werfen. Sonst hätte ich ihn zu Boden geschlagen. Nicht, weil er mir nur ein Goldstück gab. Hatte vielleicht selbst nicht viel. Weiß ich nicht. Sondern weil der Halunke sich vier Wochen hier in dieser Stadt aufgehalten und mich nicht einmal besucht hatte, um mir eine Apfelsine zu bringen.

Ein Jahr verging. Ich führte mein altes Leben weiter. Da packte mich wieder einmal der Ekel. Du willst doch arbeiten, Dan. Nur einmal probieren. Da traf ich einen Mann, der aus London kam. Konnte mir von Lord Roger Norwood erzählen. Führte ein großes Haus, hatte eine riesige Farm, trieb hauptsächlich Pferdezucht. Der Mann war nicht richtig orientiert. Ich aber dachte wieder an meinen Kameraden. Mein Rücken tat mir gleich wieder weh. Der kann mir doch helfen, dachte ich. Pferdezucht, das war gerade mein Fall, dabei ein freies Leben, nur alle Monate einmal mit voller Tasche in die Stadt gehen und sich austoben - du probierst's.

Ich war wieder einmal ganz blank. Ich spielte ehrlich und verlor auch oft genug, wenn ich nicht den richtigen Gimpel vor mir hatte. Leicht hätte ich mir ja dennoch durch Spiel oder auf andere Weise Geld zur Überfahrt verschaffen können, aber schon hatte ich bei dem letzten Rest Ehre, den ich noch besaß, gelobt, keine Karte mehr anzurühren, und ich wollte jetzt eine ehrliche Arbeit anfangen.

Die Ernsthaftigkeit meines Gelübdes zu beweisen, dazu war ja gleich die beste Gelegenheit. Arbeit bleibt Arbeit. Also ich arbeitete mich auf einem Dampfer als Kohlenzieher nach England, und ich kann nur sagen, daß ich da, nachdem ich die ersten fürchterlichen Tage überstanden hatte, einmal das Glück der Arbeit gekostet habe.

Aller Mittel entblößt kam ich in London an. Vor zwölf Jahren. Im Winter. In der Nacht. Ach, ich weiß noch, wie ich in der bitterkalten Januarnacht mit meinen klaffenden Schuhen auf der Landstraße nach Norwood durch den Schnee watete, wo ich aus dem heißen Süden und direkt aus dem noch heißeren Heizraum kam.

Daß das mit der Pferdezucht und überhaupt mit der ganzen Farm ein Irrtum gewesen war, hatte ich unterdessen schon erfahren. Lord Roger hatte geheiratet, seine Frau schon wieder verloren, hatte das große Unglück mit seinen Füßen gehabt, war zum Einsiedler geworden. Desto mehr wird er sich jetzt deiner erinnern, diese Schicksalsschläge werden ihn geändert haben, sagte ich mir. Ja, der eitle Renommist hatte sich auch sehr verändert - aber wie!

Es war in der neunten Stunde, als ich das Tor von Garden Hall erreichte. Alles noch erleuchtet. Ich ließ den Klopfer schallen. Kein Fremder hatte Zutritt. Ich schrieb etwas auf einen Zettel. Da wurde ich vorgelassen.

Ja, dieser Luftikus hatte sich sehr, sehr verändert. Er war ein Frömmler geworden - oder doch ein Moralprediger. Und mit dieser seiner Moral behandelte er mich niederträchtig. ‚Ja, wie soll ich dir helfen? Ich kann dir wohl hundert Pfund geben, tausend Pfund, zehntausend Pfund - - aber was nützt das dir? Du würdest das Geld verjubeln, dann wäre es die alte Geschichte, dann würdest du wieder so zerlumpt zu mir kommen und neues Geld von mir fordern, weil du mich einmal ein paar Stunden auf dem Rücken getragen hast. Und dabei würdest du nur immer mehr Schaden an deiner Seele erleiden, was ich gar nicht verantworten kann!‘

So sprach dieser Halunke. Verstehen Sie, Herr Doktor, weshalb ich ihn einen Halunken nenne?“

„Selbstverständlich, selbstverständlich! Fahren Sie fort!“

„‚Ehrliche Arbeit! Es gibt nichts weiter in der Welt als ehrliche Arbeit‘, predigte er mir weiter vor, mir, der ich eben erst erzählt hatte, wie ich mich als Kohlenzieher herübergearbeitet, weil ich bei ihm eine gute Stelle zu erhalten hoffte.

‚Eine gute Stellung? Was kannst du? Was hast du gelernt? Ich kann dich nur mit dem beschäftigen, was deinen Fähigkeiten entspricht, darf dich keinem anderen vorziehen, das bin ich der ewigen Gerechtigkeit schuldig.‘

Und so schwatzte er noch weiter von der ewigen Gerechtigkeit und seinen sonstigen Erkenntnissen, die er durch den Tod seiner Frau und durch seinen Unglücksfall als Offenbarung direkt von Gott erhalten habe. Und ich saß naß und verhungert daneben.

Zuletzt bot er mir eine Stelle als Diener an. Teppichausklopfen und dergleichen. Was sollte ich tun? Ich war ja vor Hunger ganz gebrochen, sehnte mich nach einem Stück gebratenen Fleisch wie der Teufel nach einer Seele, und der Kerl bot mir nichts an. Und betteln kann ich nicht, nicht einmal um so etwas. Wäre ich nicht so gierig nach Essen gewesen, ich hätte den Halunken ja gleich ins Gesicht geschlagen.

Also gut, ich sagte zu. Da fragte er mich auch, ob ich Hunger habe. Als ich gesättigt war, wiederholte ich meine Zusage mit einer Art von wildem Humor. Sie verstehen wohl. Dann mußte ich ihm noch schwören, nichts von unseren australischen Abenteuern zu verraten, und die Sache war all right. Am nächsten Tag fing ich meine Hausarbeit an, scheuerte den Korridor..."

„Wie, Sie sind in Garden Hall wirklich Diener gewesen?" unterbrach Werner den Erzähler mit größtem Staunen.

„Gewiß, ein halbes Jahr lang."

„Und davon hat man nichts bemerkt?"

„Was denn bemerkt?"

„Nun, Ihre Ähnlichkeit..."

„Wir hatten nur eine Statur, nichts weiter. Ich trug einen Voll- und starken Schnurrbart, der mir ein total anderes Aussehen gab. Haben Sie mich etwa eher erkannt, als bis Sie mir den falschen Bart abnahmen?"

Werner mußte ihm beistimmen. Solch ein das ganze Gesicht einrahmender Vollbart verändert ja ungeheuer, da haben die gleichen Gesichtszüge, die gleiche Nase, die gleichen Augen, auch die gleiche Stimme und alles andere gar nichts zu sagen, wenn der Doppelgänger sich glattrasiert.

„Gleich am ersten Tag machte ich die nähere Bekanntschaft der kleinen Ruth. Das dreijährige Kind war körperlich schon sehr entwickelt, dafür geistig etwas zurückgeblieben, was es dann um so schneller nachgeholt hat. Oder eigentlich nicht gerade geistig zurückgeblieben. Aufgeweckt war sie schon. Aber das Sprechen fiel ihr sehr schwer. Konnte mit drei Jahren noch immer nichts weiter als ‚tata' sagen. Das machte die Einsamkeit. Na, das Schwadronieren hat sie ja dann um so besser gelernt, trotz aller Einsamkeit.

Und dieses Kind hatte es mir gleich vom ersten Tag, von der ersten Stunde an angetan. Es war wie eine gegenseitige Sympathie. Gewiß, weiter war es auch nichts. Das Kind wollte immer bei mir sein, mich am Bart zupfen, auf meinen Knien herumkrabbeln, mir bei der Arbeit helfen. Und ich, der ich mir bisher verteufelt wenig aus Kindern gemacht hatte, erlag dem Zauber. Ja, ich kam ihr entgegen. Es hatte mich etwas gepackt.

Kurz, nur wegen der kleinen Ruth blieb ich in dem Haus Handlanger. Der Lord wurde eifersüchtig auf mich. Er wollte nicht leiden, daß das Kind immer so um mich war. Das konnte er jedoch nur verbieten, in dem großen, türenlosen Haus nicht verhindern.

Der Lord selbst war dem Kind durchaus nicht gewogen. Natürlich wegen der Erbschaftsgeschichte, weil er noch zwölf Jahre warten mußte. Hätte er gekonnt, so hätte er das Kind sicher mißhandelt, es unter die Erde zu bringen versucht. Daran ist für mich gar kein Zweifel. Aber das Kind war doch ein überaus kostbares Objekt. Mister Pokeyen, der alte Quäker, war noch ein Anhänger der Prügeltheorie, oder aber, von seinem Standpunkt aus: Wer seine Kinder liebhat, der züchtigt sie – und die kleine Ruth hatte es ja tatsächlich auch sehr oft nötig. Aber weder die Amme noch der Lehrer durften sie schlagen. Das besorgte der Lord selbst, wenn ihm eine Missetat gemeldet wurde. Und dann ging er stets höchst vorsichtig mit der Rute zu Werk, damit das kostbare Objekt ja nicht beschädigt werde. Das konnte er auch, denn er selbst war dann innerlich dabei gar nicht beteiligt, die ungesehene Missetat ließ ihn kalt. Ärgerte er sich aber selbst einmal, dann brach bei ihm der Jähzorn hervor, dann gab es schnell eine Ohrfeige, worüber er dann selbst heftig erschrak - das heißt, er untersuchte das Kind sorgfältig, ob es ihm etwas geschadet habe. Ich aber fühlte heraus, was für einen Widerwillen er gegen das arme Kind hegte, und das machte ihn mir nur noch verhaßter - um so weniger konnte ich dieses Haus und die kleine Ruth wieder verlassen.

Nun muß ich erst eins erwähnen. Ich habe mich nicht besser gemacht, als ich bin. Ich hatte schon viel auf dem Kerbholz, sogar einen Raubmord. Aber daß ich damals den reichen Filz totgeschlagen habe, der mir in meiner Not ein paar Schillinge verweigerte, das hat mein Gewissen nie belästigt und tut es heute noch nicht. Ich habe da meine eigenen Ansichten, unterscheide zwischen Mensch und Mensch. Es gibt genug Menschen, die gar keine sind, auch ich mag zu ihnen gehören. Jedenfalls war das nichts anderes für mich, als wenn ich ein Wild erlegt und dann seine Haut verkauft hätte.

Während dieses halben Jahres war mir schon mehrmals ein Gedanke aufgetaucht. Wenn ich mich rasierte, so sah ich genau wie der Lord aus, Zug um Zug. Und ich wäre ein guter Schauspieler geworden. Der Austausch der Rollen hätte hier so einfach erfolgen können, gerade durch die Sonderbarkeiten des Lords, der sich schon damals manchmal tagelang in die Räume einschloß, die kein anderer Mensch betreten durfte. Und der Rollstuhl, außerhalb dessen man ihn nie sah, verhüllte doch das Vorhandensein der Füße. Seine sonstigen Gewohnheiten hatte ich mit meinem scharfen Blick doch nun schon zur Genüge studiert.

Kurz, ich erwog manchmal, wie leicht es doch wäre, die Rolle des Lords zu spielen. Ich erwog es, nichts weiter. Deshalb den Lord zu beseitigen, daran dachte ich nicht, ich bin eigentlich gar keine verbrecherische Natur. Freilich sagte ich mir auch schon manchmal, daß es doch nichts schaden würde, wenn man diesen Lump beseitigte.

So flüsterte mir der Teufel fortwährend zu - wie gläubige Seelen sagen würden. Und wenn ich ihm noch nicht Gehör schenkte, so war das eigentlich nicht meine eigene Tugend, sondern es mußte nur einmal eine besondere Gelegenheit kommen, dann geschah es ganz von selbst.

Eines Tages, ich war schon ein halbes Jahr im Haus, war die kleine Ruth wieder um mich herum, wollte mir beim Fensterputzen helfen, rang den nassen Lappen aus und reichte ihn mir zur Leiter hinauf. Es war dicht neben dem durchgehenden Fahrstuhl.

Da kam im Liftzimmer der Lord herauf, machte bei unserem Anblick ein wütendes Gesicht. ‚Ruth, komm her! Was machst du denn da schon wieder! Habe ich dir nicht immer und immer gesagt, du sollst dich mit keinem Diener abgeben?‘ Patsch! Und das Kind bekam eins an die Backe, daß es gleich gegen die Wand geschleudert wurde und ihm das Blut aus der Nase schoß.

Der Lord war tödlich erschrocken. Mit mir aber war es noch ganz anders. Ich hatte diese Patscherei schon oft genug mit angesehen und hatte sie nun satt. Also ehe der Lord noch seinen Rollstuhl in Bewegung setzen konnte, war ich schon bei ihm und gab ihm gleichfalls einen Patsch. Aber mit der Faust. Gegen die Schläfe. Und da japste er noch einmal, und dann war er tot.“

Der Erzähler leerte den Limonadenkrug, und dann

fuhr er mit der größten Seelenruhe fort:

„So ruhig, wie ich das jetzt erzähle, war ich auch damals. Na, nun ist es ja doch geschehen, nun einmal weiter, sagte ich mir. Einen Blick um mich geworfen - niemand war zu sehen. Ich bin in das Liftzimmer hinein und in die Höhe gerutscht. Wir waren schon in der vierten Etage, dann kam der Boden, wir konnten also doch auch nicht mehr gesehen werden.

Die Bodeneinrichtung kennen Sie wohl. Da überhaupt nur mit einem Lift hinaufzukommen ist, sind dort oben keine besonderen Sicherheits-, nur starke Vorhängeschlösser. Und der Lord hatte den Schlüssel in der Tasche. Über den Boden hinweg gelangte ich in das Allerheiligste, schob den Rollstuhl mit dem toten Lord vor mir her. Mit dem inneren Lift hinab. Hatte seine eigenen Räume in der zweiten Etage schnell gefunden. Mir den Bart abgeschnitten, mich rasiert, Sachen aus, die des toten Lords angezogen... Zehn Minuten später, nachdem ich ihn totgeschlagen, war ich schon wieder als Lord Roger im Krankenwagen drüben, erkundigte mich bei Mister Pokeyen, ob mein Jähzorn der Kleinen etwas geschadet habe. - Was haben Sie?"

Werner hatte eine Bewegung des Staunens, fast des Schreckens gemacht.

„Das haben Sie gewagt?"

„Weshalb nicht? Wie gesagt, ich war ganz eiskalt dabei. Nun ist es geschehen, nun heißt es entweder - oder. Und außerdem mußte ich mich schnellstens zeigen, ich mußte mich doch zunächst um das blutig geschlagene Kind kümmern, dazu brauchte mich nicht nur mein eigenes Herz zu treiben. Und es gelang mir, man hielt mich für Lord Roger, jetzt und immerdar - bis gestern."

„Mrs. Pokeyen, die Amme, hat Sie sofort für den echten Lord gehalten?"

„Die Amme war vor Bigotterie ganz verdummt, ihr Vater halbblind", wiederholte Nofear Jims einstige Schilderung der beiden fast wörtlich, „und ich war ein geborener Schauspieler. Der Lord trug, um seine Hände an den Hebelgriffen zu schonen, immer Handschuhe, so konnten mich auch meine Arbeitshände nicht verraten. Der kleinen Ruth hatte es glücklicherweise nichts geschadet. Nur etwas Nasenbluten. Ich brauchte mich ja gar nicht erst ganz zerknirscht zu stellen, und ich gelobte in die Hand des alten Quäkers, niemals wieder jähzornig sein zu wollen. Da war es aber wohl das beste, wenn ich gleich alle Diener entließ. Es waren einige Rowdies dazwischen. Der Lord hatte sich kurz vorher furchtbar über den einen geärgert, ihn geprügelt - das war ein Grund, um gleich alle zu entlassen, und ich wollte gar keinen noch einmal sehen.

So war dies schon erledigt. Unter den sich meldenden Dienern traf ich eine sorgfältige Auswahl, nahm nur ältere Leute an. Bei der allgemeinen Entlassung, wobei alles Hals über Kopf ging, fiel das Verschwinden des Dieners Dan auch gar nicht auf.

Jetzt war ich der Lord Roger von Norwood. Die Leiche vergrub ich im Keller. Habe wenig Gewissensbisse gefühlt, gar keine. Was für einen Vorteil hatte ich nun dabei? Allein den Herrn zu spielen, etwas besser zu essen, einen besseren Wein zu trinken, das konnte doch nicht genügen. Die halbe Million Pfund bar ausgezahlt zu bekommen, das war mir natürlich die Hauptsache. Und da sollte mir das Schicksal einen nichtswürdigen Streich spielen - oder aber: Der tote Lord sollte sich noch rächen.

Das erste war, was ich tat, daß ich in die Schriftstücke des Lords Einblick nahm. Von dem verrückten Testament hatte er mir schon in Australien erzählt. Ich fand es - alles war wirklich so. Also sollte ich mindestens zwölf Jahre, nämlich bis zu Ruths sechzehntem Geburtstag, hier in diesem Haus so im Rollstuhl herumkutschieren. Nun, wenn es eine halbe Million Pfund Sterling zu verdienen gibt, dann kann man das schon aushalten. Das heißt, das kann man vorher so sagen. Doch ich sollte etwas anderes erfahren - leider.

Aus der Korrespondenz erkannte ich, daß der Lord schon seit geraumer Zeit mit einem Londoner Rechtsanwalt in Verbindung stand, der ihm versicherte, das Testament des Bruders enthalte verschiedene Fehler oder doch Unklarheiten, einem geschickten Rechsanwalt sei es recht wohl möglich, ihm, dem Lord, die halbe Million sofort zu verschaffen. Und nun will ich es kurz machen. Dieser Rechtsanwalt Jenkins war und ist ganz einfach ein abgefeimter Spitzbube, wenn ihm auch nichts anzuhaben ist. Der hat den Lord einfach als eine unerschöpfliche Geldquelle zu behandeln gewußt, indem er ihn immer in der Hoffnung ließ, in einiger Zeit würde ihm die halbe Million ausgezahlt werden.

Was den Lord veranlaßte, diesen Rechtsanwalt für seine vorgeblichen Bemühungen Summe auf Summe zu bezahlen, weiß ich nicht. Einfach Geldgier. Es war ja auch eine sehr unsichere Geschichte, denn wenn Lady Ruth vorher starb, ging der Lord ganz leer aus. Und ich ging in dieselbe Falle. Elf Jahre lang habe ich diesem Halunken wenigstens die Hälfte meines Einkommens gezahlt. Der Kerl verstand es eben, einen hinzuhalten und doch immer wieder Hoffnung zu machen. Persönlich bin ich nie mit ihm zusammengekommen, so wenig wie der Lord, und ich mußte doch dessen Gewohnheiten ganz genau nachahmen.

Ja, und nun kam es, die Rache! Wie gesagt, der Mord belastete mein Gewissen sehr wenig. Aber in anderer Hinsicht begann mein Gewissen immer mehr zu schlagen. Das böse Gewissen machte sich bemerkbar, die Furcht vor Entdeckung. Eine schreckliche Angst, wie ich sie früher niemals gekannt hatte.

Rechtsanwalt Jenkins schwur mir hoch und heilig, in acht Tagen hätte er die ganze Angelegenheit erledigt, bis dahin würde ich mein Erbteil ausgezahlt bekommen. Ja, wenn es nun aber bis dahin entdeckt wurde?

Sehen Sie, da fing ich an, die Gespräche der Diener zu belauschen, ihre abgehenden und ankommenden Briefe zu erbrechen..."

„Erlauben Sie", fiel Werner dem Erzähler einmal ins Wort, sogar etwas ungeduldig werdend. „Weshalb schlossen Sie sich denn da manchmal tagelang in Ihre reservierten Gemächer ein?"

„Um mir Bewegung zu verschaffen, ich hielt es doch nicht immer in dem Rollstuhl aus, ich mußte mich ausmarschieren, wenn auch nur in den Korridoren."

„Und dazu bedurften Sie immer gleich mehrerer Tage?"

„Auch der Lord hatte sich manchmal gleich mehrere Tage eingeschlossen, und ich wagte nicht, irgendeine seiner Gewohnheiten aufzugeben."

„So hielt auch der echte Lord Roger schon in diesen verschlossenen Gemächern Frauen verborgen, die ihm bereits Kinder geboren hatten?"

Es war ein Blick des furchtbaren Entsetzens, der den jungen Arzt traf.

„Woher wollen Sie..."

„Ich weiß es, und entweder beichten Sie mir alles oder lieber gar nichts."

Werner berichtete kurz, was Jim ihm über die Haare mitgeteilt hatte, wie er selbst den weißen Abdruck einer Kinderhand auf seinem Samtrock gesehen.

Der vom Schicksal Gerichtete stöhnte auf eine schreckliche Weise, und dann gab er auch den letzten Widerstand auf.

„Ich war damals noch jung. Hatte noch heißes Blut.

Ich hatte gelebt und mußte weiterleben. In den Papieren des Lords fand ich eine Zeichnung des ganzen Gebäudes, und da war auch angegeben, wie von dem Haus aus ein unterirdischer Tunnel nach jener Ruine ging, die Sie doch sicher schon gesehen haben. Er war noch passierbar. Der Mechanismus, der in der Ruine die geheime Falltür öffnete, funktionierte noch und war für einen Uneingeweihten doch unauffindbar. Und eines Nachts benutzte ich ihn, um mich nach London zu begeben..."

„Nach London?"

„Mit der Eisenbahn, von Norwood aus. Maskiert, mit einem falschen Bart, und meine Sehnsucht, wieder einmal das Leben mit vollen Zügen zu schlürfen, war doch größer als meine Furcht vor Entdeckung. In einem entlegenen Stadtteil durchlebte ich eine tolle Nacht, kehrte erst in der folgenden Nacht zurück. Und da es gelungen war, so wiederholte ich solche Ausflüge noch mehrmals. Dann aber stellte sich doch die Angst ein, ich könnte einmal erkannt werden, oder es könnte während meiner Abwesenheit etwas passieren. Da schaffte ich einige Weiber herein - Demimonde[1] - von denen ich wußte, daß bei ihrem Verschwinden kein Hahn krähte..."

„Sie gingen freiwillig mit?"

„Weshalb nicht? Ich gab mich für einen Gutsbesitzer aus, ich nahm sie mit nach Hause."

„Wieviel waren es?"

„Fünf."

„Die haben Sie alle auf einmal mitgenommen?"

„Auf zwei Wegen."

„Wann war das?"

„Im ersten Jahr - im ersten halben."

„Und da haben Sie die fünf Weiber elf Jahre lang da drin gefangengehalten?" rief Werner in hellem Staunen, obgleich er mit diesem Gedanken doch schon vertraut

[1] Franz.: Halbwelt

sein mußte.

„Warum nicht? Geht es denn in irgendeinem türkischen Harem anders zu? Ich wußte sie sogar zu beschäftigen, sie mußten unter meiner Aufsicht häusliche Arbeiten verrichten, dann hatten sie doch auch Kinder..."

„Wieviel Kinder?"

„Sieben - die am Leben geblieben waren - und auch die rote Nancy starb schon im dritten Jahr..."

Werner wollte lieber gar nicht wissen, wieviel Kinder es im ganzen gewesen waren, denn ihm ahnte immer Fürchterlicheres.

„Wo sind nun diese Frauen und Kinder hingekommen?"

Nofear röchelte immer schwerer, auf seinen Lippen bildete sich auch wieder Blutschaum.

„Ich könnte - Ihnen - sagen - ich hätte sie - wieder - hinaus in die Freiheit gebracht..."

„Nein, nein, das würde ich Ihnen nie glauben!"

„Ich weiß es - und hätte ich sie - mit verbrennen lassen - in dem von mir angelegten Feuer - so wäre ich - ja doch ihr Mörder..."

„Sie haben sie schon vorher beseitigt!"

Der Verunglückte, der auch eine schwere innerliche Verletzung hatte, tastete an dem über seine Brust gehenden Gurt herum.

„Ich habe noch gehört - wie Sie zu dem anderen Arzt sagten - sobald ich mich einmal aufrichtete - würde sich das Blut in die Lunge ergießen - ich würde ersticken..."

„So ist es auch."

„Doktor Werner - ich habe Ihnen alles anvertraut, was ich auf dieser Erde - liebte - lösen Sie - den Gurt..."

„Ich glaube, es ist gar nicht nötig."

„Ich bin - dem Tod - verfallen?"

„Sie werden den heutigen Tag nicht überleben. Nun erleichtern Sie Ihr Gewissen."

„Gewissen? Gewissen?“ kam es über die blutigen Lippen, aber ohne jeden Hohn. „Mein Gewissen wurde wenig belastet - durch das - was ich tat - denn - was sollte denn aus diesen Frauen werden, die - der Welt schon - ganz entfremdet - und - aus den Kindern - die sie - nie kennengelernt...“

„Sie haben sie ermordet!“

„Ja - ehe ich die Reise nach - London - antrat - mit Strychnin - im Keller vergraben...“

Der von Werner schon längst erwartete Blutsturz machte dem Leben des Verbrechers ein Ende.

14.

Wir wollen und können nicht schildern, was Doktor Werner in Gedanken noch alles durchmachte, bis die Leiche zur Beerdigung abgeholt wurde.

Was sonst noch geschah oder vielmehr nicht geschah, das sei nur summarisch wiedergegeben.

Wieder lag ein großes Rätsel vor. Niemand kam, um den jungen Arzt zu fragen, ob dies denn wirklich der Lord Roger von Norwood sei, der nur einen falschen Bart getragen habe.

Als Werner diese Entdeckung gemacht und laut ausgesprochen hatte, waren der englische Arzt und jener Beamte zugegen gewesen. Ersterer vielleicht aber auch nicht. Er konnte gerade einmal das Zimmer verlassen haben, um ein Waschbecken zu holen, und dann war er überhaupt ganz in die Amputation vertieft gewesen.

Und von jenem Beamten hörte Werner niemals etwas wieder. Er vernahm nur noch das Gerücht, daß ein Spitzbube die Gelegenheit benutzt habe, um sich als Beamten auszugeben, wenn auch dazu nichts weiter als irgendeine Dienstmütze benutzend, und so die Taschen der Verunglückten auszuplündern. Doch es war ihm wohl nur in einem Fall geglückt, einiges Geld zu erbeuten, dann hatte er, als er eine Legitimation vorzeigen sollte, schnell die Flucht ergriffen.

Kein Zweifel, das war der gewesen, der auch die fünfhundert Tausendpfundnoten mitgenommen hatte! Er schien gar nicht so schnell geflohen zu sein, er hatte dem deutschen Arzt ja erst eine förmliche Quittung ausgestellt – dann aber hatte ihm diese Beute natürlich genügt.

Und auch der andere, der englische Arzt, wollte sich nicht wieder melden. Werner suchte ihn dann einmal auf, horchte ihn ganz, ganz vorsichtig daraufhin aus.

Nein, der hatte gleich nach der Operation wieder in seine Klinik gemußt, und er hatte keine Ahnung davon, wer jener Verunglückte gewesen sei.

Nun aber, als Werner seiner Sache sicher war, daß er allein um dieses Geheimnis wußte, schwieg auch er. Mochte die Welt doch glauben, daß Lord Roger von Norwood verbrannt sei. Und die halbe Million Pfund Sterling war ebenfalls in Flammen aufgegangen, wie ja unter Umständen das Testament des Bruders es verlangt hatte, zum Vorteil der Staatskasse.

Jedenfalls aber war es viel besser, daß der Gauner sie mitgenommen hatte, denn der sorgte doch schnellstens dafür, daß das Geld wieder unter die Leute kam.

Dan Nofear wurde mit noch vielen anderen als Namenloser begraben, die verkohlten Reste des alten Dieners als die des Lords Roger von Norwood. Ruth war etwas erkrankt, sie konnte an dem Leichenbegräbnis nicht mit teilnehmen.

Doktor Max Werner hatte lange Zeit große Gewissensunruhe, wußte sich aber schließlich zu beruhigen. Wenn es doch einmal herauskäme, würde er sein Schweigen schon noch zu rechtfertigen wissen. Es galt, seine junge Frau zu schonen, das war für ihn die Hauptsache. Daß man unter den Trümmern von Garden Hall noch einmal menschliche Überreste finden würde, das war ganz ausgeschlossen, wenn man sich diese Trümmerstätte nur ansah, und bald starb auch der alte Jim, da war Werner der einzige, der überhaupt auf den Lord einen Verdacht haben konnte.

Er ging, im Gewissen schon ganz beruhigt, mit seiner jungen Frau, die noch immer den besten Onkel beweinte, nach Deutschland, nach dem Rheinland.

Für die viertausend Pfund Sterling, die er als erste Rente ausgezahlt bekommen, konnte er sich eine ganz andere Praxis kaufen, als er früher gehabt hatte.

Sonst hatte er sich um das Erbteil seiner Gattin nicht weiter gekümmert. Davon hielt ihn doch etwas Gewisses ab, wenn auch durchaus keine Furcht. Seine Adresse kannte die englische Behörde ja.

Und als der erste Oktober kam, erhielt er von der Bank von England einen Scheck über weitere viertausend Pfund, zugleich mit der Mitteilung, daß ihm das ganze Kapital seiner Gattin, der Lady Ruth von Norwood, schon jetzt zur Verfügung stände, das Erbschaftsgericht habe es freigegeben.

Da gab Doktor Werner seine Praxis auf, oder er vergrößerte sie, nur in anderer Weise. Er gründete auf einem sonnigen Bergabhang des Rheingeländes, auf dem wegen schlechten Bodens aber nur ein ganz saurer Wein wächst, eine Licht- und Wasserheilanstalt mit vier Unterärzten, mit eigener Molkerei und mit Elektrothermovibrationsmassagelichtbadebehandlung als Spezialität.

Die Anstalt kam bald in Schwung. Sie wird noch heute besonders aufgesucht von jungen und älteren Frauen, die sich Kinder wünschen, und denen dieser Wunsch nicht so leicht erfüllt wird. Da sollen die Eletrothermovibrationsmassagelichtbäder Wunder bewirken.

Die Gattin des Anstaltsbesitzers aber hat nicht nötig, in solch einen Eletrothermovibrationsmassagelichtbadkasten zu kriechen. Die hat die Sache viel einfacher und macht dennoch für das Geschäft die beste Reklame.

Ruth hat schon das ganze Sofa voll Puppen, und zwar voll richtiger, lebendiger, nicht nur mit Sägespänen ausgestopft, die ganz allein essen und schreien können, manchmal mehr, als den Zuhörern lieb ist. Drei Dutzend sind es allerdings noch nicht. Erst ein halbes. Auch keine Chinesen und Neger sind darunter - mit Ausnahme, wenn es Heidelbeerkompott gibt.

Beachten Sie bitte die folgenden Seiten

DIE AUGEN DER SPHINX

PHANTASTISCHE ABENTEUERROMANE
VON
ROBERT KRAFT

Die Nihilit-Expedition

Auf der Suche nach der Quelle des geheimnisvollen Nihilitstahls stoßen die drei Überlebenden einer Forschungsexpedition auf das unbekannte Volk der Wuloden. In einem abgeschotteten Tal im Innern der australischen Wüste hat es sich eine Oase geschaffen, in der mörderische Gesetze das Leben und Überleben regeln.

Die Wildschützen vom Kilimandscharo

Ein oberbayerisches Dorf liegt verborgen im Innern Schwarzafrikas. Auf den unzugänglichen Höhen des Kilimandscharo leben die deutschen Auswanderer wie einst in der alten Heimat. Doch die Idylle ist bedroht, denn skrupellose Wilderer, die auch vor Mord nicht zurückschrecken, machen das Land unsicher.

Die Rätsel von Garden Hall

Ein junger deutscher Arzt tritt die Stelle als Hauslehrer auf Garden Hall an, der Residenz des englischen Lords Roger Norwood. Nicht nur die Tatsache, daß er bereits zwei Stunden nach seiner Ankunft mit der jungen Erbin des seltsamen Lords verheiratet ist, sondern auch viele andere Ungereimtheiten reizen ihn dazu, die Rätsel von Garden Hall zu lösen.

Die neue Erde

Als am Neujahrsmorgen ein Komet die Erde trifft, verschieben sich die Klimazonen, und fast die gesamte Menschheit stirbt. In Asien kämpfen vier schiffbrüchige Europäer und eine Handvoll Inder gegen die polare Kälte, wogegen in Mitteleuropa tropische Tier- und Pflanzenarten entstehen. Die wenigen übriggebliebenen Menschen müssen sich den neuen Gegebenheiten anpassen.

Weitere Bände in Vorbereitung

EDITION USTAD
IM KARL-MAY-VERLAG

KARL MAY

GESAMMELTE WERKE

1 Durch die Wüste
2 Durchs wilde Kurdistan
3 Von Bagdad nach Stambul
4 In den Schluchten des Balkan
5 Durch das Land der Skipetaren
6 Der Schut
7 Winnetou I
8 Winnetou II
9 Winnetou III
10 Sand des Verderbens
11 Am Stillen Ozean
12 Am Rio de la Plata
13 In den Kordilleren
14 Old Surehand I
15 Old Surehand II
16 Menschenjäger
17 Der Mahdi
18 Im Sudan
19 Kapitän Kaiman
20 Die Felsenburg
21 Krüger Bei
22 Satan und Ischariot
23 Auf fremden Pfaden
24 Weihnacht
25 Am Jenseits
26 Der Löwe der Blutrache
27 Bei den Trümmern von Babylon
28 Im Reiche des silbernen Löwen
29 Das versteinerte Gebet
30 Und Friede auf Erden
31 Ardistan
32 Der Mir von Dschinnistan
33 Winnetous Erben
34 „ICH"
35 Unter Geiern
36 Der Schatz am Silbersee
37 Der Ölprinz
38 Halbblut
39 Das Vermächtnis des Inka
40 Der blaurote Methusalem
41 Die Sklavenkarawane
42 Der alte Dessauer
43 Aus dunklem Tann
44 Der Waldschwarze
45 Zepter und Hammer
46 Die Juweleninsel
47 Professor Vitzliputzli
48 Das Zauberwasser
49 Lichte Höhen
50 In Mekka
51 Schloß Rodriganda
52 Die Pyramide des Sonnengottes
53 Benito Juarez
54 Trapper Geierschnabel
55 Der sterbende Kaiser
56 Der Weg nach Waterloo
57 Das Geheimnis des Marabut
58 Der Spion von Ortry
59 Die Herren von Greifenklau
60 Allah il Allah!
61 Der Derwisch
62 Im Tal des Todes
63 Zobeljäger und Kosak
64 Das Buschgespenst
65 Der Fremde aus Indien
66 Der Peitschenmüller
67 Der Silberbauer
68 Der Wurzelsepp
69 Ritter und Rebellen
70 Der Waldläufer
71 Old Firehand
72 Schacht und Hütte
73 Der Habicht
74 Der Verlorene Sohn
75 Sklaven der Schande
76 Der Eremit
77 Die Kinder des Herzogs
78 Das Rätsel von Miramare

- Die Reihe wird fortgesetzt -

KARL-MAY-VERLAG
BAMBERG · RADEBEUL